그곳 봄은 맛있었다

그곳 봄은 맛있었다

1판 2쇄 : 인쇄 2017년 08월 04일
1판 2쇄 : 발행 2017년 08월 07일

지은이 : 최세환
펴낸이 : 서동영
펴낸곳 : 서영출판사

출판등록 : 2010년 11월 26일 제(25100-2010-000011호)
주소 : 서울특별시 마포구 서교동 465-4, 광림빌딩 2층 201호
전화 : 02-338-0117 팩스 : 02-338-7161
이메일 : sdy5608@hanmail.net

그 림 : 박덕은
디자인 : 이원경

ⓒ2016최세환 seo young printed in seoul korea
ISBN 978-89-97180-63-9 03810
ISBN 978-89-97180-62-2(set)

그곳 봄은 맛있었다

2016 · 서영

최세환 수필집 출간을 축하하며

바보 같은 사람, 시암골 최세환 작가!

누군가 이렇게 말하고 싶으리라. 그만큼 그는 지구인은 아닌 듯하다!

처음 그와의 만남은 어느 조그만 마을 도서관이었다. 우리는 한실문예창작이라는 문학 동아리를 만들어, 장애인센터의 구석에 마련된 도서관에서 시, 수필, 동화 등을 공부하고 있었다. 그때 전화가 왔다. 누구 소개로 우리 문학동아리에 와보고 싶다는 것이었다. 자세한 안내를 했지만 전화만 길어져, 결국 문우 한 사람이 건물 밖으로 나가 모셔 오게 되었다.

최세환 수필가의 첫인상? 한마디로 무뚝뚝한 사나이 그 자체였다. 함께한 첫 문학 수업 내내 굳은 표정을 좀처럼 풀지 않았다. 긴장된 시간이었다.

그러던 그가 변하기 시작했다. 따스하고 깊이 있는 수필가로서 빛을 발하더니, 시, 시조, 동시, 가사문학, 동화, 소설까지 영역을 넓혀 무지개 빛발 같은 작품들을 마구 쏟아냈다. 그것도 오래도록 문장 훈련을 받아 온 작가인 양 멋진 작품들을 매번 손에 들고 왔다.

한실문예창작반에 입문한 지 얼마 지나지 않아, 그는 〈매일 시니어 문학상〉 수상을 시작으로, 〈직지 문학상〉 대상, 〈뇌연구원 문학상〉 장원, 「문학공간」 수필 부문 신인문학상 등을 연달아 수상하였다.

주위의 부러움을 한 몸에 받으며, 요즘도 성실과 노력과 정성을 다해 집필하고 있다. 최근에는 가사 문학에도 손을 대어 수준 높은 작품을 쓰고 있다. 그 저력에 우리 모두 깜짝 놀라지 않을 수 없었다.

그의 닉네임은 '시암골'이다. 토속적이면서 흙내음이 물씬 풍기는 이 닉네임에서 그의 인간성을 엿볼 수 있다. 마치 막걸리 같이 텁텁하면서도 구수한 맛이 있는 사람, 날이 갈수록 매력이 넘치는 사람, 삼국지에 나오는 관우 같은 사람, 전쟁터에 나가면 맨앞에 서서 깃발 들고 질주할 것 같은 사람, 찬찬히 바라보면 장군 같은 품위가 발견되는 사람, 이 사람이 바로 '시암골', 최세환 수필가이다.

우리가 주목하는 점은 그의 문장력이다. 서술과 묘사와 대화가 골고루 배치되어야 하는 수필에서, 그는 아주 정교한 문장을 선보이고 있다. 특히, 서술로만 치우치기 쉬운 수필 현장에서, 상당 부

최세환 수필집 출간을 축하하며

문 서술 위에 묘사를 접목시키거나 강화하여 읽는 독자들의 입맛을 만족시켜 주고 있다. 그런데다, 아이러니와 패러독스와 해학을 적절히 활용하여 작품에 활기를 불어넣어 주고 있다. 아이러니를 통해 사건의 의미를 뒤집어 버리는 효과를 얻고 있고, 패러독스를 통해 모순된 구조가 오히려 더 감동을 주고 있고, 해학을 통해 시종일관 웃음 속으로 몰아가 서먹서먹한 관계의 벽을 순식간에 허물어 버리고 있다.

또한, 긴장을 깔아놓아 끝까지 읽게 만드는 기법도 활용하고 있다. 일단 궁금하게 하여 다음 페이지로 눈길을 유도한 다음 독자가 마음 열고 다가서면 감동과 의미를 재빨리 심어 버리는 기법, 이렇듯 아주 세련된 기법이 쓰이고 있다.

무엇보다도 감칠맛 나는 묘사를 서술 속에 끼워 놓아, 수필 문장을 배우고자 하는 이들의 모델을 제시하고 있다.

수필이 너무 서술로만 치우칠 때 맛이 없다. 그렇다고 대화로만 이어져도 싱겁다. 묘사만으로 이어져도 지루할 수 있다. 그런데 최세환 수필의 문장은 격이 다르다. 한 문장 한 문장 소홀함이 없다. 처음부터 끝까지 격조 높은 문장과 위트와 해학과 긴장으로 독자의 마음을 쥐락펴락 이끌어 가고 있다.

운문에서도 남다른 재능을 발휘하고 있는 최세환 작가! 우리 모두가 좋아하고, 부러워하고, 또 닮고 싶은 작가임에 틀림없다.

부디 건강하게 오래 오래 살면서, 이 땅에 독자들이 영원히 사랑하고 아껴줄 명편들을 많이 남겨 주기를 바란다.

문학도들에게 문장 훈련을 시킬 때, 최세환 수필집으로 하도록

그곳 봄은 맛있었다

권하고 싶다.

　최세환 작가의 세계는 이제 출발이다. 그 도착점이 어디일지는 모르겠다. 머지않아 우리 모두 기억하는 좋은 작가, 알찬 작가, 배우고 싶은 작가, 계속 노력하는 작가, 자랑하고픈 작가로 알려지게 될 것 같은 최세환 수필가!

　그와 수시로 만나 밝게 인사하며 장난치며 깔깔대며 지내는 것만으로도 우리는 마냥 행복하다.

　이 멋진 작가가 매주 박덕은 문학관, 박덕은 미술관에 와서 문학을 토론하고 같이 식사하고 함께 자연과 시심을 노래하니, 어찌 행복하지 않겠는가.

　이 행복이 깨어나 훌쩍 달아나지 않고 천년만년 우리 곁에 알콩달콩 남아 주기를 바랄 뿐이다.

- 해바라기들이 아기자기하게 피어 있는 박덕은 문학관에서

한실 문예창작 지도 교수 박덕은

(문학박사, 문학평론가, 시인, 소설가, 수필가, 동화작가, 화가)

작가의 말

　달러스로 가는 길 옆 좌석엔 착한 사위가 말없이 앉아 있었다. 영주권을 포기하고 4년여의 미국 생활을 청산하고 귀국길에 올랐다.

　헉헉거린 휴스턴의 뜨거운 호흡을 담고 나는 15시간을 넘은 여행을 했다. 15시간의 여행은 나에게 불가능한 일이었다. 공항장해와 통증 때문에 좌석에 앉아 있을 수 없었다. 기도하며 비행기의 좁은 통로를 긴 시간 걸어 다녔다. 비행기는 몹시도 추워 겨울옷을 걸친 땅 인천 국제공항에 나를 내려놨다. 내가 귀빠진 날이었다.

　2년 동안 복용해 왔던 수면제를 먹지 않고 잠들 수 있을까? 불면의 날이 끝날 수 있을까? 한국을 밟던 순간 나는 이런 어처구니없는 생각을 했다.

　마중 나온 친구가 불편해진 나의 몸뚱이를 보고 착잡한 표정으로 눈시울을 붉혔다. 훗날 친구는 말했다. 그때 내 모습은 몹시 절망적이었다고.

　친구의 사랑을 흠뻑 느끼며 아무 생각 없이 서울에서 보름 동안 보냈다. 물론 수면제를 끊을 수는 없었다. 그리고는 남쪽 광주,

그곳 봄은 맛있었다

내 고향에 왔다.

나의 내면을 파먹고 있는 병을 알기 위해 서울에 있는 병원을 노크 했으나 예약 날짜를 잡기 어려웠다. 3개월여의 기다림 끝에 겨우 예약 날짜를 받았다. 나의 예상대로 결과가 나왔다. 파킨슨 병이라고 했다. 슬프기도 하고 서럽기도 했을 마음이 마실 나갔는지 덤덤하기만 했다.

어두운 방, 불을 켜고 주춤거린 내 육신을 이불 위에 던졌다. 눈물이 주르륵 흘렀다.

많이 울었다. 현대 의학으로 고칠 수 없다는 병이 내 몸에 아무런 허락도 없이 떡 버티고 자리 잡고 있다니!

내 수필집이 세상에 부끄러운 낯을 내놓았다. 기적 같은 일이 나에게 일어난 것이다. 나의 삶은 자랑할 것 없는 아련한 칠십 평생의 삶이었다.

여기에 올라온 이야기들은 나의 교만, 아픔, 슬픔, 괴로움, 사랑 등등 부끄러우면 부끄러운 대로 슬프면 슬픈 대로 발가벗고 있다.

나의 수필집을 보고 고개를 갸우뚱 하며 설마 설마 입맛 다시는 사람들이 더러 있을 것이다. 내가 글 쓰는 작가가 됐다는 것을 어찌 믿을 것인가. 나는 내가 경험했던 이야기들을 나의 세계에서 내 눈과 마음으로 글을 쓰고 있을 뿐이다.

나는 지금 내 안의 '다른 나' 때문에 지난날의 모든 사회생활 속에서 맺었던 인간관계를 단절한 채 살아가고 있다.

나는 지금 하루하루 변해 가는 내 몸을 날카롭게 주시하며 통증과 경직을 내려치며 책상에 앉아 이 글을 쓰고 있다. 간혹 내가 무엇을 하고 있는가? 현재 내가 하고 있는 일이 올바른 길인가? 이런 생각들이 몰려들 때면 나는 한없는 나락으로 떨어지곤 한다. 나를 숨기기 위해서 내가 사랑하고 의지했던 선배, 친구, 동료들을 외면하고 4년여를 숨어 살고 있다. 2년여의 문우들과의 만남에서도 나의 병을 숨기며 생활했다.

깊은 밤 나의 몸속에 있는 사람다운 것들이 어디론가 빨려 들어가 버려 내가 아닌 내가 부스러지며 운다. 그러나 분명히 울고 있는 자는 나다. 내 의지로 어떤 것도 할 수 없는 자괴감으로 팔다리가 꺾인 풍뎅이가 되어 뱅글뱅글 돌 뿐이다.

나는 내 안에서 성장하면서 휘몰아치던 이야기들의 얼굴을 쓰기 시작했다. 그것은 사랑이었다. 늙고 병든 후에 우리의 삶 자체가 사랑인 것을 알게 됐다. 사랑은 선택의 문제가 아니다. 행복은 그것을 실천함에 있다는 것이다.

언제까지 글을 더 쓸 수 있을지 나도 모르겠다. 하지만, 나는 내가 살아 있는 동안 계속 글을 쓸 것이다. 내 모습은 분명히 혐오스럽게 변할 것이며 내 의지로 그 어떤 것도 할 수 없는 시간이 반드시 올 것이다. 그러기에 지금의 모든 것이 나에게 소중하다.

나는 모든 것을 할 수 없으나 무엇이든 할 수 있길 바란다. 하지만, 이 고통을 피할 생각은 추호도 없다. 이 고통은 나에게 희망을 주고 있다.

나는 파킨슨병환자다.

하늘에 감사드린다.

글 쓰는 은혜를 주셨다는 것을 늙고 병든 후에 알게 하심을…….

내 안의 이야기가 이렇듯 하얀 종이 위에 웃고 누워 있다.

예쁘고 기쁘다.

이 수필집이 세상에 나오기까지 병든 늙은이를 격려하고 채찍질하며 사랑으로 이끌어 주고, 무더위 속에서 교정까지 맡아 수고해 주신 한실문예창작 지도 교수 낭만대통령 박덕은 박사님께 진심으로 감사드린다. 또한 교정을 봐 주고 조언을 아끼지 않은 운거 이호준 시인님과 토끼마녀 정은희 동화작가님께도 고마움을 바친다.

아정 김영순 시인님과 야나 유양업 시인님을 비롯한 탐스런 문학회 문우들, 옥구슬 황귀옥 시인님과 동그라미 전지현 시인님을 비롯한 온스런 문학회와 덕스런 문학회 문우들께도 감사드린다. 이외에도 한실문예창작 문우님들과 나를 한실문예창작 수업에 참가토록 길을 안내해 주신 새아씨 김정순 시인님, 나의 귀국 소식을 들뜬 마음으로 듣고 찾아와 준 멋쟁이 정찬선, 오정우 교수, 그리고 친구 창남을 비롯한 친구들의 고마움과 감사함을 어떻게 갚아야 하나. 큰 숙제다.

처음 탐스런 문학회를 찾던 한 시간여, 전화 걸고 전화 받고, 포기하고 돌아서는 순간 반가운 웃음이 서 있었다. 나를 안내했다. 글쓰기의 기본을 몰라 교수님을 난감하게 했다. 그때 진실로 반가워한 웃음은 땡감 먹은 나에게 된장국을 주었다. 염치없이 맛있게 먹었다. 글의 된장국을 맛있게 끓이는 법을 가르쳐 준 치우 신명희 시인님께도 깊은 감사를 드린다.

또한, 사단법인 파킨슨 행복쉼터 이사장님께도 감사드린다.

끝으로, 내 가족에게 이 기쁨과 행복을 살포시 바친다.

- 수필가 최세환

차 례

그곳 봄은 맛있었다

누름돌

"아따, 인자 그만 떨어졌으면 쓰겄구만, 징하네. 징해."

은행나무 밑에서 생선 좌판을 벌리고 있는 동네 아주머니가 염치없이 은행나무에 불만을 쏟아냈다.

떨어진 은행알에 머리통을 맞았는지, 소쿠리 안에 죽은 듯 모여 누워 있던 꽃새우들이 살아서 꼬리 힘을 자랑하며 팔딱 팔딱 뛰었다.

나는 뛰는 힘을 급히 내 눈에 넣었다. 싱싱하고 상큼한 모습은 나의 야만성을 주체 못하게 했다. 성질 급하게 새큼한 초고추장을 생각하며 먼저 침을 꿀꺽 삼켰다.

살아서 팔딱거리는 뛰는 새우를 구경하는 아낙네들은 값만 물어보고 손익 계산의 주판알 팅기기에 여념이 없는 것 같았다.

좌판 댁은 영광 백수에서 물때 맞추어 가져온 생물이라고 항상 되되하게 팅기면서 장사를 한다.

나도 비싸다는 생각을 하고 있었다. 그러나 어쩌랴, 생선 맛 깨나 안다는 놈이다. 칠산 바다에서 건져온 해물이 맛있다는 것을 알고 있다. 더구나 살아 있는 꽃새우는 회로 먹거나 무를 넣고 졸

그곳 봄은 맛있었다

여 먹으면 달짝지근한 맛이 일품이다.

겨울로 접어든 칠산 바다의 울렁거림이 갯벌의 넉넉하고 깊은 맛과 함께 어우러지기 때문이다. 나는 계산을 접기로 했다.

"아줌마, 한 그릇에 얼마요?"

"예, 만원이어라."

두 그릇 값의 새우가 파닥파닥 뛰면서 검정 비닐봉지 안에서 난리를 쳤다. 살아 있는 새우를 뜨끈한 밥과 참기름으로 적셨다. 새콤달콤한 초장 듬뿍 넣어 쓱쓱 비벼 한 그릇 뚝딱 목으로 넘겼다.

나머지 새우는 여러 양념으로 치장한 장 그릇에 몸을 담아 새우게장을 담기로 했다. 며칠 후면 양념장이 싱싱한 새우 살 속을 점령하여 또 다른 새우 맛으로 변신할 것이다. 아침, 낮, 저녁 밥상머리에 앉은 내 혀끝은 그 맛을 즐기며 한동안 행복함에 젖을 것이다.

적당한 크기의 그릇에 새우를 넣고 색동옷 입힌 양념장을 조심스럽게 부었다. 청양고추도 듬뿍 넣었다. 바닥에 몸을 숨기지 않고 양념장 위에서 고개를 내밀고 있는 새우와 고추들이 있었다. 손으로 눌러 봐도 '까꿍'하고 놀려만 댔다. 난감했다.

합리적으로 도출해낸 이성을 세련되지 못한 촌스러운 것이라고 반대한 세력이 꼭 우리 주변에 있기 마련이다. 꼭 그런 놈들 같았다.

궁리 끝에 제일 작은 생수병에 물을 채워 눌러 놓았다. 방정맞은 놈들이 히히덕거리며 이리 까꿍 저리 까꿍 나를 놀려댔다. 이놈들을 사랑으로 제압할 바닥이 평평한 돌이 필요했다.

누름돌이다.

누름돌. 참 오랜만에 불러보고 찾아본 이름이다. 집에서 오랫동안 키운 누렁이 같이 격 없이 다가온 이름이다.

사람들의 필요에 따라 어쩔 때는 짜디짠 물속에서, 어쩔 때는 새콤달콤한 물속에서 또는 쓰디쓴 물속에서 어둡고 긴 시간을 보낸다. 천방지축 날뛰는 망아지를 코를 뚫어 세상의 이치에 순응하며 겸손하게 살게 하는 코뚜레 같다.

누름돌은 꼿꼿한 성질을 지그시 눌러 곰삭은 마음으로 세상에 다시 태어나게끔 한다. 서로의 어울림 속에서 조화롭고 새로운 세상을 맛있게 만들어 내기도 한다.

기다림, 겸손, 희생의 넉넉한 멋을 조용히 우리에게 알려준다. 주인의 뜻대로 기다림 속에 일을 끝낸 누름돌은 찌든 몸을 쓱쓱 문지른 주인 손에 이끌려 장독대 귀퉁이에 몸을 기대고 눈보라를 견뎌낸다. 누름돌의 시간을 삭힌 대가로 탄생한 무는 단무지가 되고 장아찌가 되어 우리 입맛과 식탁을 위로했다.

행여 이사를 갈 때도 꼭 누름돌은 집식구가 되어 달구지 모퉁이에 몸을 맡겨, 뒤따르는 누렁이의 부러움을 산다.

어린 시절 우리집에도 초가집 처마밑을 맴도는 솔가지 타는 연기 같이, 어쩐지 정이 가는 손때 묻은 누름돌이 있었다.

가난했고 어두웠으나 작은 이불 속에 무릎 대며 조잘거렸던 정겨웠던 시절로 누름돌이 마음을 끌고 갔다.

보성 벌교 지역을 여행하던 한 여행객이 장독대에 무심히 놓여 있던 검정돌을 보았다. 범상치 않은 검정 돌이었다. 수석에 조예가 깊은 여행객의 눈에는 기가 막히게 좋은 산수경석이었다. 떨리는 마음으로 집주인에게 물었다.

"아주머니, 저기 검정 돌을 얻을 수 있을까요?"

"먼 돌 말이요? 여그 있는 돌 말이요? 누름돌 말이요? 어따 쓸라고 그라요?"

철 성분을 함유한 무거운 토중석이다. 누름돌로써는 안성맞춤이었다. 벌교에서는 그렇게 흔한 검정 누름돌이, 기묘한 모양을

박덕은 作 [누름돌](2016)

가지고 있어 수석의 가치로 명성을 떨치기도 했다.

　나 또한 제석산 토중석을 얻기 위해서 산을 파헤치는 무례를 범하기도 했다. 전국 각지에서 제석산에 몰려와서 산을 파헤쳐 놓으니 급기야 군에서는 입산 금지를 취해야 했다. 우리의 날뛴 욕심과 부끄러움이 제석산 토중석에 누름을 당해야 했었다.

　아버지의 누름돌이 그립다. 살아오는 동안 아버지의 뒷모습에 누름을 당해야 했었으나 나는 아버지가 무능하다고 이리저리 피해 다녔다. 눌림을 당한 척 잠수질만 했다. 아버지의 깍지 낀 뒷모습은 내가 당신을 속인다는 것을 알고 있었다.

　나는 어머니의 눈물 뿌린 누름을 걷어 차버렸다. 어머니 누름돌이 그립다. 어머니의 누름돌은 개울가 귀퉁이에서 주워 와 집안에서 제일 오래된 장아찌 통에 몸을 적신다. 그리고 몇 년을 골고루

숙성시켜 가족의 식탁 위에 제일 맛있는 마음을 내려놓는다. 당신
은 당신의 눈물로 당신을 누름시켰다. 당신의 마음을 누름돌 삼아
죽을 때까지 자식들에게 주셨던 사랑이 가슴에 맺힌다.

가족이 원했던 공동체는 누름이 만들어낸 사랑의 공동체다. 나
는 멋대가리 없는 말투로 그러한 사랑의 공동체를 산산조각 내 버
렸던 폭군이었다.

사회생활도 마찬가지였다. 참 웃긴 세상을 겁 없이 살았다. 사
랑했던 사람들, 친구들, 이웃들, 그들은 모두가 나의 누름돌 들이
었다.

만들어 놓은 새우게장 통을 며칠 후 열어 보았다. 고개를 바짝
세운 새우와 청양고추가 뺀질뺀질 웃고 있었다. 그놈들은 싱싱한
맛을 내기가 어렵고 자칫 전체를 변질시킬 수 있다.

우리 삶도 그렇지 않을까. 성숙되지 않은 개성과 지성으로 얼
마나 깝죽대며 살아왔던가. 생각해도 부끄러움이 나를 업어 친다.
몸부림쳤던 세월이 나의 누름돌이 되어 그나마 팔딱거리기만 했
던 흰 머리를 세고 있다. 그리고 그렇게 찾아온 질병이 또 하나의
누름돌이 되어 오히려 아름다운 세상을 만나게 해주었다.

산책을 하고 오는 길에 연두색을 띤 누름돌로 적당한 크기의 돌
이 버려져 있었다. 그 돌을 가져와 씻고 삶고 하여 새우게장 통에
젊었을 당시 고개 뻣뻣한 나 같은 놈을 눌렀다.

훌륭한 누름돌이 되었다. 며칠 후 새우게장 통을 열어 보니 색
깔 좋고 맛있는 향을 내며 다소곳하게 갈색 새우가 누워 있었다.
적당한 간이 조화를 이루어 맛있었다.

진즉 누름돌의 사랑에 나를 맡겼으면 좀 더 겸손한 삶을 살았
을 것인데 아쉬움뿐이다. 지나버린 시간이 도둑비처럼 와서 가슴
을 적셨다.

햇볕 드는 아침이 좋다. 뿌연 창문으로 따뜻한 햇볕이 고운 님의 온기처럼 나를 품는다. 싱그러운 마음으로 채워질 것 같은 옹골진 생각이 들어온다.

경악동 미술관 뒷산에서 캔 씨방 맺은 난을 심어야겠다. 해야 할 일들이 굼실굼실 밀려온다. 반갑다. 사랑해야 할 것들이다. 그들이 나의 누름돌이다. 감격스런 이 시간으로 이끌어 준 고맙고 아름다운 힘에 감사드린다.

새장 속 노남이와 노랑녀 잉꼬 한 쌍이 모처럼 지저귄다.

난 참 바보처럼 살았군요

　기분 나쁜 수증기 같은 습기가 끈적끈적 후덥지근하게 등줄기를 타고 내려와 몸을 감싸 버린다. 얼음 띄운 시원한 과일 화채나 싱싱한 생선으로 만든 물회 한 그릇으로 이 기분 나쁜 놈을 잊고 싶은 한낮이다. 한바탕 내리는 소나기 줄기로 채찍을 만들어 불꽃 태우고 있는 7월의 마지막 더위의 종아리를 내려치기 바라며 오후를 기다린다.

　땅 바닥과 나무와 풀들의 헉헉거린 숨소리가 앞산에서 불어온 바람에 숨을 고르고 있다. 열 붙은 선풍기 날개는 노동의 대가를 제공 못한 미안함인지 열심히 날개를 펄럭이나 낄낄거리기만 한다. 쉬라고 전원을 꺼 주었다.

　핸드폰이 깜박 눈을 크게 뜨고 나를 보았다. 소식을 전해 주는 날아다니는 천재는 금세 어디론가 사라져 버렸다.

　더운 날씨에 어디로 사라져 버렸을까? 그는 어디서 살까? 무엇을 먹고 사는 것일까? 어떻게 생겼을까? 어린애일까, 청년일까, 노인일까, 여자일까, 남자일까…… 여하튼 궁금하다.

　확실한 것은 보이지 않는 곳에 있다가 인연이 된 주인에게 그렇게나 충실히 그가 아는 모든 지식을 조용히 제공해 준다는 사실이다.

우리가 그럴 수 있을까? 우리의 교만은 하늘을 찌를 것이다.

'난 참 바보처럼 살았군요.'

후배가 보낸 소식을 정갈한 글씨로 흔적만 남기고 그 천재는 어디론가 사라져 버렸다. 가수 김도향 씨가 불렀던 노래다.

이제는 늙어 버린 당대 최고의 여배우가 장송곡으로 불러 달라고 부탁했다는 서글픈 사연이, 누워 있는 핸드폰 낯바닥에 아무런 감정 없이 깨소금을 뿌린 듯 박혀 있었다. 그 감정을 삶아먹든 구워 먹든 그것은 내 몫이란다.

나는 지금도 헤매고 있다. 신이 천재들에게만 주었던 '날아다니는 생각'을 '쥐'를 통해서 나같이 미련한 사람도 '날아다니는 생각'을 할 수 있다는 것이다. 컴퓨터의 '마우스'를 우리가 관심 있는 곳에 클릭, 즉 누르기만 하면 생각은 바로 그곳으로 날아간다는 것이다. 이 천재는 정말로 충실하게 모든 것을 가져온다. 어떻게 그렇게 될까? 천재는 날아다니는 생각을 잡아 처음으로 다시 돌아갈 수 있다. 그러나 똘아이는 생각이 계속 날아간다.

자신의 생각이 어디서 어떻게 왔는지 기억하지 못하고 그저 마구 날아간다. 내가 똘아이인가?

"여사님, 최은희 씨 나이가 90세네요."

"네? 그분이 누구신데요?"

순간 나는 어리둥절하여 잠깐 주춤하였다.

"영화배우 최은희 씨 모르세요?"

나를 돌보고 있는 아주머니는 40대 초반의 부인이다. 40대 초반의 세대도 그녀를 잘 모르고 있는 것 같다.

순간, 내가 의식하지 못한 다른 세계가 있음을 무섭게 느꼈다. 그 세계와 내 의식이 접하고 있는 세상은 얼마나 떨어져 있으며 무

박덕은 作 [최은희](2016)

엇이 얼마나 다를까 생각했다.

그녀는 '최은희'를 잘 모른다고 하면서 급히 핸드폰에 살짝 스킨십을 했다. 이번에는 핸드폰의 얼굴을 살짝 터치했다. 누름이 아니고 터치, 문지르는 것이었다.

천재를 부르는 방법이 나는 누르고 아주머니는 터치하는 것이다. 내가 들었던 동화 알라딘 램프의 종은 천재가 되어 '최은희'의 얼굴과 이력을 동시에 쫙 펼쳤다. 어디서 왔을까? 그가 사는 곳은

그곳 봄은 맛있었다

어디일까? 결혼하여 자식들은 있을까? 자식들은 부모님께 효도하고 있을까? 아무리 생각해도 내 머리로는 그의 존재에 대한 결과물을 합리적으로 찾아낼 수 없을 것 같다.

만지고 만져지는 것은 인간의 가장 기본적인 욕구가 아닌가 생각해 본다. 스마트 폰만 켜면 다 볼 수 있고 알 수 있는 세상이다. 그래서 나라 전체가 온통 스마트폰을 사랑스럽게 문지르고 있는지도 모르겠다.

여하튼 나는 그 천재의 민첩성이 신기하다. 오늘도 지하철이나 버스 안에서 스마트폰에 머리를 꾸겨 넣고 있는 세상에 나도 있는 것이다. 전 국민이 거의 중독 상태다.

그녀가 '날아다니는 생각'을 화면에 펼쳐 준 천재의 수고가 당연한 듯 화면을 본 후 한마디 던졌다.

"아, 이 사람요. 유명했던 사람이에요?"

나는 무척 억울하다는 생각을 하면서 노배우를 소개했다.

여배우 '최은희', 북한의 김일성, 김정일까지 그렇게 좋아했다는 여인이다. 한때는 북한으로 납치 되었으나 그의 낭군 신상옥과 함께 북한을 탈출하여 세계를 놀라게 했던 미모의 여배우다.

구닥다리 세대인 우리들 기억 속의 그녀는 한국적 멋을 지닌 지고지순한 여인, 고운 여인이었다.

'사랑방 손님과 어머니'에서의 모습은 어린 나를 무척이나 가슴 설레게 만들었다. 나도 장가가면 저런 여자와 살아야겠다고 그녀의 미소 속에 내 마음을 삭혔던 옛날의 시간이 흐뭇하게 미끄러져 들어왔다.

그녀가 지금 경기도 요양병원에서 외롭고 쓸쓸하게 떠날 날만 기다리고 있다는 소식이다.

그녀는 유언을 했다고 한다. 자신의 장례식에 김도향의 '난 참 바보처럼 살았군요'를 불러달라고 부탁했다고 한다.

화려했던 시간들로 색칠했을 미모의 여배우가 늙음과 죽음 앞에 무기력하게 서서 부탁한 유언이 슬프게 마음을 짓눌렀다.

입양해서 키운 자식도 자식인데 모시질 않는다는 멘트다. 친자식도 모시질 않는 세상인데 키워준 자식인들 오죽하겠느냐 접어 생각도 해보았다. 자식들 모두 필요 없다. 우리 자신을 위해 살자고 보낸 글 속에 보낸 이의 아쉬운 분노가 서려 있었다.

아니다. 문지름 한 번으로 날아다니는 생각을 불만 없이 제공해 주는 천재가 사는 세상에, 소달구지 끌고 가서 꼴 베어 풀 먹이던 풍경이 그립다면 양복 입고 갓끈 맨 꼴이다.

그렇게 위로를 해야만 하는가?

세상의 흐름이 무엇인가 잘못된 방향으로 술 취해 비틀거리며 급히 흘러가고 있는 것 같다. 내가 미친 것인가? 세상이 미친 것인가?

'날아다니는 생각'을 누름이 아니고 터치, 즉 문지름으로 어디선가 아주 빨리 원하는 것을 가져오는 세상이다. 그것도 빠르지 않다고 고치고, 업그레이드하고, 매달 신제품이 쏟아지고, 야단법석이다.

모습을 감추고 있는 겸손한 천재의 정체를 알고 싶어 어리석게 머리 싸매고 있는 미련한 내가 누가 미쳐 있는 줄 어찌 알겠는가.

온 나라가 돈을 쫓아 핏대를 세우며 우리의 건전한 가치를 무너뜨리고 돈의 바벨탑을 쌓고 있는 것 같다.

언제부터일까? 이렇게 살벌하게 지성과 인격이 무시되며 제멋대로 튀려는 생각으로 모든 것을 계획하며 기획하는 우리의 삶이 되어 버렸을까? 어쩌면 처음부터 당연한 결과는 예견된 일이 아니었을까 하는 생각이 든다.

독재 개발시대, 우리는 돈, 물질의 생산에 대해서 전 국민이 동원되었다고 생각한다.

'잘살아 보세', 신나는 이야기, 희망을 주는 이야기다. 돈, 물질만 풍족하면 잘 사는 것일까? 우리의 삶이 그럴까?

무조건 수출하여 돈을 모으자고 국가는 국민을 다그쳤고 국민들은 그 대열에 서야 애국자가 되었다. 어느 누구도 도도히 흐르는 그 물결에 거역할 수 없었다.

돈이라는 것은 신보다 더 전지전능하게 되어 버렸다. 돈은 필요하다. 그러나 정말 안타까운 것은 돈을 건전하게 버는 방법과 건전하게 쓰는 방법을 어느 곳에서도 말하지 않고 교육을 시키는 곳이 없었다. 심지어 우리들의 밥상머리 가정교육에서 까지도 배제되어 버렸다.

그런 결과의 산물이 오늘날 지성을 마비시킨 가치관으로 고착되고 브레이크 없는 열차가 되어, 온 천하를 깩깩거리며 휘젓고 다니는 것이 아닐까. 하기야 나 또한 그렇게 설치며 살았다.

우리는 늙어 가고, 반드시 죽는다. 화려했던 노배우는 죽음을 준비하고 지나온 시간들을 생각하며 마음을 정리했을 것이다. 베풂에 대한 배신의 울음일까, 베풀지 못한 삶에 대한 후회일까.

'난 참 바보처럼 살았군요.'

그녀가 정말 바보처럼 살았을까? 그녀가 말하고 싶은 행복한 삶이란 어떤 삶을 말하고 싶은 것일까? 쓸쓸하다.

날씨 탓인가. 내가 계절을 못 읽고 있는 것일까? 올여름 아직 매미가 울지 않는다. 7여 년을 땅속에서 애벌레로 살다가 우화의 과정을 거쳐 매미가 된다. 그리고 10여일 울며 살다가 죽어버리는 그의 삶을 무엇이라고 할까?

'난 정말 바보처럼 살았군요.'

매미 울음이 그렇게 내 귀에 들리지 않길 바란다.

은행잎에 묻혀 숨고 싶다

　백부님 댁 대문 옆에 아름드리 은행나무가 여물어 가는 깊은 마음을 감추고 웃는 듯 낮달을 먹고 서 있었다. 햇볕 배불리 먹은 갈맷빛 잎 속에 곰실거리던 여린 은행들이 바람결에 얼굴을 살짝 찡그렸다. 여린 은행들은 엄마 젖을 넉넉히 빨고 품에 안겨 나비잠을 자고 있는 갓난아이 같았다.

　겨울에는, 가을을 먹으며 노란 춤꾼으로 변해 버린 푸른 잎들의 배반으로 나신이 되었다. 상처투성이 회색빛 큰 몸뚱이는 내리는 하얀 눈으로 속살을 감추고 있었다. 나는 그 은행나무가 아버지 같다고 생각했다. 그 나무가 그렇게나 좋았다.

　아버지의 쥐어진 주먹 안에서 전해온 따뜻함을 잊을 수 없다. 어린 나는 아버지가 그렇게나 크게 보였다. 어머니 향기와는 분명히 다른 향기였다. 한편에 어색한 모습으로 엉거주춤 서 있으면서 지긋한 사랑을 주었다.

　화려하지 않은 아버지의 사랑이 김매기 손길을 놓친 묵정밭에 핀 흰 망초꽃 같이 점점이 피어올라 흔들거린다. 그 사랑이 흰 머리가 된 나에게 슬프게 몰아치며 달려온다.

아버지는 남에게는 바보스러울 만큼 관대하고 가족들에게는 손해와 양보가 최고의 덕목인 것처럼 말했다. 고등학교 시절에는 심한 갈등을 하면서 아버지를 미워했다.

아버지의 사랑은 한편으로 비켜서서 관심이 없는 것 같이 깊은 눈길을 주지 않는 것 같았다. 그러나 항상 깊은 관심 속에서 지긋한 마음으로 사랑하고 있었으며 살피고 있었다.

내가 나의 자녀들에게 슬며시 건네준 표현 못한 사랑, 그것은 아버지의 것이었다. 풀지 못한 산수 문제를 편지로 아버지께 보내면 자상하게 답장을 해주었던 초등학교 시절이 엊그제 같다.

고등학교 둘, 중학교 둘, 초등학교 하나로 우리 오형제는 상급학교를 다니게 되었다. 숨쉬기조차 어려울 정도로 빡빡하고 절약된 생활을 했다.

아버지 봉급날은 막걸리가 담긴 노란 알루미늄 주전자가 김치 안주를 거느린 채 앉은뱅이 상 위에 조용히 있었다. 수고한 남편 목을 축이라는 어머니 마음과 함께 그렇게 있었다. 그리고 어머니 한숨이 방구석을 미적지적 머물다가 어김없이 담장을 넘어갔다. 매월 마이너스 가계비 때문에 무거운 마음과 걸음으로 생활비를 융통하러 다녀 어머니를 지치게 했던 아버지다.

옛날의 아픈 추억이 내 기억 속의 허름한 초가지붕 위에 연기를 마시며 콜록거리고 있다. 그때의 시간들이 꿈틀거리며 일어나 어머니 한숨을 불러 모아 늙어 버린 나의 흰머리 위를 뱅글 뱅글 돌고 있다.

아버지는 여동생이 결혼한 날 안방에서 큰소리로 울었다. 그 울음의 의미를 알 듯 모를 듯 그렇게 흘려보냈다. 그리고 내 기억 속에서 사라졌다. 시간이 흘러간 후 기억 속에서 사라져 버렸던 아버지 울던 모습이 송두리째 나를 찾아 왔다.

박덕은 作 [병풍](2016)

　나도 아버지처럼 사랑하는 딸을 시집보내며 흐르는 눈물을 주
체할 수 없었다. 공항에서 미국으로 떠날 때 내 품에 고개를 묻고
어깨를 들썩이는 딸을 안고 또 울 수밖에 없었다.

　아버지는 어머니를 땅에 묻고 삼일 후 찾아간 묘 앞에 꿇어앉
아 긴 시간 조용히 눈물을 흘렸다. 회한이 사무친 아버지의 모습

그곳 봄은 맛있었다

은 지극히 아름다운 모습으로 내 가슴에 자리를 펼쳤다. 지극히 아름다운 것이 동시에 슬픔을 안겨 주는 것도 참 이상한 일이었다.

아버지는 46년간의 교직 생활을 마치고 정년퇴직을 했다. 나는 아버지를 편히 모신다고 고향 근처 변두리에 넓은 전원주택을 지었다. 교통도 불편하고 약간은 외딴곳이었다. 조용하고 공기 좋은 곳에서 편히 모신다는 나의 생각은 어리석고 짧은 생각이었다. 실로 바보 같은 짓을 하였다.

가족 모두 이 핑계 저 핑계로 집을 비우고 나면, 아버지는 고독하고 외롭게 덩그런 집에 혼자 있었다.

아버지가 시간 맞추어 산책 나간 길을 동행한 적이 있다.

"그땐 왜 그렇게 강폭이 넓었을까, 이곳은 친구들과 자주 와서 물놀이했던 곳이야."

어린 시절을 회상하며 흡족해 하던 모습이 눈에 선하다. 그렇게 즐거워하던 시간을 나는 아버지와 함께하지 못하고 잊고 있었다. 그저 넓고 큰집에 덩그러니 외롭게 살고 있었다.

퇴직 후 하고 싶어 했던 동양화와 서예에 몰두했다. 국전에도 입선하는 등 좋은 작품도 창작해냈다. 아버지는 외출을 거의 하지 않고 이 년여의 산고 끝에 11개의 팔폭 병풍을 탄생시켰다.

미국에 있는 손녀에게까지 마음을 주었다. 붓 한 끝 한 끝에 마음을 묻혀 그림과 글씨를 썼을 것이다.

아버지는 사랑을 이야기하고 그 마음을 화폭에 담았을 것이다. 보여 주지 못한 호탕한 웃음까지 화폭에 담았을 것이다.

그림을 그리는 동안 얼마나 행복했을까. 가족들에게 주고 싶었던 사랑을 팔폭 병풍 속에 듬뿍 채워 우리들에게 남겼다.

나는 아버지의 임종을 보지 못했다. 나에 대한 마지막 온전한 사랑으로 늙은 자식이 아버지의 임종 모습을 생각하며 슬퍼하지 말라는 배려였던 것이라 위안을 삼는다.

효란 무엇일까? 효는 화려하고 거창한 마당놀이가 아님을 병들고 세월이 흰 머리를 만질 때 비로소 알게 되는 것 같다.

효는 부모님과 많이 놀아주는 것이라고 말하고 싶다. 이야기를 듣고 말을 하고 눈을 마주치는 것이다. 만장을 휘날리는 어리석음을 범해서는 안 된다. 불효를 생각할 때마다 거미줄에 걸린 잠자리가 몸부림치는 모습으로 나를 몰고 간다.

어느 날 거울 속에서 아버지가 보였다. 어느 틈에 흘러가 버린 시간은 아버지를 닮은 아들을 빚어냈다. 그 아들은 아버지와 똑같이 어색하게 웃음 짓고 있었다. 가고 없는 아버지가 막걸리로 맛있게 목을 축이던 소박한 모습이 목젖을 타고 눈시울로 올라온다. 가족을 위해서 자신의 모든 욕망을 가슴 깊이 묻어 버렸던 아버지다.

손녀가 불어 만든 비눗방울이 하늘로 피어오르듯, 노란 잎새들 사이로 말없이 뒷모습만 보이던 아버지가 피어오르며 은행나무 길을 산책하던 나에게 다가왔다.

백부님 댁 큰 대문 옆 은행나무의 노란 잎을 책갈피에 넣어 두라고 했던 목소리도 들린 듯했다.

아버지가 표현한 사랑은 화려하지 않았다. 그러나 생각할수록 나를 무릎 꿇게 하고 왜소하게 만드는 아버지의 크고 넓은 사랑에 가슴을 움켜쥐고 있다. 불효했던 나의 부끄러움을 떨어져 뒹구는 노란 은행잎 속에 깊이 묻어 숨기고 싶다.

미네르바의 부엉이

나는 집 앞에 있는 산을 매일 오른다. 아침에 마음을 땅에 내려 놓고 쉬엄쉬엄 걷는 길은 마음과 몸을 적당히 긴장시켜 기분을 상쾌하게 만든다.

오월 초, 산 입구 이팝나무꽃이 푸른 잎을 뒤에 숨기고 하얀 얼굴을 자랑하는 몸놀림은 정말로 아름답다.

시간의 숨소리를 차곡차곡 쌓아서 만든 7월의 짙푸른 산은 터질 것 같은 풍만한 가슴을 감추며 님을 기다리고 있는 여인 같다.

가시넝쿨 속에 빨간 산딸기가 등산객들의 마음을 불러 모은다. 여기저기 새로운 숲속 길에는 다녀간 흔적을 남긴 어린 시절 마음이 산딸기 가시에 걸려 있다.

나만이 알고 있는 은밀한 곳에서 토실토실 농익은 빨간 마음이 가시넝쿨 호위를 받으며 아침 햇살을 즐기고 있다. 곁눈질한 산딸기의 마음을 은근슬쩍 받아 챙긴다.

늙은 노인이 가시넝쿨 호위를 요리저리 피하며 한 움큼 따서 햇살과 함께 입안에 가득 채우는 즐거움은 요사이 산을 오르는 또 다른 즐거움이다. 저쪽 가시넝쿨 속에서 같은 마음을 즐기는 노부부가 어색한 듯 히죽 웃으며 인사를 한다.

"안녕하세요. 아침 산딸기 맛이 좋습니다. 그나저나 비가 빨리 와야 쓰것인디."

이 산에는 뻐꾸기, 곤줄박이, 산까치, 개거마리, 꿩, 산비둘기, 뱁새 등이 산다. 내가 어렸을 적 고향 산천을 누비고 다닐 때 친근하게 지냈던 새들이다.

산까치의 부지런한 긴 꼬리 움직임과 리듬을 맞춘 지저귐은 아침 속에 나의 실존을 깨우친다. 곤줄박이는 이 나무 저 나무로 옮겨 다니며 아침밥을 찾고 있다. 앙증스런 작은 몸짓이 부지런히 숲속을 뒤지면서 그들의 영역을 넓히고 있다. 꾀부리지 않는 진실함이 소박하게 나에게 전달된다. 치열한 삶의 현장 속에서 게으른 내 삶에 부끄러움을 가져다준다.

산을 내려올 때쯤 저편에서 뻐꾸기 울음소리가 들렸다. 젊은 날 고향 초가집 굴뚝에서 나는 연기와 함께 밥 짓는 정겨움을 몰고 왔다.

산딸기 마음을 훔치러 숲속을 뒤질 때 예쁜 장끼가 '꿩꿩'하고 푸드덕 날아갔다. 까투리는 잽싸게 가시넝쿨 속으로 어린 새끼들을 데리고 사라졌다. 가족들을 생각나게 했다.

어린 시절 무섭게 들었던 '부엉부엉' 부엉이 소리를 어젯밤에 들었다. 그 소리는 잠들기 시작한 산속의 침묵을 점잖게 깨뜨려 버렸다. 밤이면 찾아오는 다리의 통증으로 웅크린 어두운 마음을 일으켜 집 밖으로 나를 이끌었다. 산속을 휘어잡는 무거운 소리를 한참 들었다.

아침 산길에 높은 나무에서 보이지 않는 눈을 크게 뜨고 고개를 꾸벅거리는 모습을 찾았으나 아쉽게 부엉이를 볼 수 없었다.

'미네르바의 부엉이는 황혼녘에 그 날개를 편다.'라는 '헤겔'의 말이 불현듯 내게 다가와 반갑게 내 귓불에 머물렀다.

젊은 시절, 정확한 뜻도 온전히 이해되지 않는 상황에서 그저 좋아서 혼자 읊어대곤 했던 말이다. 쉴 새 없이 움직이는 세상살이의 복잡한 변동이 숨을 고르고 가라앉을 때 비로소 그 세계를 냉정하게 볼 수 있다.

미네르바는 제우스의 머리에서 잉태되었다. 제우스는 미네르바를 잉태한 아내를 삼켜 버렸다. 미네르바를 해산할 무렵 산통을 참을 수 없었다.

제우스는 대장간 신 '헤파이투스'에게 자기의 머리를 쪼개달라고 부탁하였다. 그렇게 끔찍하게 미네르바는 태어났다.

이렇게 태어난 미네르바는 멍청하고 미련한 세상의 모든 어두운 머리에 도끼질을 하여 머리를 쪼개서 지혜를 넣어주는 여신이 되었다. 그 여신은 항상 부엉이 한 마리를 그의 귓가 가까이에 두고 지혜를 얻곤 했다.

어젯밤 부엉이 울음소리는 흔적 없이 가버린 내 젊은 시절의 아름다웠던 추억 속으로 통증이 가져 온 고통의 시간을 몰입시켜 한꺼번에 몰고 갔다.

부엉이를 내 곁에 두고 싶다. 그는 째째하고 옹졸해져만 가는 늙은 마음과 게을러 뒹구는 내 의식을 일으켜 세울 것이다.

마음이 병들어 입술로만 나불거리는 사랑의 유희를 늘 큰 소리로 꾸짖기를 나는 원한다. 그리고 한치 앞을 보지 못한 근시안적인 판단을 한 좁은 내 마음을 눈 부릅뜨고 꾸짖기를 바란다.

그가 꾸짖을 때마다 나는 감사하는 마음으로 수긍할 것이다. 내가 보지 못하는 곳을 찾으려고 부엉이처럼 밤에 눈을 부릅뜰 것이다. 넓고 깊은 사유의 세계를 유영하다 얻어낸 지성에 지혜를 덧입혀 남은 생을 멋들어지게 살게끔 이끌어 줄 것이다.

언제 또 다시 부엉이 울음소리를 들을 수 있을까? 알 수 없는

일이다. 그러나 이제 나는 부엉이 울음소리를 기다리지 않을 것
이다.

　어릴 적부터 들었던 부엉이 울음소리는 내 마음에 항상 살면서
울고 있었던 것 같다. 이제 늙어 굳어 가는 마음이 교만하고 게으
르고 인내하지 못하고 사랑 가운데 용납하지 못한 마음으로 채워

박덕은 作 [부엉이](2016)

지고 있음을 내가 느끼지 못할 때 더욱 큰소리로 참견해 주길 바란다.

미네르바의 부엉이가 황혼이 되면 날 듯, 한편의 글과 시를 썼을 때 더 좋은 글과 시를 쓸 수 있게끔 내 마음속의 부엉이가 참견하여 주길 바란다. 매일 밤 몰려오는 통증의 고통에서 자유스럽게 고통의 통증을 즐길 수 있는 지혜도 주길 원한다.

미네르바는 부엉이를 옆구리에 끼고 다니면서 오만한 자의 고정관념을 깨고 다닌 여신이었다. 고정관념에 사로잡힌 자의 오만과 교만은 우리들에게 큰 마음의 상처를 주고 있다.

나는 지금 오만과 교만 속을 거닐며 편협된 사고로 내 자신과 내 주위 사람들을 실망시키고 있지는 않는지 걱정스럽다.

늙어버린 육신이 무엇을 지키겠다고 나를 움켜쥐고 있을까? 두렵고 슬프다.

부엉이여, 내가 고민하고 참담함을 느낀 외로움 속에서 당당함으로 세워주길 바란다. 사랑하는 아내와 가족을 두고 두렵고 참담한 마음으로 귀국행 비행기를 탔던 그날의 아픔을 잊게 해 주길 바란다.

나는 나의 모습이 어떻게 변해 버릴지 솔직히 두렵다.

현대 의학으로 해결치 못한 난치병을 정복하기 위해서 밤낮으로 연구에 몰두하고 있는 연구진에게 부엉이를 날려 보낸다.

'파킨슨병입니다.'

나를 내려치던 그 목소리를 잊을 수 없다. 그래서 나의 이 고독과 슬픔에서 자유롭고 싶다. 그리고 나에게 창조주가 준 이 고귀한 능력에 지혜가 마르지 않게 나의 귀 가까이에 있어 주길 진심으로 원한다.

나의 글이 세상의 안일함에 안주해 버리고 도발의 언어로 천착하지 못할 때 큰소리로 꾸짖고 이끌어 주길 바란다. 겸손함 속에서 나를 진솔하게 이끌어 주길 바란다. 어렵고 두렵고 무서움이 가져온 불면의 시간 속에서 기다림의 지혜와 용기를 나의 가슴에 넘치도록 부어줌에 감사한다.

이 고백을 할 수 있어 좋다. 남은 생 멋있게 살고 싶다.

비가 온다. 태풍이 저기 남쪽 끝자락에서 용트림하며 뜨거운 열기를 내뿜으며 몽니를 부리고 있다. 걱정이 된다. 한 시대를 이끌어 가는 주체가 되는 엘리트 계급들은 미네르바의 부엉이를 옆구리에 끼고 있어야 할 것이다.

오늘 아침 유력 일간지 신문 타이틀이 나의 눈에 선명하게 띄었다.

"우리 망할지 몰라요."

꽉 막혀서 돌아가지 않는 머리를 깨고 거기에 지혜를 넣어 주는 눈 부릅뜬 미네르바의 부엉이를 파란 기와지붕 위로 날려 보내 주고 싶다.

나는 오늘도 내 안에 둥지 튼 미네르바의 부엉이가 소리 지르며 어떤 상황에서도 나의 존재적 진실이 비겁하지 않게 나를 지켜봐 주길 바란다.

'미네르바의 부엉이는 황혼녘에 그 날개를 편다.'

비 오는 날의 만남

　비가 온다. 하늘이 마음을 푼 모양이다. 며칠을 뜸들이다 핸드폰의 숫자를 눌렀다. 5년 만이다. 음악이 흘러나온다. 바다로 물질나간 엄마를 기다리는 애잔한 마음이 슬픔으로 찾아와서 내 마음을 덮는다. 어린 소녀의 기다림이 슬프다.

　'엄마가 섬 그늘에 굴 따러 가면…….'

　나는 이 노래를 어릴 때 무척 슬프게 들었다. 엄마를 그리는 마음이 어릴 적 나에게 큰 공허로 자리 잡고 있었을까? 왠지 그랬던 것 같다.

　흰 머리가 고개 숙여 나이든 지금도 옛 감정을 느끼고 있었다. 잠깐 옛길을 거닐 때 5년이라는 시간을 물리친 변하지 않는 목소리가 들려왔다.

　"여보세요, 여보세요, 사둔이시오?"

　"누구세요?"

　선뜻 나를 밝히지 못하고 잠깐 동안 망설였다.

　"날세."

　촉촉이 젖은 나의 목소리였다.

"누구? 아, 형님. 몇 년 만입니까? 잘 계셨죠. 지금 위치가 어디쯤입니까? 만납시다."

반가움으로 모든 것을 보듬어 버린 목소리였다.

반갑게 비를 맞은 듯 흰색 식당 문이 스르르 열리고 상큼하게 인사를 했다. 조용한 음악이 감미로웠다. 잘 꾸며진 내부 인테리어가 아름다웠다. 아늑한 분위기와 어울리게 환히 밖을 볼 수 있는 곳에서 반가운 얼굴이 손을 들고 일어섰다.

"형님, 반갑습니다."

물기 먹은 사나이 목소리다. 반가워 뛰쳐나온 즐거움을 절제하며 웃는다. 감미로운 음악이 흐르며 어깨동무하여 준다. 잡은 손을 놓지 않고 따뜻한 마음이 지나간 시간을 불러 모아 함께 자리에 앉았다.

"반갑네."

목젖을 타고 온 뜨거움이 눈가를 흐릿하게 스쳤다. 내 목소리는 짧게 소리 내며 자리를 폈다.

'마스카니의 오렌지향은 동산에 날리고'의 선율이 조용함을 치고 나와 짙은 향을 내뿜으며 너울너울 춤을 추면서 넓은 초원의 작은 언덕을 넘고 있었다.

"형님, 나는 이 시간을 기다리고 있었습니다. 서울 형님 친구로부터 형님이 진즉 귀국했다는 소식 들었습니다."

후배가 말문을 열었다. 사랑 가운데 용납하는 사랑의 본질로 마음을 삭힌 아름다움이 나에게 전해왔다.

"미안하이."

나는 식당에서 제공한 진공 포장된 물수건을 얼굴에 대며 울컥해진 마음을 숨겼다. 내가 고독했었나 보다. 오렌지향의 선율은 등골을 타고 오르면서 나를 짧은 침묵으로 이끌었다.

그곳 봄은 맛있었다

"반드시 이런 시간이 올 것을 확신하며 차분히 기다리고 있었습니다. 형님 정말 반갑습니다. 우선 커피 한잔 합시다."

후배가 커피를 가지러 간 사이에 비가 내리는 창밖을 보니 빗줄기가 유리창에 몸을 내리치며 울고 있었다. 비 눈물은 내 마음을 삼키며 이제는 어렴풋한 기억 속에서 머물고 있는 미국에서의 생활로 나를 끌고 갔다. 멀어질 것만 같은 그리운 얼굴들이 서럽게 내 가슴을 치고 올라왔다.

미국에서의 그날도 평상시와 다름없이 풀장에서 수영을 했다. 평형이 되지 않았다. 고개만 갸우뚱거렸다. 그리고 잘 익은 비파 열매를 따먹기 위해서 점핑을 했으나 제대로 되지 않았다.

왼쪽 고관절의 통증이 어찌나 심하던지 도무지 걸을 수가 없었다. 심한 불면증 때문에 2년여를 수면제에 의존하여 잠을 청했다. 영주권을 이삼 개월 후에 취득할 수 있는 시점에서 귀국을 결정하기란 쉬운 일이 아니었다.

'무슨 일이 일어났을까? 내 몸이 이상하다.'

평온을 유지하며 있고 싶어 하는 나의 내면과 문제가 있음을 알리는 나의 내면이 격하게 충돌하고 있었다.

나의 무능과 비굴함은 시간과 타협하는 나를 희롱하고 있었다. 무엇이 선이며 무엇이 악인지 구별도 못하면서 나의 내면은 치열한 싸움터가 되어 가고 있었다.

내동댕이쳐진 나의 내면은 결국 스스로 정리되는 놀라운 능력을 보였다. 강한 부정 없이 어렴풋이 그려본 내 고통을 나는 인정하고 있었던 것 같다.

선이 나를 지배했을까? 악이 나를 지배했을까? 나는 누구의 지배였는지 지금도 모르고 있다.

미국에서의 모든 것을 포기하고 귀국을 결심하며 나를 정리했던 마지막 밤이 삐쩍 마른 슬픔으로 나를 휘감아 왔다.

꿈을 꾼 듯 상념이 꼭두서니 꽃을 머리에 꽂고 춤을 출 때, 음악의 선율이 커피향을 몰고 와서 탁자 위에 짙은 머리를 풀어 놓았다. 흩어지는 커피향을 음미하며 목에 넘겼다.

만나야 될 그리웠던 사람과 하나 된 시간 속에 있음이 자꾸 설렘으로 이어졌다.

"형님 모습은 예전의 모습에서 전혀 변화가 없습니다."

커피잔을 입에 대며 후배가 웃음으로 말을 끄집어 내놓는다.

"그런가, 고맙네. 운동도 열심히 하고, 넓은 시야 속에 적은 마음으로 살려고 노력하네."

내가 감내하고 있는 고통을 흔연스럽게 감추고 그가 던진 이야기 속으로 한 발짝 들어갔다.

"형님, 저도 나이를 많이 먹어 버렸어라. 벌써 육십 둘이요."

후배가 어색한 웃음을 짓고 나이 타령을 했다.

"우리의 삶 가운데 내 뜻대로 되는 게 어디 있던가. 여하튼 건강하게 적은 마음을 가지고 사세."

나는 내 이야기를 하지 않기로 결정하고 대화를 이어갔다. 잘 정리된 고급스런 채식 위주의 메뉴에서 하나하나 골라먹는 즐거움 또한 우리의 시간과 만남을 풍요롭게 했다.

건강했던 시절 고왔던 사람들과의 단절이 필연적인 것 같이 나에게 아무런 저항 없이 찾아와 자리를 잡아 버렸다.

귀국 후 3년이라는 시간이 흐르고 있는 중에 옛 시절 인연을 불러낸 두 번째 사람과 시간을 보내고 있다.

왜 이 후배를 만나 보고 싶어 했을까? 평소에 진솔함을 느꼈기 때문이었을까?

앞에 있는 후배는 예의를 갖추며 지극히 절제된 감정을 보이면서 시간을 이끌어 가 주었다. 아마도 내 입에서 나에 대한 이야기가 나올 때까지 후배는 기다릴 것이다.

누구 선배는 생을 달리하고, 아프고, 사업 부도 나고, 건설회사 잘되고, 제약회사 잘되고, 누구는 이번에 세 번째 책을 출판하고 등등…… 궁금했던 이야기들이 줄을 서서 면접을 통과한 후 웃고 울고 마음을 만지고 지나갔다.

그간의 못다 한 시간을 꺼내어 맛있게 이야기 곶감을 빼먹고 기쁨과 슬픔을 나누었다.

그러는 동안 몇 번의 접시돌리기가 있었다. 탁자 위에는 발가 벗은 예쁜 접시들이 어지러운 화장기를 지우지 못하고 쌓였다.

맛있는 음식과 기분 좋은 만남이 어우러져 우리 뱃속도 즐거움으로 채워졌다.

부드럽게 껴안고 실내를 맴돌며 춤을 추던 '마스카니의 오렌지향' 선율은 시간의 질투에 포옹을 풀고, 창문 넘어 바람을 벗 삼아 멀리 날아가 버리더니, 곧 이어서 '차이콥스키의 피아노 협주곡 제1번'의 슬래브적인 굵은 선이 웅대하고 넓은 회색 바람을 몰고 내 가슴을 치며 자유롭게 퍼지고 있었다.

"자, 일어나세. 오늘 정말로 즐거운 날이네, 이제 자주 시간 내서 만나세. 참, 부탁이 있네, 어느 누구에게도 나를 만난 이야기는 하지 말게나."

헤어질 시간임을 피부로 느끼며 앉았던 자리에서 들썩였다. 피아노의 강렬한 몸짓이 다른 소리들의 호위를 받으면서 춤을 추기 시작했다. 중후한 목가풍 몸짓은 눈부시게 정열적이며 나의 지성을 때리면서 야성적인 정취를 품고 흐르고 있었다.

지금 흐르고 있는 선율은 종국에 고독과 외로움으로 나를 몰고 갈 것임을 나는 알고 있었다.

나는 이 곡을 들으면서 항상 독한 보드카의 백치미 같은 향기

박덕은 作 [파킨슨병](2016)

를 느꼈다. 발랄하고 활기찬 광채 속에서 외로움을 느끼며 그 세
계에 주저앉곤 했다. 예전에는 그런 분위기를 무척 깊이 즐겼다.
지금은 싫다.

"예, 그렇게 할께요. 자주 연락드릴게요."

"이제 자주 만나세."

약한 모습으로 변한 빗줄기가 선뜻 길을 열지 않고 발길을 잡
을 것 같았다. 빗줄기의 아쉬운 투정인가? 나의 내면의 아쉬운 투

정인가? 긴 시간 만남이었으나 마지막 막걸리잔을 마시지 못한 아쉬움 같은 것이다.

집에 돌아오는 길에 꼴보기 싫은 상념이 깊은 계곡으로 나를 끌고 들어갔다. 자동차가 내뿜는 매연같이 내 생각이 메케하게 나의 숨구멍을 자유롭지 못하게 하고 있었다.

그것은 머리 빠진 대머리에 쓰고 있는 여기저기 바느질 된 자존심이라는 모자였다. 지금도 나를 나타내며 지키겠다고 기를 쓰고 있었다.

'에라이, 속창아리 없는 놈. 뭣을 나타내고, 뭣을 지키겠다는 것이냐.'

나를 팽개쳐 버리고 싶었다. 언제쯤 자유로운 마음이 되어 나의 옛 사람들을 만나볼 수 있을까? 무엇 때문에 주저하고 있는가?

나를 좋아했던 사람들이 내가 파킨슨병 환자라는 사실을 알고 난 후에 튕겨 나올 여러 가지 뒷말에 나를 추스르지 못할 것 같다. 아직은 마음이 정리가 안 되어 있다. 외롭고 고독한 시간은 좀 더 흐를 것이다. 내 스스로 정리하는 놀라운 능력이 나를 찾아올 것이다.

후배와의 다음 만남이 벌써 기다려진다. 언젠가 봤던 시베리아 벌판을 달리던 '백야' 영화는 중후했으나, 시베리아의 웅장함은 깊은 고독과 우울함으로 내 기억에 남아 있다.

오늘 음식점에서 들었던 '차이콥스키' 피아노 협주곡이, 중절모를 깊이 눌러 쓴 중년의 노신사가 고독을 담고 걸어가듯이 뒷모습을 보이면서 내 곁을 스치며 지나갔다.

굵은 빗방울이 걸음을 재촉했다. 빈방에는 내가 즐기는 일상이 책상 위에서 기다리고 있었다. 반가워서 긴 숨을 쉬었다.

헬스장의 단상

　며칠 전부터 어떤 노인장이 눈에 들어왔다. 미소 먹은 얼굴이었으나 우장 쓴 모습이 부자연스러운 짠한 걸음걸이와 함께 헬스장을 거닐었다. 흘러내리는 반바지를 열심히 허리춤에 올리며 엉거주춤 아령을 들고 힘을 쓰고 있었다. 겨울인데 춥지 않은 모양이었다.

　깊은 산속 눈으로 덮인 숲속을 깨금발로 두리번거리면서 눈에 띈 먹이를 주워 먹는 산까치처럼 이것 한 번 저것 한 번 운동 기구를 손대고 다녔다.

　나의 눈길은 그를 따라 가고 있었다. 도망쳐 버린 피부 탄력은 세월을 느낀 동질감으로 다가와서 나를 잡은 탓인지 같은 연배임을 느꼈다.

　그날도 찬장 속에 감추어둔 소주병을 마누라 몰래 찔끔찔끔 따라 먹는 노름꾼처럼 이것저것 운동 기구를 만졌다. 건들거리는 모습이 괜히 안쓰러웠다. 효율적인 시간 관리 속에서 운동을 했으면 하는 바람이 슬며시 고개를 쳐들기 시작했다.

　'어이 늙은이, 신경 끄게나. 아, 자네 일이나 잘해.'

내가 나에게 큰 소리로 꾸중하고 머릿속에서 이야기하며 바벨에 약간의 중량을 주어 '스쿼트'를 시작했다.

　그날도 헬스를 어떻게 하는지 말을 해줄까 말까를 망설였으나 내 스케줄에 따라서 하체 운동을 하고 찬바람을 낚아채며 집에 왔다.

　이렇게 나의 하루 생활 중 헬스장에서 운동하는 즐거움은 커갔다. 같은 연배쯤 보이는 노인장과 나는 인사를 나누는 사이가 되었다.

　며칠째 계속된 눈보라 속 추위가 사람들을 몰아붙여 어깨를 움츠리게 했다. 그날도 아침 일찍 헬스장에 가는 길은 내리는 눈꽃으로 새로운 길을 만들고, 길 위에 깔린 한적함은 나를 행복하게 만들었다.

　헬스장 문을 열고 들어서니 가쁜 호흡들이 경쾌한 음악 소리를 먹고 있었다. 각자들 폼을 잡고서 쇳덩이와 부딪치며 자기 몸과 이야기하고 있었다.

　여러 사람들과 눈인사를 마친 후 같은 연배 노인과 인사를 나누었다.

　"안녕하세요. 날씨가 춥네요."

　그의 옅게 웃는 입술 사이로 금니가 살짝 보였다. 어슬렁거리며 이곳저곳을 만지고 힘 한번 뚝딱 쓰고서는 여인네들과 언제 친해졌는지 웃고 즐거워했다.

　그날 나의 스케줄에 따른 운동은 상체 운동이었다. 운동을 하는 중에 그의 어슬렁거리는 걸음이 눈에 밟히며 지랄 같은 내 마음이 또 고개를 삐쭉거리기 시작했다. 그의 걸음걸이에서는 삐딱한 교만의 냄새가 풍겨 나왔다. 되는 것도 없고 안 되는 것도 없는 쥐꼬리 권력자의 그림자도 보였다.

　'아서라. 운동에 신경 쓰소.'

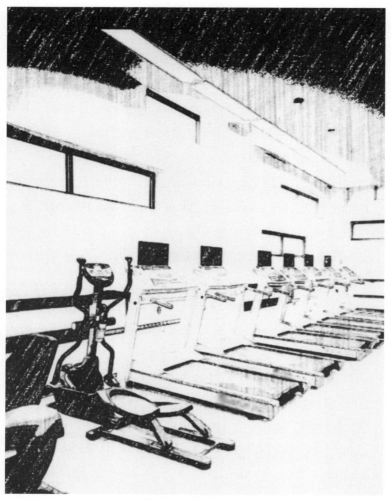

박덕은 作 [헬스장](2016)

'어허, 시간이 아깝고 안타까운디 그러네잉.'

그는 나의 마음을 모른 채 운동하는 사람 사이를 오가며 금니를
보이며 어슬렁거렸다.

나의 안타까운 마음은 느릿느릿 끌고 있는 그의 걸음걸이에 묶
여 있었다.

그곳 봄은 맛있었다

"선생님."

내가 건네는 말에 그가 나에게 다가왔다. 가까이에서 보니 빈들거린 모습이 몸 전체에 주르르 흐르고 있었다. 순간 그를 향했던 나의 촉수가 뱅그르르 감아 돌아 숨어 버렸다.

"무슨 일인가요?"

그가 금니를 보이며 뱅글뱅글 도는 얼굴로 나에게 질문을 던졌다.

"다름이 아니오라, 제게 운동 프로그램이 있는데, 체계적이고 효율적인 운동이 필요하지 않을까 해서……."

"필요 없소, 내가 헬스 경력 30년이오."

손사래 친 몸짓은 횡하니 큰소리로 남고 어슬렁거린 발짓은 헬스장의 신나는 음악을 걸어 차 버렸다. 뒤돌아보는 모습에서 몹시 자존심 상했다며 벌렁거리는 콧구멍이 말을 하고 있었다.

나는 한동안 어안이 벙벙하여 헬스장에 홀로 있는 착각에 빠져 있었다.

'어허, 내가 미친놈이지. 그나저나 그것이 그렇게 마음 상하게 했을까?'

그 사이에 헬스장은 오가는 사람들로 자리매김 되면서 인사하고 쇳덩이는 부딪치며 건강한 소리를 냈다.

30년 헬스 경력 노인의 눈동자는 누구를 찾는 듯이 힐끗거리면서 역기를 들고 있었다. 30년 헬스 경력의 위용을 보이듯 한 쪽이 15kg짜리 씩 총 30kg 무게를, 팔을 부들부들 떨면서 낑낑거리고 있었다. 위험했다. 다행히 한번 들고 말았다.

무거운 것보다는 가벼운 무게로 횟수를 많이 하는 것이 훨씬 효과적이다. 그것을 모르고 30년을 헬스장에 다녔는지 쇳덩이를 위험하게 들고 있었다. 못된 성깔 때문에 잘라 먹어 버린 대화는 따뜻한 머리를 잃어버린 채 헬스장을 뒹굴고 있었다.

도둑놈

나는 난을 채취하거나 구입하여 가꾸는 재미에 흠뻑 빠졌다. 그런 나를 식구들은 눈흘김으로 나에게 대항했다. 그런 식구들의 불만 섞인 씰룩거림을 풋마늘 씹고 아린 맛을 느끼는 것처럼 즐겼다.

온통 내 몸뚱이와 생각들은 예쁜 화분이 되어서 중투, 호반, 사피, 유령, 홍화, 소심 등을 키우면서 하루를 짧게 보냈다.

"성님. 계시요."

"응, 자넨가. 어서 오소."

조그만 건설 회사를 운영하고 있는 선배 사무실을 모처럼 찾아갔다. 사업이 잘되는지 사무실에 흐르는 분위기가 기름지고 선배로부터는 분주함 속에 여유로운 잔물결이 자르르 흐르는 것 같았다.

"성님, 요새 어디 공사판 좀 벌려 놨습니까?"

"응, 아파트 공사를 하려고 땅을 밀고 있는데, 자금 때문에 고역이네. 이번만 잘 튕기면 여러 면에서 풀릴 것 같은디 영 죽겠네."

"아따 성님도, 되게 엄살 부리네. 술 안 사 주라고 할 텐게 엄살 부리지 마쑈."

모처럼 선배와 쓴맛 단맛을 이야기를 하며 엄살 부리고 긁으면서 머슴애들의 투박스런 정을 나누었다. 시간은 슬금슬금 눈치를 보았다. 초침 분침들은 분주한 척 움직이며 졸린 눈을 끔벅거리고 우리들의 이야기를 친구인 양 듣고 있었다.

"참, 자네 난에 푹 빠져 있다고 하데, 얼마나 모았는가. 산채는 한가."

내 몸뚱이 분에서 노란 잎을 싹틔운 아름다운 냄새를 맡았는지 선배가 뜬금없이 난 이야기를 했다.

"뭔 일이요, 성님이 난을 다 물어 보고. 성님도 난에 관심 있소?"

물을 먹다 깜짝 놀라 딸꾹질 나는 목소리로 물어봤다. 선배가 매실 먹은 입맛을 다시며 책상 서랍을 열어 두툼한 책을 펼쳐 놓았다. 우리나라를 대표할 수 있는 대형 난 화보집이었다.

"어이 동생. 이리 와 보소. 자네가 소장하고 있는 것이 뭣인지 말해 보소."

"성님. 내가 뭣을 얼마나 소장했겠소. 인자 쪠끔 난 공부를 하고 있는디. 성님도 본격적으로 난 생활에 빠져 불겠소. 그런 화보집까지 작만한 걸 본께."

나는 선배의 성격을 잘 알고 있었다. 난에 대해서 집중적인 연구와 분석을 끝낸 후 욕심을 태운 비행기를 날릴 것이다.

"이것이 중투제. 아따 좋네. 이 정도면 촉당 얼마나 하겠는가?"

화보집에 실린 보기에도 좋은 중투 난을 보고 나에게 값을 물어 보았다. 늦은 가을밤 동백기름을 바른 쪽진 머리에 노란 비단옷을 입은 여인이 눈썹달을 쳐다보는 것 같은 자태의 난이었다.

"꽤나 비싸겠죠."

나는 어렴풋이 두툼한 값을 떠올리면서 말을 무심히 던졌다.

"그라제, 꽤나 비싸겠제. 그나저나 미치겠다. 꼭 그것을 어제 가져왔어야 했는디, 아따, 아까워 죽겠네."

선배는 하던 말을 숨기고 죄 없는 담배에 불을 붙였다. 원한을 삼키듯 깊은 호흡으로 빨아드린 연기를 콧구멍으로 힘차게 내뿜고 나머지는 입으로 동그라미를 만들어냈다. 타들어 가는 담배를 요리저리 보더니 살갗 타는 뜨거운 비명을 들었나 보다. 다시 한번 볼테기를 짓이기며 죽어라 빨아댔다.

"어이 동생. 내가 진짜로 좋은 중투가 있는 곳을 알려 줄 텐게, 자네가 가서 가져올랑가?"

빨아들인 담배 연기 속에 뭉쳐진 비밀과 욕심과 허탈감이 한꺼번에 깨 벗고 펄쩍 뛰어 내려왔다. 그들은 참았던 숨을 몰아쉬고 허리를 굽히며 나를 보았다.

"그렇게 좋습디여. 어디에 있소?"

조급함을 감춘 채 나는 넌지시 물었다. 내 목소리는 호피 조끼를 입은 산 도둑놈이 재미있는 일을 은밀히 맛보면서 음흉한 웃음을 흘려보내며 내는 목소리였다.

분주한 절 마당이다. 부처님 오신 날이 며칠 전이었다. 절간은 아마 일 년 중 최고로 바쁜 날이었을 것이다. 많은 손님들이 오고 갔는지 뒤처리하는 발걸음들이 쌕쌕거렸다.

벚꽃은 지고 그들의 화려한 함성은 절밥 먹은 염불 소리와 어울려 푸른 잎을 키우고 있었다. 절간의 목탁 소리와 풍경 소리는 티끌만큼의 더러움도 범접치 못하게 하는 묘한 경건함을 주었다. 우물가 저편 구석 몇 그루 벚나무는 중생들의 심성을 유혹하여 흐리게 했다고 꾸중 듣고 있는 것 같았다.

"어딜까. 분명히 우물가 옆이라고 했는데."

선배가 알려준 우물가를 찾는데 별로 많은 시간이 걸리지 않았다. 벌서고 있는 것처럼 서 있는 몇 그루 벚나무 바로 밑에 우물이 있었다. 나는 긴장되기 시작했다.

내 슬기로움의 동산에 숨어 있는 모든 지혜와 민첩성을 동원하

박덕은 作 [난](2016)

며 우물 가까이 접근했다. 과연 거기에는 살아 꿈틀거리는 모양의 노란 잎이 허기에 지친 모습으로 있었다.

우물가 귀퉁이에 합당한 대우를 받지 못하고 버려진 것처럼 있었다. 분명히 노란 불꽃을 태우는 듯한 모습으로 점잖은 품위를 지키며 있었다. 나는 형용할 수 없는 황홀감에 취하여 잠깐 동안 내 신분을 망각하는 어설픈 도적놈이 되었다. 목표물을 발견한 후 그것에 대한 소유욕은 내 안에서 들썩들썩 발광을 하며 가쁜 숨을 몰아쉬게 했다.

"음마, 왜 이리 가슴이 지랄맞게 뛴다냐. 나무아미타불 관세음보살."

하여간 두 손 모아 기도하면 마음이 안정될 것 같아 기도부터 시작했다. 첫 번째 시도는 정탐 수준에 머물기로 했다고 나를 안심시켰다. 한참을 쉬며 주위를 살핀 후 다시 쿵쿵 뛰는 심장의 소리를 죽일 듯이 큰 호흡을 하면서 가슴을 펴고 우물가로 걸어갔다.

타는 불꽃에 몸 비틀면서 팔 뻗은 것 같은 모양의 노란 잎들이 구석에 비스듬히 누워 있다. 노란 잎들이 손을 내밀면서 일으켜 세워 달라고 하는 것 같은 애교스러움이 내 눈에 쏙 들어왔다. 손만 뻗쳐 노란 머리채를 잡고 살짝 뽑아 호주머니에 넣고 준비해 온 시줏돈만 두고 돌아서면 그만인데,

"마하반야 바라밀다."

이번에는 반야심경까지 느자구 없는 주문만 갑자기 나와 버렸다. 두 번째 시도를 했으나 어설픈 도적놈은 난, 그 여인을 품는 데 실패했다.

오후 늦은 봄 산사의 해는 앞산 나무 숲 가지에 걸려 찢어진 봄빛을 뿌리고 있었다. 풍경 소리는 도적놈의 어설픈 욕심을 구경하며 웃고 있는지 목탁 소리를 외면하고 혼자 쨍알거렸다.

산까치들의 노래인지 놀림인지 내 앞에서 꽤나 떠들다가 두 번씩 챔질하고 오물을 남긴 채 사라졌다.

나는 노란 불꽃을 머리에 두르고 옅은 웃음을 짓고 기다림을 되새김하는 여인네를, 다시 덕석몰이하기 위해서 거친 돌쇠가 되기로 작심을 했다. 나는 우물가로 가기 전에 돌쇠를 생각했다. 막걸리 한잔으로 목축이고 흘러내린 삼베바지를 당겨 허리춤에 질끈 매고 배 두드리는 그의 거친 숨소리를 생각했다.

"으하하 나는 돌쇠다. 아씨, 아씨, 갑시다. 내 등에 업히소서."

단순 무식한 돌쇠를 내 마음에 가득 채운 채 다시 우물가를 향해서 발걸음을 옮겼다.

"하나님 아버지, 저 아름다운 난을 주소서. 관세음보살."

나는 계속 기도와 주문을 외웠다. 날카로운 내 의식을 갈기 세우고 주위를 살피면서 우물가로 가는 길에 뿌리는 봄 햇살은 전

허 반갑지 않았다.

노란 얼굴에 파란색으로 눈썹 화장을 한 여인은 이제는 요염한 자태로 나에게 입술을 내밀고 있었다.

아! 환장할 일이었다. 가슴이 뛰었다. 한 발짝 두 발짝 세 발짝 손만 내밀면 내 품에 안길 요염한 여인이다. 나 돌쇠는 아씨를 부르면서 손 내밀기를 뇌에 전달하며 재촉했다. 손도 뇌도 말을 듣질 않고 가슴패기를 때리면서 아랫도리만 후들거리게 만들었다. 요염한 노란 불꽃 여인은 어이없는 듯 혀를 내밀고 삐쭉거리는 것 같았다.

삼복더위에 개 땀 흘리듯이 땀이 났고 등짝은 뻑쩍찌끈했다. 혹시 나를 눈여겨볼 사람이 있을 것 같아 여유 있는 척 휘파람을 불면서 우물가를 돌아 화장실로 들어갔다. 내 마음은 노란머리 여인의 아름다움을 소유해야 한다는 욕망과 나의 순수한 양심이 거칠게 저항하며 싸울 태세로 모래판을 준비하기 시작했다.

'아따. 이 양반아, 지금 뭣 하오. 장난하고 있소! 그런 뱃심 갖고는 폴싹께 틀렸소. 에잇.'

내 주머니 속 시줏돈은 화가 나서 쌍두 욕을 내 사타구니에 걸치고 연신 발길질을 했다. 그 이후에도 여러 번 아름다운 난 여인을 소유하기 위한 시도를 했다.

"하느님, 움메니 반메움."

생각나는 주문과 기도로 내 마음을 되살리면서 또 시도를 했다. 그리고 또, 또……. 웃고 있는 난 여인의 매혹적인 자태는 더욱 농익어서 그 난 여인을 소유하고 싶은 나의 욕망은 집착이 되어 낑낑대며 높은 산을 넘고 있었다. 추한 욕망의 집착은 침을 질질 흘리고 콧구멍 벌씬거리며 썩어 문들어진 냄새를 토하기 시작했다. 후덥지근한 내 속을 알 수 없는 구름은 눈길 한 번 주지 않고 지나갔다.

뒷산 머리에 걸터 앉아있던 고깔 쓴 봄 햇살은 뉘엿뉘엿 한 걸음걸이로 산사로 내려와서 대웅전 꽃살문에 합장을 했다. 향내음 짙은 치마폭도 느슨한 몸짓으로 산사에 펼쳤다.

산사에 몸을 푼 봄 햇살의 아늑한 평화로움을 시샘한 회색 시간은 그 새를 못 참고 헐레벌떡 찾아왔다. 그리고 봄 햇살이 펼친 치맛자락을 끌고 앞산 허리를 휘감으며 노송숲으로 사라졌다. 장끼 우는 소리가 산 너머 먼 곳에서 들려왔다.

내가 산사에 도착하여 난 여인을 취하기 위해 힘쓴 시간이 서너 시간쯤 흐른 것 같다. 나의 내면은 추한 욕망과 탐욕의 집착으로 가득 채워져 있었다. 덕스런 내 관리를 주장하는 양심은 돌멩이를 던지며 계속 내 바짓가랑이를 붙들고 늘어지고 있었다. 앞산 허리를 휘감고 슬픈 눈길을 주었던 봄 햇살의 마음을 외면한 내 마음은, 욕망의 집착으로 채워진 눈을 들어 또 우물가를 바라보게 했다. 이번에는 난 여인이 허리를 질끈 매고 요염한 몸짓으로 나를 부른 것 같았다.

"주여, 내가 효광입니다. 나무아미타불."

소유욕에 몸을 판 내 양심은 엉망진창이 되어 주문과 숨겨 논 나의 법명까지 까발리며 나를 부르는 여인을 취하기 위해 일어섰다. 그때 산사의 정적이 향내음 머금은 풍경 소리로 나의 욕망의 집념을 티끌처럼 '후'하고 불어 버리면서 내 뒤통수를 내리쳤다.

"효광이놈, 이 도적놈아! 그것이 네 것이더냐. 예끼, 도적놈. 집착을 버리고 마음을 비워라."

해 떨어진 산사는 따뜻한 적막 속에 향을 태운 합장한 마음이 기와주름을 타고 내려왔다. 그리고 하루를 위로하고 저녁을 준비하고 있었다.

그곳 봄은 맛있었다

나는 산만당 뒤로 숨는 봄 햇살 치마폭에 내 욕망의 집착을 힘을 다해 던졌다. 북새통을 이루던 내 마음은 꿈을 깬 듯 산까치 늦은 울음을 귀에 담고 부끄러운 미소를 지었다. 백팔번뇌의 계단을 밟고 산사를 내려오는 발걸음은 가벼웠다.

　몇 시간의 일들이 왜 그렇게 길고 무겁고 어두웠을까. 몇 날 며칠을 큰 산을 보듬고 뒹군 것 같았다.

　멀어진 산사에서 들리는 불경 소리를 앞세운 풍경 소리가 나를 뒤돌아보게 했다.

　큰 북소리가 나를 위로했다.

시간의 새

공간은 공포를 가져온다. 왜 그럴까? 좌표가 잡혀 있지 않기 때문이다. 자신이 어디 있는지 모르기 때문이다. 더 큰 공포는 자신이 소유한 시간이 어디로 흐르는지 알 수 없을 때다.

늙은이가 여태까지 공간으로 착각했던 광장을 무심히 바라보고 있었다. 광장을 오가는 모든 이성과 야성이 표류한다고 생각했었다. 좌표는 만들어져 있었다. 서로를 존중하며 질서도 만들어져 있었다. 그곳은 질서 안에서 부딪치고 격려하며 희망과 즐거운 열기로 가득 메워진 노란 광장이 되어 있었다.

"아, 이곳은 공간이 아니었네. 나는 어제도 이곳에 서 있었는데."

늙은이가 중얼거렸다.

잿빛 하늘이 불량배 같이 늦가을을 걷어차 버리고 눈보라칠 것같은 아침이었다, 광장에 늙은이가 공포를 이겨낸 뿌듯함으로 추위로 움츠린 많은 군상들의 함성을 생으로 먹으며 서 있었다.

"음, 오늘은 꼭 만날 테야. 어젯밤 꿈자리가 좋았거든."

탁한 호흡으로 중얼거리며 재채기한 몸을 움츠리고 광장에 맨발로 떨고 있었다. 눈빛은 날카로웠다. 어느 누구도 보지 못한 감추어진 눈빛으로 늦가을 햇살 속을 튀어 나오면서 마지막 단풍들을 태우고 있었다.

"누구를 기다리며 오늘도 이 추위에 저리 서 있나. 쯧쯧."

사람들은 각양각색의 해넘이 마음을 보냈다. 오늘도 어제와 같은 햇살이다. 그러나 사람들의 표정은 오늘에 특별한 의미를 부여한 것처럼 호들갑을 떨며 한마디씩 던지고 지나갔다.

찾고 있는 사람은 어떤 젊은이다. 그는 늙은이의 모든 자랑과 희망 그리고 삶의 전부였다. 안개 짙은 그날 새벽 뒷산 장끼가 몹시 크게 울던 날, 젊은이는 회색 시간으로 세워진 늙은이의 뒷마루를 타고 떠났다.

젊은이는 지금 어디에 있을까요? 늙은이는 미친 듯 절규하며 지친 몸을 느린 걸음에 업힌 채 서 있습니다. 늙은이가 보내 버린 시간은 망가지고 삐뚤어진 시간이었고 뻥 차버린 시간이었다고 가슴을 치고 있습니다.

몇 해 전까지 늙은이는 배려와 사랑이 넘친 가족과 꽤나 정원이 넓은 집에서 살았었다. 화창한 어느 봄날, 늙은이와 젊은이가 서로의 마음을 만지며 모처럼 이야기꽃을 피우는 듯했다.

그 젊은이는 오직 즐거운 삶 그리고 행복만을 이야기했다. 뒷담 넘어 수줍게 찾아온 칡 향과 더덕 향은 어린 촉수를 내밀며 그 주위를 맴돌았다.

"사람 사는 세상에 근심 걱정 어려움은 누구나 있다네."

늙은이는 조심스럽게 말했다.

"그러죠, 정도의 차이……, 그러나 내게는 어떤 고난도 오지 않을 것입니다."

젊은이는 시큰둥하며 말문을 닫아 버렸다. 이런 분위기는 꽤나 오래 전부터 바람 빠진 공 때문에 시합을 못해 경기장을 떠나는 것 같은 어색함이 둘 사이를 맴돌 뿐이었다.

그는 젊은이의 교만함을 겸손과 여러 색깔의 인생 이야기로 안내하려 했다. 하지만 한 번의 사업 실패가 가져온 후유증으로 늙은이의 축적된 삶에 대한 이야기는 그에게 설득력을 상실하였다. 젊은이는 자기를 믿어만 달라는 인격적 횡포만 부렸다.

삶의 방식과 가치관에 대한 다툼이 있을 때 그는 자기에게 최악의 상황이 오면 가장 작은 악을 행할 수 있는 절제와 도덕적 용기도 있음을 말했다. 젊은이는 풍요로운 삶의 황금 열차를 타고 영원히 여행할 것이라고 했다. 자신에게는 단풍들어 나뭇잎 떨어지는 계절은 오지 않을 것이라고 했다.

늙은이는 젊은이의 무례한 교만을 보면서 마음이 아파 몰래 눈물을 흘렸다. 틈나면 그의 손을 붙들고 말했다.

"사랑 가운데 용납하는 마음으로 영혼을 채우며 살게나."

"그럴 시간이 없네요."

젊은이는 말했다. 늙은이는 젊은이의 모습에서 자신의 젊었던 시간의 부끄러움이 넘실거림에 머리를 감싸며 외쳤다.

"아니여, 삶은 사랑이여, 지난 시간을 돌이켜 보니 삶은 사랑이었어. 사랑을 해봐, 그러면 마음도 자연스럽게 비워져."

젊은이는 오늘도 늙은이를 찾아와 금수저를 포장한 선물 꾸러미를 품에 안겨 주고 갔다. 그는 잘난 듯 으스대는 걸음걸이로 갈기 머리를 날리고 늙은이의 배웅을 받으며 갔었다. 질투 부리며 머리채 잡고 찾아왔던 더덕과 칡들도 향을 거두었다. 그 모습이 싫다며 머물던 마당을 서너 바퀴 돌다가 어색한 몸짓으로 뒷담을

박덕은 作 [시간의 새](2016)

살짝 넘어가 버렸다.

"시간은 붕 떠서 내 모든 의식을 피해, 알 듯 모를 듯 슬며시 가
버렸어. 내 모든 것을 가지고 가 버렸어. 허허."
광장의 노란빛 재잘거림을 받아먹던 늙은이가 이빨 사이로 허
탈한 웃음을 흘리며 중얼거렸다.
"아, 숨 막혀 죽겠네, 정말로 죽겠네. 오늘은 꼭 만날 거야. 음,
꼭 만나야지."
손을 가슴에 모으면서 늙은이가 몇 번이고 다짐을 했다.
"나는 정말로 그를 사랑했단 말일시. 정말로……."

늙은이가 초라하게 병든 몸으로 못줄 잡는 들무새같이 자신을 붙들고 서 있다. 허기진 눈에 손갓 씌우고 가을 햇살을 물리치며 광장 여기저기를 훑어보았다.

무지개 뜬 광장의 끝머리 저편, 그렇게 찾고 찾았던 젊은이가 피곤함과 남루한 모습으로 서 있었다. 마치 셀 수 있는 물건처럼 시간을 숫자로 만들어 들고 있었다. 시간에 대한 불안과 공포를 완전히 무시해 버린 도도함이 여전했다. 피곤함과 남루함 속에서도 존재 확인을 위한 좌표 설정을 거부한 모습이었다.

자신이 아무 곳에도 없다고 하는 존재함의 불안이 엄습도 했을 것이다, 자신이 어디서 와서 어디로 가는 것인지 전혀 가늠할 수 없는 공포도 느꼈을 것이다. 피투성이 삶을 살 수밖에 없었을 것이다. 젊은이가 그런 모습으로 갈기 잘린 백말을 의지한 채 하늘을 바라보고 광장에 서 있었다.

"젊은이여! 젊은이여! 나를 좀 보게나. 자네가 왜, 그런 남루한 모습인가? 자네와 어울리지 않는 모습이네."

그는 여태 숨겨둔 짙은 사랑을 그에게 급히 던지며 외쳤다.

"가면 안 되네, 가면 안 되네. 날 만나 주게나."

미친 듯 절뚝거린 걸음으로 뛰어갔다. 젊은이는 피투성이 가슴을 안고 뒹굴고 있었다. 그는 할 말을 잃고 부들부들 떨리는 분노와 절망의 눈으로 피투성이 젊은이를 보고 있었다.

참을 수 없는 슬픔을 먹고 있을 때 그 틈새를 뚫고 올라온 영혼의 따뜻한 울림을 느꼈다. 짜릿한 순간의 온열이 낡아져 가는 육신의 조직들을 타고 오르고 내림은 무엇인가?

젊은이는 품에서 하늘을 향해 날아가 버린 새를 찾겠다고 처절한 통곡을 하며 울부짖었다. 그들은 흘러 흘러서 멀리 와 있는 서로를 보았다. 젊은이의 모습에서 그 늙은이의 아버지 모습도 보였다.

한기를 느낀 오후, 늙은이는 담장 밑 햇살 간지러운 눈맞춤에 눈을 떠 여태껏 품안을 맴돌던 젊은이를 꼭 껴안았다. 그들은 영혼 깊숙이 감추어둔 새 옷을 서로에게 입히며 하나가 되었다.

　젊은이와 늙은이는 낮달처럼 슬펐던 힘겨움을 함박웃음으로 먹었다. 그리고 시간의 새 등에 올라 장막을 걷고 창조의 신에게로 날아갔다.

꿀단지

사르르 몸을 떨며 핸드폰의 앙증맞은 울림이 내 손 위에서 물 결쳤다.

"지부장님, 사무실 간판 전등이 연 이틀 켜져 있다고 연락이 왔 네요."

총무의 컨디션 좋은 목소리가 살갑게 귓불에 머물며 미안스러 워했다.

"그래요. 내가 곧 가서 불을 끄고 오겠습니다."

사무실에 도착하니 간판에 불이 환하게 켜져 있었다. 전기 스 위치를 내려 불을 껐다. 어둠이 꽤나 깊게 도시를 점령해 버린 시 간이었다.

낮에 본 비둘기집 같은 회색 건물들은 어둠으로 분칠한 얼굴에 은밀한 불을 켜놓고 외출했던 마음들을 기다리고 있었다.

인적이 끊겨 버린 사무실 골목길은 음침했다. 상가 건물을 내려 다보았던 고급스런 비둘기집 같았던 회색 건물이 검은 옷을 둘러 치고 무섭게 나를 짓누르는 것 같았다. 무서움이 등을 타고 내려 와 전신에 헛바늘을 돋게 했다.

내 발걸음은 어깨 위에 걸터앉은 오늘 하루를 내려놓기 위해 가난한 이불 속을 찾아 빨리 옮겼다. 무엇인가 잡아챌 것 같은 뒷덜미를 놔두고 자동차의 불빛이 반가운 대로변으로 나왔다.

나는 건널목에서 신호 바뀜을 기다리고 있었다. 지친 버스와 택시들은 쏟아지는 불빛을 먹으며 마지막 남아 있는 기운들을 검은 아스팔트 위에 뿌리고 있었다.

"여기, 이것 좀 읽어 보세요."

남루한 차림의 늙은이가 주저함 없이 종이를 건네주었다.

"아이고, 깜짝이야. 뭔가요?"

내가 짐짓 놀라 한 발짝 뒤로 물러섰다. 순박한 모습의 웃음이 내 앞에서 머물며 빙글거렸다.

"전도지입니다."

뜻밖의 대답에 나는 놀랐다.

"교회 전도지요? 아니 지금 몇 신데 전도지를 돌리고 있소. 아따, 이 양반 징하요. 어디 교회요? 그 교회 목사님은 행복하겠소."

내 마음은 짧은 순간 옷깃을 여미고 공손해지고 있었다.

"생명 주신 이가 따로 있으니 열심히 충실히 살다 가야죠."

감사함과 즐거움으로 채워진 마음에 담긴 소박하고 겸손한 목소리가 차량들의 소음을 뚫고 들려왔다.

"여하튼 대단하십니다. 저도 교회에 나가고 있습니다."

하루 종일 빨강 파랑 눈을 가지고 서 있던 거인이 빨간 빛을 내며 노인 옆에 서 있었다. 우리들의 이야기를 듣고 있었는지 내 눈과 마주치자 휘둥글 얼굴을 깜박거리더니 급히 파란 눈으로 화장을 바꾸었다. 정신없이 달리던 자동차들이 끼익거리며 낭떠러지인 양 급히 숨을 헐떡이며 섰다.

"자, 건넙시다. 잘 가시오."

버스 정류장에 버스가 서 있었다. 피곤한 몸짓을 어둠에 떨어뜨

박덕은 作 [꿀단지](2016)

리고 덜덜거리며 배고픈 숨을 쉬고 있었다.

　나의 집에 가기 위해서는 일단 버스를 타고 한 정거장을 올라간 후에 버스에서 내려 다시 건널목을 건너서 버스에 몸을 의지해야 한다. 잰걸음으로 버스를 탔다. 버스 안은 몇몇 자리가 지친 엉덩이에 몸을 맡겼을 뿐 텅텅 비어 있었다. 막 출발하려는 버스에 그 할아버지가 올라탔다.

　"기사님, 지하철을 타려고 하니 지하철 역 가까운 버스 정류장에 세워 주세요."

　기사 아저씨가 대꾸할 틈새도 없이 요금 수납 통에 버스카드를 들이댔다. 예쁜 아가씨 목소리가 들렸다.

　"잔액이 부족합니다."

　얼핏 보니 난감한 표정이 노인의 얼굴에 흘렀다. 기사는 기사대로 지하철 노선이 없는 버스이기에 난감한 표정을 지었다.

"할아버지 내가 낼게요. 그리고 나와 함께 가면 지하철역에 갈 수 있어요."

내 버스 카드로 요금을 처리하는 아가씨 입술에 살포시 입맞춤 시켰다. 기사는 무뚝뚝하게 어두운 불빛 가닥을 헤집고 버스를 몰고 있었다.

"고맙소. 카드에 잔액이 남아 있는 걸로 알았는데……."

버스 안은 언어를 상실한 사람들 몇몇이 앉아 있어 적막했다.

버스는 감기는 눈꺼풀을 깨우려는 듯 어슬렁거리는 앞차 꽁무니에 '빵빵' 큰 기침을 했다. 두 눈에서 밝은 빛을 내뿜으며 어두운 길을 비추고 언덕배기를 올라가고 있었다.

우리는 한 정거장을 간 후 버스에서 내렸다. 다시 신호 바뀜을 기다렸다. 건널목을 건넜다. 정류장에서 버스를 기다리는데 버스는 지나가 버렸다.

우리는 많은 이야기를 했다. 노인은 고향을 말했다.

"내 고향은 찌그 신안 도초요."

그 말에 나는 귀가 번쩍 들썩였다.

"그래요! 제 외가도 거긴데요. 참 묘한 인연이네요."

인적 없는 거리의 밤, 늦은 시간에 교회 전도지를 돌리고 받은 사람이 신안군의 조그마한 섬 '도초도', 그 섬에 인연의 발그림자를 안고 있다는 것이 신기했다.

지친 자동차들이 헐떡거렸다. 그들은 메밀눈으로 버스 정류장의 흐린 불빛 속 빈 의자를 곁눈질하며 담 끓는 소리를 내며 달렸다. 우리가 원하는 버스는 꽤 긴 시간을 기다린 후에 목적지 이름표를 볼에 붙이고 언죽번죽 앞문을 열었다.

따지고 보면 버스에는 앞문이 없고 옆문만 있을 뿐인데 우리는 앞문, 뒷문을 구분하여 부른다. 여하튼 우리는 앞문으로 몸을 실었다. 텅 빈 버스 안의 몇몇 승객이 고개를 숙이고 지친 하루를 마감해 버린 느슨함 때문인지 꾸벅거리고 있었다.

옆에 앉아 있던 할아버지가 들쳐 맨 배낭을 뒤적거리고 있었다. 무엇이 걸린 모양이다. 부스럭거리는 소리가 낑낑거렸다. 끈으로 묶어진 조그마한 박스를 끄집어 내놓았다. 나를 불렀다.

"선생님. 이걸 가져가십시오."

"뭣인가요?"

갑작스런 요구에 나는 놀라서 손사래를 쳤다.

"꿀입니다. 내가 양봉을 해서 딴 것인데 가져가서 드세요."

"아니, 그래도 그렇지. 어찌 귀한 꿀을 그냥 가져갈 수 있겠습니까."

주려는 아름다움과 받지 않으려는 겸손이 오고 갔다. 버스는 내려야 할 목적지에 도착하기 직전이었다.

버스에서 내리려는데 할아버지가 일어나서 내 손에 박스를 쥐어 주었다. 나는 박스를 받아들고 전화번호를 급히 물었다. 속히 알려 주었다. 버스가 섰다. 할아버지가 나를 불렀다.

"선생님, 건강 조심하시고 산에 가면 말벌을 조심하십시오. 제가 말벌에 쏘여 실명을 했습니다."

쓰고 있던 안경을 벗으며 한쪽 눈이 없는 얼굴로 인사를 했다. 그가 쓰고 있던 안경은 선글라스였다. 밤이라서 나는 몰랐던 것이다.

버스는 뭉클한 덩어리를 떨어뜨리고 떠났다. 집으로 오는 길에 내 손에 쥐어진 꿀단지는 기쁜 몸놀림으로 흔들거렸다.

며칠간 박스를 열지 않았다. 훈훈함을 길게 느끼고 싶었다.

"혹, 그날 밤, 그 사람?"

버스가 떠날 때 떨어뜨린 뭉클한 덩어리는 배려와 겸손과 사랑이었다.

닭 울 즈음에 꽃소식을 한 지게 지고 봄비 틈새로 까치가 날아왔다. 창문을 여니 매화꽃 핀 나무에 앉아 꼬리춤을 세우고 꽃들과 이야기하고 있었다.

꿀단지를 열었다. 아카시아꽃향이 수줍은 듯 코끝에 머문다. 찻잔의 뜨거운 물에 한 스푼 떨어뜨린 꿀, 몽실몽실 피어오른 흐뭇한 정에 마음의 줄이 퉁기며 윙윙거렸다.

김가네 김밥의 인연

"여기 김밥 나왔습니다."

단무지, 우엉, 당근, 계란, 햄, 맛살, 오이, 어묵들이 기름 바른 자태를 빛내며 활짝 웃고 있었다. 한입 물었다.

'흠, 맛있다.'

뽀스락 장난질하며 아내가 기분 좋을 때 내는 코맹맹이 소리가 들리는 것 같았다.

언제인가 아내가 내 손을 잡고 맛있는 김밥 집이 있다며 김가네 김밥 집으로 나를 이끌었다. 그리고 귀중한 정보를 자랑스럽게 알려 주는 것처럼 내 손을 만지작거리며 즐겁게 조잘댔었다.

"김가네는 조미료 안 쓰고 소금은 우리나라 천일염만 사용한데요. 맛소금은 절대 안 쓴다고 합디다."

가족들을 보고 싶어 하는 안타까움을 김밥에 둘둘 말아 먹었다. 김밥 없이 국물만 훌훌 마시는 옆 테이블 할아버지가 어쩐지 마음에 자꾸 걸렸다. 나는 먹던 김밥 쟁반을 들고 조심스럽게 옆 할아버지 테이블로 갔다. 머뭇거리며 말을 했다.

"나랑 같이 김밥을 먹을까요."

"먼, 별말씀을…. 나는 괜찮은디…."

싫어하지 않는 눈치였다.

"이 집 김밥이 담백하고 맛있어요. 그래서 종종 들릅니다."

나는 김밥 맛을 음미하며 말했다.

"예, 정말 그랍다. 김밥을 왜 사서 먹는지를 처음에는 이해 못했어라."

할아버지는 김밥 한 덩어리를 젓가락으로 들고 이리저리 살피며 말했다.

"내 손주가 겁나게 이 집 김밥을 묵고 싶어했는디…… 서울 지 엄니한테 가 부렀소."

손주에 대한 미안함과 아쉬움을 한숨 속에 섞어 길게 내뿜었다. 할아버지는 둘둘 말아서 숨겨둔 이야기를 펼쳐 나에게 건네주기 시작했다. 나는 그 이야기 속으로 솔솔 빠져들어 갔다.

벚꽃 구름이 좍 누워 있는 초등학교 종례 시간이다.

"여러분, 다음 주 월요일에 소풍갑니다. 맛있는 것 많이 준비하세요."

봄 소풍 소식을 전하는 선생님의 즐거운 마음이 기쁨 보듬고 뛰쳐나갔다.

"와, 신난다!"

학생들이 발을 교실 바닥에 쿵쿵거리고 책상을 두들기는 즐거운 소리가 교정 위로 훨훨 날아갔다.

철호는 이번 봄 소풍이 두 번째다. 엄마와 같이 소풍을 갈 수 없기에 할아버지 손을 잡고 간 소풍 나들이가 작년 같이 올해도 마찬가지였다. 한껏 차려입은 엄마의 손을 잡고 소풍 길을 나서는 다른 친구들이 부러웠다.

할아버지의 손 보따리에는 김밥과 손주가 좋아했으나 선뜻 사

주지 못했던 과자 몇 봉지가 덜렁거렸다.

봄 동산에 피어 있는 꽃들과 향기와 뛰놀던 어린 친구들이 학수고대하던 점심시간이 왔다. 엄마 손길을 맛있게 먹을 시간이다.

"도시락 맛있게 먹고 보물찾기 하자. 애들아."

"와!"

벌떼의 윙윙거림이 쏟아져 나왔다. 철수, 순이, 영자, 막둥이를 부르며 서로를 찾는 난리 속이었다.

빨강, 노랑, 파랑 속살 양념이 함박 웃고 하얀 얼굴을 내밀고 있는 김밥에 손끝과 젓가락 끝이 모인다. 꿀맛이다.

"철호야, 여기다. 어서 와. 밥 묵자."

할아버지가 철호를 불러 정성스럽게 싸온 김밥 보따리를 풀었다. 속 장식이 없는 하얀 김밥이 썰렁한 표정으로 터진 옆구리를 서로 껴안고 있었다.

바닷가에서 태어난 할아버지가 어릴 적 그렇게나 맛있게 먹었던 길고 하얀 해우밥이었다.

"할배야, 왜 김밥 안에 단무지, 시금치, 달걀이 없어?"

철호는 남의 김밥과 비교하며 섭섭한 표정으로 말했다.

"어서 와, 묵자. 이것은 할배가 만든 해우밥이여, 훨씬 맛있응게 묵어 봐. 그라고 언능 사탕도 묵어."

할아버지는 긴 해우밥 하나를 들고 성큼 한 입 물었다. 할아버지도 남들 김밥을 보니 하얀 해우밥이 부끄러웠다. 고향의 맛과 파도 소리를 듣고 있는 척 부끄러움을 감추려고 눈을 감았다.

"안 먹어! 남들 김밥은 멋지고 맛있는데, 이게 뭐야."

철호는 사탕만 들고 다른 친구들 사이로 사라져 버렸다.

"철호야, 철호야."

손주는 오질 않았다. 속상함이 할아버지를 덮치자 허기가 몰려왔다. 시금치라도 김밥에 넣을 걸 후회하며 하얀 해우밥을 씹어

그곳 봄은 맛있었다

목에 넘겼다.

오후 들어 밖의 봄 날씨는 싸늘함을 몰고 왔다. 으슬으슬 추위를 느끼며 목을 타고 넘어가던 김밥이 갑자기 숨구멍을 막아 버렸다. 그리고 쓰러졌다. 주위 사람들의 도움으로 급히 병원에 옮겨졌다. 철호가 할아버지를 붙들고 울고 있었다.

이듬해 철호는 병마를 이겨낸 엄마랑 봄 소풍을 같이 갈 수 있게 되었다. 철호는 단단히 마음을 먹었다. 이번 소풍에는 엄마가 만들어 준 오색 속살이 들어간 김밥을 친구들에게 마음껏 자랑하리라.

소풍을 기다리는 며칠 동안 신바람이 났다. 철호 엄마는 눈물을 찍으며 생전 처음 아들을 위해 만든 김밥 속에 미안함, 용서를 바라는 마음과 사랑을 듬뿍 넣어 정성스럽게 김밥을 만들었다. 김밥을 만들고 있는 엄마 곁에서 철호는 엄마 내음을 먹 고 있었다. 그런 아들을 보며 만들어 놓은 김밥을 곱게 다듬었다. 내일 가지고 갈 예쁜 찬합 그릇에 담아 주었다.

"아들, 먹어 봐. 어서."

철호는 김밥 한 덩이를 집어 들었다. 하얀 얼굴에 붉고 초록 눈을 가진 얼굴이 웃고 있었다. 김밥 속의 얼굴은 어디서 보았던 얼굴이었다. 엄마였다.

철호는 절뚝거리며 걷는 엄마 손을 잡고 봄 소풍을 갔다. 서로의 손끝에서 전해 오는 따뜻함은 둘이서 처음 느껴본 행복함이었다.

점심시간이 왔다. 철호 엄마는 김밥을 펼쳐 놓았다. 사랑과 고마움과 미안함이 김밥 위에 깨소금같이 뿌려져 흰 해우밥과 함께 웃고 있었다.

철호는 순간 망설였다. 철호의 젓가락 끝은 화려하게 장식된 김밥보다 흰 해우밥을 향했다. 뱃속과 가슴에 김밥꽃이 활짝 피었다. 철호는 눈물이 나왔다. 이상했다. 예쁜 엄마가 앉아 있었다.

"엄마!"

뒤에서 엄마 목을 껴안고 엄마 볼에 김밥 향을 풍기며 뽀뽀를 했다. 철호에게 항상 살아 숨쉬던 내음, 그 살내음이 서럽게 파고 들었다.

할아버지가 맛있다고 먹어 보라던 흰 해우밥, 흰 김밥을 먹으며 철호는 할아버지를 생각했고 철호 엄마는 친정엄마를 떠올렸다. 흰 해우밥은 맛있었다. 할아버지의 말은 거짓이 아니었다. 철호는 중얼거렸다.

"엄마가 만들었으니까 오색 김밥과 하얀 해우밥이 맛있는 것이 아닐까?"

한참 뛰어 놀던 철호가 엄마 품을 파고들었다.

"엄마 졸려."

화창한 봄날 엄마의 가슴과 젖내음은 따뜻하고 향기로웠다. 철호는 복사꽃이 활짝 핀 꽃밭에서 엄마와 숨바꼭질 하고 있는 꿈을 꾸고 있었다.

"철호야, 미안했다. 네가 먹고 싶어 한 김가네 김밥이여, 맛있게 묵어 봐."

할아버지가 곱게 보자기에 싼 도시락을 꽃밭에 펼쳐놓고 웃고 있었다.

"두 분이 이야기를 재미있게 하시네요, 여기 뜨끈뜨끈한 국물 드세요."

국물 내음은 김이 모락모락 나는 옷을 쪽 빼 입고 가게 안을 뽐내며 걷고 있었다.

"손주가 보고 싶소. 눈이 그치면 보러 가봐야겠소. 잘 먹었소."

밖에는 눈이 미친 듯 휘몰아쳤다. 할아버지는 테이블 언저리에 정겨운 향을 남기고 눈 속으로 사라졌다. 나는 시큰거리는 멍멍함을 안고 태평양 건너 가족들을 불러 보았다.

아내가 예쁜 입술로 조잘대던 모습이 떠올라 한참을 앉아 있었다. 밖에는 갈기 쳐 흩날리는 눈꽃들이 뒹굴며 뒤엉켜 깔깔대며 웃고 있었다.

박덕은 作 [김밥](2016)

사랑하는 사람아

간이역은 쓸쓸했다. 쓸쓸한 놈이 떠나는 열차를 부르건만 뒷 콧구멍만 벌렁인 채 가물가물 사라져 버렸다. 회색빛 진주의 아련한 슬픔이 고여 있는 간이역의 샘물에서 한 바가지 물을 꿀꺽꿀꺽 마셨다. 아린 가슴 시렸다. 친구 집에 도착했다. 인기척이 있어 창문을 쳐다보았다. 아직은 겨울인데 무심한 친구는 집을 지키는 돌쇠를 추위에 떨게 하고 있었다. 추위에 떨던 돌쇠는 펄럭이며 몸을 보여 주었다.

"출타 중, 전화 바람."

전화를 걸지 않았다. 쓸쓸한 여운이 채 가시기도 않은 간이역으로 되돌아 왔다. 터벅거리는 발걸음이 약을 달라며 보챘다. 되돌아갈 열차 시간이 꽤 남아 있었다. 약을 먹여 악마의 발톱을 잠재웠다.

낮잠을 즐기는 한적한 시골 간이역, 집 나온 강아지가 게으른 발걸음으로 역사 주위를 돌고 있었다. 간이역은 가난한 슬픔이 빛바랜 무명 치마에 싸매 있고 굵은 손등으로 눈물을 쓱싹 문지르고 깊은 한숨으로 넘실대는 둠벙 같았다.

　느슨한 평화로움이 슬프기까지 몰고 와서 휑하게 구멍 뚫린 허전함으로 가슴을 먹먹하게 했다. 눈 녹은 철길 위에서 혹은 지붕 위에서 맴돌던 만남과 헤어짐과 기다림의 여운들마저도 대합실로 불러들이고 싶었다.

　벽걸이 시계를 봤다. 아직도 열차에 몸을 맡길 시간은 많이 남아 있었다. 배고픔이 찾아 왔다. 붕어빵을 샀다. 고소함과 달콤함이 사랑했던 사람의 내음과 함께 입안을 맴돌았다. 목이 멘 마음이 철길 위를 걸어서 그리움을 데리고 손기척도 없이 찾아왔다.

　내가 그렇게나 사랑했던 사람은 십여 년 전에 떠났다. 그 후 단 몇 초도 잊지 못한 채 지금도 서성이며 그 사람을 기다리고 있다. 무척이나 사랑했던 사람이었다. 수소문 끝에 소식을 들었다. 그는 지금도 내가 기다리며 슬퍼하고 있는 줄 모르고 있었다. 슬픔을 누르며 여기까지 살아온 것에 감사드리며 그가 살아 있다는 사실에 새삼 감사를 드렸다. 꼭 만날 것이다.

　대합실의 귀퉁이 벽에 기대어 저려오는 몸뚱이를 달래고 있었다. 내 의식이 잃어버린 나를 찾기 위해 몸부림치며 사랑했던 시간 속으로 끌려 들어갔다.

　열차는 가 버린 내 사랑과 예전의 나를 싣고 올 것이다. 올 것이다, 올 것이다……, 희망을…….

　고추잠자리가 가을 한 조각을 입에 물고서 빨간 꼬리를 자랑하고 있었다. 높은 하늘이 옹달샘에 몸을 담그고 떨어진 낙엽들과 놀던 가을, 나는 사랑했던 사람을 만났다. 나는 그 안에 있었고 그는 내 안에 있었다. 우리는 서로에게 누가 먼저랄 것 없이 호감을 느꼈고 좋아했고 사랑하게 되었다. 부러울 게 없는 젊은 날이었다.

박덕은 作 [대합실](2016)

그는 그림을 그리고 시를 쓰고 격조 높은 클래식 음악을 듣고 깊은 사색의 시간을 즐겼다. 그는 시골 오일장 구경하기를 무척 좋아했다. 장터에서 먹는 막국수 맛에 엄지를 치켜세운 예쁜 모습은 백치미 매력이었다. 너무나 관능적인 매력을 쏟아냈다.

존 덴버와 존 레논의 팝뮤직과 들국화 노래를 좋아하며 깔깔대고 웃던 싱그러운 모습이 지금도 손에 잡힐 듯 나를 떠나지 않고 있다.

나를 이끄는 그의 손을 잡고 그의 시 세계로 들어갔었다. 그의 시 세계는 울먹인 슬픔을 털고 일어나서 용납함으로 감싸는 사랑의 세계였다. 얼마나 아름다운지 껴안고 싶은 충동을 잠재우는데 실로 어려운 시간을 보냈다.

그곳 봄은 맛있었다

이젤을 세워놓고 자연이 준 색깔을 거부하며 자기 안에서 키운 색깔로 자연을 품고 노래할 때 자연이 당신에게 무릎 꿇은 것을 보았습니다. 그리고 자연은 당신에게 고백했습니다.

"내가 하고 싶은 이야기를 당신이 해주었습니다. 진실로 감사합니다."

내가 사랑하는 사람이 자연을 얼마나 사랑하며 가까이서 그들과 생활하는지를 알았다. 그가 지닌 진실함과 진실함 속에서 나오는 대범함에 나는 나를 맡기기로 했었다. 얼마나 행복한 결정이었는지 하늘을 보고 가슴을 펼칠 때 꽃구름은 말했었다.

"당신들의 아름다운 사랑에 나도 반했어요. 너무 아름다워요."

격조 높은 클래식 음악을 들으면서 깊은 사색의 시간으로 들어간 당신은 창조주가 우리에게 준 사랑, 비움으로 채워진 긍휼은 비단결같이 흘러내린 보이지 않는 선의 아름다움이었습니다.

고향을 그리워하고 인간의 아름다운 심성을 노래한 존 댄버와 존 레논의 팝뮤직을 듣고 손뼉 치는 당신이었습니다. 들국화의 거친 음악을 듣고 당신 안에 남아 있는 정제되지 않는 야성에 놀라 잠깬 아이처럼 울어대는 자신을 보며 깔깔대는 당신은 정말 귀여운 사람이었습니다.

우리는 포옹 속에서 입맞춤을 했습니다. 당신의 입술은 아름다운 시였으며 그림이고 격조 높은 사색의 바다였습니다. 숨을 한번 들이마신 뒤의 파르르 떨던 깊은 입맞춤은 자연을 노래하는 숲이며 거친 야성이 표효하는 달콤함이었습니다. 그런 당신을 나는 설렘 속에서 기다리고 있습니다.

당신과 함께 하지 못한 세월이 십여 년이 흘렀습니다. 나의 기다림은 어쩜 영원할 수도 있을 것입니다. 나는 그걸 개의치 않습니다. 내가 죽더라도 나의 전부였던 당신은 내 아름다웠던 그날로 돌아오리라 확신합니다. 열차는 당신을 싣고 올 것입니다.

아스라이 먼 하늘에 바람꽃이 일렁거렸다. 그곳에서 파랑새가 날아왔다. 사랑하는 사람이 온다고 날갯짓했다. 나는 산을 넘고 바다를 건너 논길을 걸어서 간이역에 도착했다. 그녀에게 줄 흰 망초꽃 한 다발을 들고 있었다. 마음은 설렘으로 떨고 있었다.

안타까움이 나를 덮쳤다. 몸에 동결이 오기 시작했다. 호흡이 거칠어지고 속 떨림이 시작되었다. 나는 관절이 꺾이고 목이 비틀린 풍뎅이가 되어 가고 있었다. 나는 이런 모습으로 사랑하는 사람을 만날 수 없었다. 달팽이 같은 느린 동작으로 기어서 대합실 문을 열고 몸을 숨겼다. 주인 잃은 흰 망초꽃 다발이 간이역 의자에 앉아 웃고 있었다.

멀리서 열차가 오기 시작했다. 열차는 내 속으로 뜨겁게 파고들어왔다. 매화꽃이 만발했다. 한 여인이 명주 필을 매화향에 날리며 꽃밭을 거닐고 있었다. 그렇게나 사랑했고 보고 싶어 했던 사람이 꽃밭을 거닐고 있었다. 그 곱던 여인은 젊은 시절의 나, 병들기 전의 나였다. 달려가서 껴안고 통곡하며 깊은 입맞춤을 하고 싶었다. 그러나 지금의 내가 나를 끌어당겼다. 나는 벽에 얼굴을 묻고 울 수밖에 없었다. 그 여인은 시계를 보며 중얼거렸다.

"내가 너무 빨리 왔나, 너무나 보고 싶었는데. 왜 안 오지, 곧 오겠지."

나는 입을 손으로 막고 흐느끼며 애원했다.

"내 사랑아, 사랑하는 사람아 조금만 더, 조금만 더 있어다오."

"시간이 없구나, 다음을 기다리자."

그곳 봄은 맛있었다

꽃밭을 거닐다 웃고 있는 흰 망초 꽃다발을 가슴에 품고 말했다.

"내가 사랑했던 사람도 망초꽃을 참 좋아했는데…."

사랑했던 여인은 흰 망초 꽃다발을 들고 향을 맡으며 활짝 피어 있는 매화꽃 속으로 사라졌다.

기차가 철길 위에 그리움의 긴 한숨과 매화꽃을 뿌리며 가기 싫은 발걸음을 옮기고 있었다. 나는 대합실에 기어들어 와서 꺾인 허리를 펴지 못하고 울었다.

대합실 문틈으로 햇빛 담은 매화향이 알땀을 흘리며 나를 감싸 안았다.

"기다리리라, 회복을 기다리리라, 병마에서 회복 되리라. 내 님을 만나는 날 으스러져라 껴안을 것이다."

"아저씨, 아저씨. 열차가 곧 들어오요. 언능 인나쇼."

나는 눈을 떴다. 열차가 들어오고 있었다. 몸을 실었다.

하늘은 입춘이 왔다고 겨울을 꼬드겼는지 마지막 선물을 온 산하에 폭설로 설밥을 뿌리고 있었다.

험한 세상의 다리가 되어

　대문을 나섰다. 내가 반가워서일까? 미운 놈 떡 하나 더 준다는 심보인지 눈꽃이 나에게 퍼붓는 것 같았다.

　눈을 들어 앞을 보니 눈발 사이로 조심스럽게 움직이는 걸음이 보였다. 얼굴을 온통 스카프로 둘러 쓴 모습이었다.

　머리에 눈 보따리를 한 짐 이고 지팡이에 몸을 의지한 채 절뚝이며 오고 있었다. 고집불통이며 심술궂고, 무법자, 그리고 자칭 팝송을 좋아한다는 내가 사는 집 일층에 거주하는 할머니였다.

　"할머니, 눈이 많이 오니 조심하세요."

　응답이 없었다. 어쩌다 마주치는 할머니는 항상 입을 삐쭉거리며 우물거렸다.

　이가 없어서 그런지 누구에게, 어디에다 물어볼 수도 없었다. 그러나 볼이 쏙 들어간 것을 보면 짐작하건데 이가 없는 게 확실하다. 눈 내리는 날 둘러쓴 스카프 때문에 그 모습은 볼 수 없었다.

　할머니는 모처럼 만난 그날도 수줍은 듯 고개를 외면하고 절뚝이며 지나갔다. 우물우물 볼은 연신 움직일 것이다.

　나는 이 할머니로부터 많은 것을 보고 느끼고 있다. 할머니는,

나이 들어 어떻게 살 것인가, 어떤 삶이 자식들과 이웃에게 외면받지 않는 삶의 방식인가를 몸소 가르쳐 주는 선생님이다.

나와 할머니는 좋은지 나쁜지 아직은 모르는 인연이 있다. 나는 할머니의 몸이 불편하기에 할머니 가족과 타협하였다.

사회 복지사의 안내로 요양보호사의 도움을 받을 수 있도록 해 주었다. 그러나 할머니는 거절했고 자식들이 간병해 주기를 요구했다. 심지어는 요양보호사를 비하하기까지 하여 할머니의 아들과 딸이 나에게 정중히 사과를 하는 일이 벌어졌다.

간병하는 딸이 나에게 눈물 찍으며 하소연했다. 젊었을 때나 늙은 지금이나 어떤 말도 자기주장에 반하면 팽개쳐 버린다고 했다. 이럴 수도 저럴 수도 없다며 눈물 바람이었다.

언젠가 간병하는 딸로부터 전화가 왔다. 내 방에서 의자를 끄집는 소리가 너무 시끄러워서 일층 할머니가 저녁에 잠을 이룰 수 없다고 하소연했다. 조금 조심해 달라는 부탁이었다.

너무나 황당했다. 그러나 그 후 청소기도 돌리지 않는 배려로 나름 불편을 감수하며 무척 조심했다.

몇 달 전 기어이 사단이 났다. 새벽 3시경이었다. 글을 쓰고 있었다.

"쾅쾅쾅! 꽝!"

"쾅쾅쾅! 꽝꽝!"

무슨 소리가 어렴풋이 들리기에 방문을 열어 보았다. 우리 집 현관문을 누군가 발로 차고 있었다.

할머니 목소리가 들렸다. 걸상 끄집는 소리에 잠을 잘 수가 없다며 투덜대고 계단을 내려가고 있었다. 황당했으나 나무랄 수도 없어 아침 일찍 테니스공을 구입하여 걸상 다리에 마스크를 씌웠다.

나이를 먹어 잠을 못 이루나 마음을 비울 만도 한데, 여하튼 대단한 할머니였다.

그 후로 나를 보면 짝사랑하는 남학생을 보듯 멀리서부터 수줍은 소녀같이 고개를 숙였다.

'할머니 성질 좀 죽이지……'

그럴 때면 나는 속으로 중얼거리며 인사를 했다.

"할머니 안녕하세요."

산적 같은 얼굴에 웃음 띤 내 인사는 할머니 속에 얼마나 큰 행짜를 부렸을까?

그런 날은 소소리바람에 문풍지 우는 것 같이 기름기 쭉 빠져 버린 할머니 마음일 것이며, 밥상머리에 앉은 맛은 소태 씹은 맛이 아닐까 싶었다. 생각해 보면 꼬락서니 부리는 귀여움도 늙은 주름살에 고여 있는 것 같았다.

고집 센 할머니와의 갈등을 즐기고 있는 내 마음을 아는 듯 휘몰아치는 눈 갈기는 앙탈을 부렸다.

할머니는 왼쪽 손을 가슴 언저리까지 올려 떨고 있었다. 오른팔은 힘없이 처져 휘적거리고 왼쪽 발은 덜렁거리듯 땅을 짚으며 절뚝거렸다.

할머니의 뒤틀린 몸짓 뒤로 얕잡아보듯 내리는 눈은 할머니를 휘감고 있었다. 여름철 쉬어 버린 주먹밥 덩어리에 달라붙은 쉬파리 같았다. 할머니의 얼굴의 눈 녹은 물은 쉴 새 없이 흘러내리고 있었다. 절뚝이는 자신의 모습을 보고 환장해 버린 마음에서 흘러내린 눈물 같았다.

"친구야! 혹시 그 할머니가 너한테 관심 있는 것 아니냐. 뭔가 이상타."

"뭐야! 너 징한 소리한다. 관둬."

며칠 전 친구에게 새벽에 일어난 일 층 할머니의 현관문 구타 사건을 말해 주었다. 돌아온 대답은 나의 생각을 완전히 뛰어 넘었다. 바둑판에 신의 한 수를 두었던 '알파고'의 답변이었다. 어쩜 그런 생각을 할 수 있을까 싶었다.

패착을 둔 '알파고'의 목소리가 땡감 먹고 쾩쾩거리며 생뚱맞게 내 귀를 물었다.

같은 지붕을 쓰면서 각자의 공간에서 생활하는 빌라 형식의 집 구조에서는 쉽게 이웃을 만나기 어렵다. 아래층을 의식하며 무척 조심스럽게 생활했다. 소금이 쉬어 버릴 정도로 할머니와의 만남이 오랜만에 이루어진 날에는 의무적인 인사만 했다.

"안녕하세요,"

나는 여전히 허리 굽혀 정중하게 인사를 했다. 할머니는 웃음 먹은 듯 수줍게 고개 숙이고 인사를 받는 둥 마는 둥 절뚝거리며 지나쳤다. 정면으로 얼굴을 볼 수 없었다. 볼은 연신 움직이며 알쏭달쏭 알 수 없는 표정으로 삐끗하며 내 눈에서 사라졌다.

"뭐여, 저 표정은? 엉, 그런가? 에이, 미안함 때문이것제, 뭘."

친구가 던졌던 대답이 내 귀를 잡아 당겼다. 이상한 감정의 세계가 순간 끔찍하게 내 앞에 펼쳐졌다.

'그래. 그럴 수도 있겠네.'

왜? 나는 가능성의 세계를 완전히 무시해 버렸을까? 그럴 수 있는 세계를 추호도 인정하질 않았을까?

인간이 인간에게 주고받는 사랑은 최고의 아름다움이다. 이성 간에 목숨을 담보한 사랑의 이야기는 우리를 얼마나 감동시키는 가. 젊고 늙음의 문제가 정을 향해 가는 길목을 지켜서는 안 될 것이다. 더더욱 스스로 그 덫을 설치해서도 안 될 것이다.

박덕은 作 [할머니](2016)

며칠 후면 설이다. 난 실로 오랜만에 빨간색의 묵직한 '액쎈트'가 빗줄 쳐진 넥타이를 목에 차고 정장 차림으로 은행에 갔다. 기분이 상쾌했다.

은행 창구는 붐볐다. 번호표를 뽑아들고 대기하는 시간이 꽤 걸렸다. 기다리는 각양각색의 얼굴과 차림새와 표정을 보니 신기했다. 표정, 손짓 발짓, 목소리, 차림새 등을 보면서 모든 사람들이 참으로 재미있게 생겼다고 생각했다.

창구에서 한 여인이 희끗한 머리를 이고 한 손으로 입을 가린 채 직원과 이야기하고 있었다. 나름 예쁘고 세련된 모습이 눈을 끌었다.

'어디서 본 듯한 얼굴인데, 어디서 봤을까? 어디서 봤을까?'

생각이 나질 않았다. 머릿속이 기억을 추적하며 쫓고 있을 때 내 번호를 불렀다. 창구로 가는 짧은 길은 어수선했다. 그 여인과 하마터면 충돌할 뻔했다. 깜짝 놀라 토끼눈으로 날 쳐다보는 늙은 여인에게 나는 정중히 사과했다.

"어이쿠, 미안합니다."

말없이 지나치던 여인이 고개를 갸우뚱했다. 나 또한 고개를 갸우뚱했다.

은행 일을 마치고 집으로 돌아가는 길, 멀찍이 절뚝거린 모습으로 웅달져 눈이 녹지 않는 길을 가고 있는 사람이 보였다. 걸음새로 보아서 현관문을 발로 구타한 그 할머니였다.

"안녕하세요."

인사를 하고 지나쳤다.

'엇, 은행에서 본 할머니네.'

은행에서 부딪칠 뻔했던 세련된 모습의 그 여인은 심술부리며 내 현관문을 발로 찼던 아래층 할머니였다.

그녀 또한 놀란 표정이었다. 털 고무신 신고 꾀죄죄한 차림의 늙은이가 빗살 친 빨간 무늬 넥타이에 정장 차림으로 인사를 한 것이다.

나의 변신이 놀라웠을까? 물끄러미 나를 쳐다보았다. 지친 눈에 감추어진 눈빛이 예뻤다.

"은행 다녀오시는가요? 무거우실 텐데 보따리는 저를 주시죠."

주저하며 보따리를 나에게 건넸다. 절뚝거리는 발걸음에 마음을 뭉개듯 서 있었다. 나는 못 본 척 앞걸음질쳤다.

"모퉁이 돌아서 커피숍에서 차 한 잔 합시다."

커피숍은 한가했다. 창문가에 앉았다. '사이몬 앤 가펑컬'의 '험한 세상의 다리가 되어' 곡이 흘러나오고 있었다.

"참 좋은 곡이죠? 내가 좋아하는 노래요."

"저도 좋아해요."

앞에 앉은 흰 머리 여인의 붉어지는 얼굴에는 낯꽃이 수줍게 떠다니고 있었다.

내 나이 어느덧 칠십이다. 죽어 버렸다고 생각했던 가슴이 기분 좋게 온기를 띠우며 커피잔 속 뜨거운 향과 어울리고 있었다.

"무척 곱네요."

"선생님도……."

해거름에 검게 기울어가는 시간이 아쉬웠다. 커피향은 우릴 배웅한다면서 집까지 따라왔다.

"즐거웠습니다. 의자 끄집는 소리에도 요새는 잘 주무신가요?"

나의 짓궂은 질문을 홍조 띤 귀불에 걸었다. 그녀는 씩 웃고 일층 현관문 속으로 들어갔다. 나는 계단을 올라와서 이층 현관문을 땄다.

노남이와 노랑녀의 잉꼬 한 쌍, 반가워 재잘대는 노랫소리가 집안 구석구석을 돌아 다녔다. 거울 속에 낯익은 젊은이가 오랜만에 웃고 있었다.

그곳 봄은 맛있었다

오두방정

    십여 년 전에 산세 좋은 곳에 전원주택을 지었다. 식구들 몰래 근사한 집을 지어 보여줄 때 깜짝 놀라는 모습을 상상했다.

    그 즐거움을 품고 싶어 가족 누구와도 타협을 하지 않고 8개월의 비밀스러운 작업 끝에 꽤나 넓고 아름다운 집을 지었다. 그런 내 생각은 낙동강 오리알 신세가 되어 버렸다. 큰일을 타협치 않고 저지른 것에 대한 가족들의 불만은 꽤 오랫동안 집안 구석구석에 자리를 틀고 있었다. 나의 독선은 가족들에게 환영받지 못한 채 생뚱맞은 짓으로 치부되어 버렸다.

    새로 지은 집 마당은 잔디를 깔고 중앙에는 남도 끝자락 어느 가정집에 있는 오래된 재래종 동백을 옮겨 심었다. 마당 가운데 서 있는 동백나무는 아름다웠다. 겨울의 하얀 눈발을 둘러쓴 동백의 푸른 잎은 기름졌다. 잎사귀 틈 사이로 보이는 붉은 마음에 노란 눈망울이 살짝 내려앉은 동백꽃, 뒷담 양지바른 곳에서 소꿉놀이 하다가 예쁘게 토라진 소녀를 연상 시켰다.

    대문 안쪽에는 멀리서도 보이도록 아름드리 하얀 목련을 심었다. 멋진 소나무로 구석구석을 꾸몄다. 잔디로 덮여 있는 마당과 화단의 빨간 철쭉꽃을 환하게 볼 수 있도록 거실은 통유리로 창을 만들었다.

큰일을 가족들과 타협 없이 저지른 무모함을 사과하는 의미로 안방마님과 자식들에 대한 최소한의 배려를 했다.

정문과 뒷마당에는 진돗개 백구를 키웠다. 정문을 지킨 진돗개는 수컷으로 한일이고 뒷마당을 책임진 진돗개는 암컷이며 진순이라고 불렀다. 둘 모두 전국 품평회에 출품하여 입상을 한 명견이었다. 진도 지방에서 사냥을 했던 명견 혈통이었다.

울긋불긋 머리에 띠 두른 산적이 너덜너덜 웃으며 가을을 옆구리에 차고 왔다. 뒷산에 푸름이 기울어 낙엽을 부르고 해질녘 고추잠자리의 조용한 날갯짓은 평화로웠다.

텃밭에는 일 년의 결실을 마무리하기 위해서 참깨, 들깨, 무, 배추, 콩들이 짧은 해를 깊이 빨아들이고 있었다.

동네 끝자락에 있는 전원주택의 밤은 너무 조용했다. 밤에는 진순이의 목걸이를 어김없이 풀어 주었다. 그것을 알고 있는 진순이는 해가 질 무렵의 냄새를 알고 있는 듯했다.

내 발자국이 향할 마음을 알고 뱅글 뱅글 돌았다. 귀를 쫑긋 세우고 앞다리를 구부려 땅에 댔다. 엉덩이를 높여 꼬리를 흔들고 애교를 떨었다.

목줄에서 해방되면 마당을 서너 바퀴 돌며 뛰어와서 내 품에 안겼다. 혀로 내 뺨에 감사함의 흔적을 남겼다. 그 광경을 본 한일이가 길길이 뛰면서 불만을 터뜨렸다.

"나는, 나는요. 주인 양반, 나도 좀 풀어 주쇼. 진순이만 개고, 나는 뭐 개새끼요. 해도 해도 너무 하요."

분하고 억울한 듯 폴딱 폴딱 뛰며 코는 벌렁거리고 부끄럼 없이 다리 들고 오줌을 질질 쌌다. 그 모습은 허천병 걸려 환장을 한 미친놈 같았다.

"콱, 이놈의 새끼. 목줄 풀어 놓으면 뭣 했냐. 맨날 이 집 저 집 기웃이며 남 서방 쫓아 내고 남 여편네 허리춤에 차고 다니다 눈 꾀죄죄하고 몰래 들어와서 몇 날 며칠을 잠만 퍼 잔 놈 아니냐."

나의 꾸중을 먹은 한일이는 슬그머니 꼬리를 내렸다. 그리고 애잔하게 하늘을 보고 슬프게 목을 짜냈다.

"워이 워, 컹컹."

'그나저나 순이 댁, 기다린다 했는디, 바람필까 걱정되네. 에이 참.'

한일이 놈은 투덜거리듯 몇 번을 짖다가 염치없는지 턱을 괴고 엎드린 모습이 생을 포기해 버린 놈 같았다. 그 모습은 나를 항상 약하게 만들었다. 목줄을 풀어 주느냐 마느냐의 갈등은 항상 풀어 주라는 놈이 이겼다.

마음의 갈등을 느끼며 목줄 고리를 풀어 주면 마당을 진순이와 서너 바퀴 신나게 돌았다. 그 모습에서 명견 진돗개 숫놈의 품위 있는 위용이 나타나고 있었다.

"그렇게 좋으냐. 하기야, 물어본 내가 속없지. 오늘밤은 자유롭게 진순이와 집을 지켜라잉."

그런 날이면 한일이의 흰 얼굴을 며칠간 볼 수 없고 온 동네 수캐들의 깨갱거리는 소리가 여기저기서 들렸다.

암캐들은 방금까지 정을 나누었던 짝꿍을 버리고 요염한 자태로 꼬리를 흔들며 한일이 앞에서 뒹굴었다. 중전이 되기 위한 신경전을 벌이고 서로를 나비눈으로 쳐다보며 날선 이로 으르렁 거렸다. 그렇게 한일이는 온 동네 개들의 세상을 평정해 버리고 후궁을 거느리며 정력을 과시했다.

몇 달 후 동네 박 씨, 김 씨, 양 씨가 반갑게 인사를 했다.

"오매, 최 씨, 고맙소. 우리 집 워리가 새끼 뱄어라. 진돗개 한일이 씨를 말이오."

"우리 집도 그라요. 경사요, 경사!"

나의 망설임 끝에 풀어준 한일이의 목줄 때문에 마른 개천에 배다른 용이 태어난 진풍경이 생겼다. 그런 일이 있은 후에 한일이의 목줄에 힘을 더 가했다. 내 마음은 짠한 연민으로 항상 한일이를 바라본다. 진순이는 역시 여자였다. 동네 어귀까지 한일이와 나들이를 나오나 반드시 집으로 돌아왔다. 그리고 나를 지켜주듯 그의 숨소리는 내 곁에 항상 붙어 있었다. 그런 진순이에 대한 애정은 한일이와는 조금 다르게 나에게 다가왔다.

진순이가 뒤 담벼락을 훌쩍 뛰어넘어 갔다. 노송이 서 있는 높은 자리에서 제법 멋진 자세를 취하며 낮게 날고 있는 산까치들을 보고 있었다. 방으로 들어온 나는 신문을 펼쳐 들고 세상을 그려놓은 그림과 글을 읽고 있었다.

"철썩, 푸다닥."

앞마당 한일이가 죽기 살기로 짖어댔다. 대문 밖에는 새털들이 흩날리고 있었다. 진순이는 산까치를 입에 물고 귀를 쫑긋 세우고 나를 보며 뱅글뱅글 돌며 자기의 사냥 실력을 뽐내고 있었다.

참깻대를 베던 날 오후, 시누대 밭.

"으르렁, 캭, 캭, 으르렁."

시누대가 흔들리고 진순이가 시누대 밭에서 꼬리를 흔들며 나왔다. 그리고 얼마 후 시누대가 또다시 몹시 흔들리더니 시커먼 털복숭이들이 쏜살같이 산 쪽으로 튀었다.

"응, 뭣이여! 너구린가, 오소린가?"

나는 깻대를 낫질하여 성급하게 고소함을 맛보며 잘 마르도록 세워 두었다.

다음 날 아침, 다가올 겨울 눈발을 녹이는 짙은 빨강 마음을 보기 위해서 동백나무에 보약을 주었다. 보약은 막걸리었다.

진순이가 내 옆에 없었다. 내가 있는 곳에 진순이의 기척이 없다는 것은 상상하기 어려운 일이었다.

"진순아, 진순아."

기척이 없었다. 급히 진순이 집을 들여다보았다. 조용히 꼬리를 흔드는지 뒤쪽 벽을 때리는 소리가 들렸다. 그리고 열심히 왼쪽 앞다리와 목 근처를 혀로 핥고 있었다.

"진순아, 진순이 이리 와 봐."

절뚝거리며 나에게 왔다. 상태를 살펴보니 예리한 이빨자국이 목과 다리에 있었다. 시누대 밭에서 혈투로 얻은 상처였다.

"상처가 솔찬히 깊소. 어디 산에 데리고 가서 사냥했소?"

동물병원 원장이 불쑥 말을 던졌다.

"아니오, 우리 집 뒷산 시누대 밭에서 혈투가 벌어졌나 보네요."

"너구리? 오소리? 여하튼 야생동물에 찢기고 물린 상처입니다. 혹시 감염될 질 모르니 항생제 주사를 놓았습니다. 스스로 이겨내야 합니다."

원장의 뒷말을 남기고 진순이를 집에 데리고 왔다. 진순이가 고통스러운 신음 소리를 냈다.

"끄으응, 끙."

소리 없이 진순이는 몇 날 동안 식음을 전폐하며 상처 난 부위를 핥으며 침묵 속에 시간을 보내고 있었다. 나는 수시로 진순이를 살피며 쾌유되기를 빌고 회복될 것을 믿었다.

며칠 후 깻대를 베어버린 텃밭에 큰 털복숭이가 몸이 팅팅 부어 있는 채 엎드려 있었다.

"조 씨, 뭣이 죽어 있는디, 뭣인가 볼라요."

급히 조 씨를 불렀다.

"너구리요. 아따, 그놈 되게 크네. 내가 가져갈라요."

야생 너구리는 집에서 키운 개 진순이와 싸우다 죽어, 조 씨라는 사람의 보신용이 되었다. 그렇게 너구리는 생을 마쳤다.

전원주택의 조용한 침묵은 진순이의 고통을 품고 더욱 깊고 낮게 엎드렸다.

모처럼 쉬는 날 나는 낮잠을 즐기고 있었다. 잠결에 추위를 느끼며 기분 나쁜 이상한 떨림을 느꼈다. 대수롭지 않게 생각하며 다시 잠을 불러 오고 있었다.

추위와 떨림이 재주를 부리기 시작했다. 싸이데키 조명에 몸을 맡긴 '락' 가수들이 몸을 흔들어 대는 것 같이 전신을 때리고 턱뼈를 맞추며 내장이 춤을 추었다.

"어, 왜 이런다냐, 술병 나서 그라겠제. 뚜껀 이불 덮으면 될 것이여."

떨리는 몸을 일으켜 이불을 하나 둘 펴서 몸을 덮었으나 소용없었다. 몸은 더욱 격한 사우팅으로 무엇인가에 분풀이를 하는 것 같았다. 혈관을 타고 온 차가움이 내장벽을 사정없이 두드리기 시작했다. 참을 수가 없었다.

"아이고! 나 죽겠네. 원메 이것이 뭣이당가. 아이고, 인자 절대 술 안 먹을 텐게 나 좀 살려 주소. 아이고 죽겠네, 어야, 119 빨리 불러."

나는 응급실에 있었다. 수속 밟고 어쩌구 저쩌구 하는 동안 나는 꾀병을 부렸던 파렴치한 사람이 되어 버렸다. 할 말이 없었다.

진순이는 내가 병원 응급차에 실려 가는 것을 무척 걱정했나 보다. 늦은 시간 집에 온 나를 보고 뛰면서 좋아하던 모습이 눈에 선하다. 후에 알게 된 사실은 그때의 몸 떨린 사건은 지금 내 안에 자

리잡은 어려움의 전조였다.

진순이는 조용한 침묵 속에 그의 몸을 숨긴 채 상처를 치료하고 있었다. 사람인 나는 오두방정을 떨며 아픔을 맞이했고 진순이는 창조주가 준 회복의 시간을 침묵 속에서 기다리고 있었다. 그 침묵이 너무나 깊고 진지했다.

백구 진순이가 회복되어 침묵을 깨고 달려와 내 품에 안기던 날, 내 기쁨은 황금빛 잔디마당 위에서 춤을 추었다.

지붕 위 고추잠자리가 가을 하늘 한 조각을 먹으며 빨간 꼬리를 자랑하고, 해거름 노을빛 먼 하늘에 물수제비를 뜨며 뿌려진 꽃구름의 선혈이 붉게 번지고 있었다.

순덕이 누님

비가 오는 이른 새벽녘 이팝나무 하얀 꽃 속에 앉아 있는 마음을 찾아들고 서성인다. 나의 삶 중에서 제일 감격스럽게 먹었던 음식이 무엇일까 생각해 본다.

뗏죽거리 무시밥 도시락 이야기 속으로 추락해 들어갔다.

당산나무를 끼고 한 점의 흰 구름이 쓰러질 듯 팔을 저으며 뗏죽거리로 달려왔다. 흐트러진 머리를 매만지고 헐떡거린 숨을 몰아쉬며 엎어질 듯 나에게 왔다. 넘어져 피가 난 손등과 발등을 만지며 말했다.

"아이고, 아픈거. 염병할 새끼, 아침부터 사람을 고생시키네."

나는 지방 소도시 초등학교를 마치고 부모님의 기대 속에 중학교를 광주로 유학 왔다. 광주에서 조금 떨어져 있는 군 소재지에 백부님 집이 있었다. 나는 백부님 집에서 버스 통학을 하게 되었다. 나에게 평생 기쁘고 아픈 추억의 이야기들이 이때부터 젖을 빨게 되었다.

일류 중학교에 입학해야 된다고 몸부림치며 공부했던 후유증

탓이었을까. 아니면 자연이 주는 앞바람 소리와 뒤바람 소리가 좋아서였을까.

빛이 노니는 언덕배기의 갈마색 푸름이 빨강 노랑 열매를 맺는 신비스러움이 좋아서였을까.

하늘을 날고 있는 새가 바람 타고, 바람과 놀며, 바람을 가르는 날갯짓, 바람칼을 보는 산뜻한 멋에 취해서였을까.

물수제비뜨기를 하면서 아이들의 깔깔거리는 웃음소리가 햇살과 함께 번지는 즐거움에 취해서였을까. 학교를 다녀온 후 책가방 속의 책과 나는 완전히 분리되어 버렸다.

책가방 속의 책은 나의 무관심과 게으른 일상이 고스란히 함몰되어 곰팡이를 피우고 있었다. 책갈피는 나의 손길을 기다리며 항상 투덜거리고 있었다.

지금 생각해 보면 책은 자기에게 쏟는 눈길을 기다리는 사람 같다. 사랑하는 사람에게 비밀스런 속살 보이기를 원하는 매력이 넘치는 사람, 인격과 지성을 겸비한 멋을 갖춘 여인이 아닌가 싶다.

방과 후 나는 책가방을 매몰차게 어디엔가 던져두었다. 학교에 갈 때는 어디에다 던져두었는지 몰라 허둥거렸다.

"누나, 내 책가방 봤는가? 어따 뒀을까?"

"아나, 여기 있다. 큰일이다, 큰일."

구시렁거리면서 누나는 책가방과 도시락을 챙겨 주었다. 책과 함께한 시간은 학교 수업시간 외에 집에서는 거의 없었다.

숙제는 왜 그렇게 많았는지 숙제를 온전히 마무리한 적이 없었다. 나는 공부라는 문제에 대해서 깊이 있는 시간을 갖지 않았다.

아버지는 매주 토요일 직장 퇴근 후에 꼭 백부님 집에 와서 내 마음과 생각들을 정리해 주었다. 나는 그 시간이 제일 어렵고 두려운 시간이었다.

아버지와의 만남을 피하기 위해 주말이면 종일토록 산과 들의 등을 두드리고 고추잠자리 꽁무니를 따라다녔다. 그런 나를 아버지는 한 번도 꾸짖거나 나무라지 않았다.

내 눈에 웅장하게 보인 황토빛 육중한 대문은 매일 가슴을 열어 주길 원했다. 그 앞에 서면 내 손길이 매만져 주길 기다리고 있는 것 같아 기분이 좋았다.

옷고름 매만지며 가슴 빗장을 열면 '좌악' 소리가 상큼하게 들렸다. 황토빛 가슴속으로 들어가면 싱싱한 바람이 불어왔다.

허기진 숨결이 헐떡거리며 고개를 막 넘을 때 감추어 있던 드넓은 호수가 꿈같이 다가와서 눈을 덮치는 새파란 충격, 나는 그 아름다운 충격 속으로 빨려들어 갔다. 나는 나의 세계로 줄달음 질쳤다.

들녘 난들이 펼쳐진 언저리에 꽃기운이 아무런 간섭 없이 자유로운 춤을 추었다. 나는 훨훨 날아다녔다.

벚꽃이 질 무렵 꽃눈개비 떨어진 길을 걸으면 어머니가 보고 싶었다. 어깨 위에 차곡차곡 쌓이는 꽃눈개비가 시나브로 녹으면서 가슴속을 파고들었다. 그 물이 내 눈물인 양 슬펐다. 내 안에 다른 내가 있었다.

찔레꽃이 피기 시작하는 계절이면 가출한 불량소년이 되어 보리 끄스름을 하고 참외, 수박 서리에 신이 났다. 흑인처럼 변해 버린 까칠한 몰골은 방학을 해서 엄마를 만날 때까지 나를 장식했으며 그런 내 모습은 엄마의 눈시울을 적시게 했다.

찔레꽃 머리가 빨갛게 익기 시작할 때쯤 어두운 저수지 방천에서 보는 도깨비불은 신비스러웠다. 내 안에서 많은 이야기들이 내 몸을 간지럽게 했다.

박덕은 作 [누님](2016)

　찬바람 머리에 명지바람이 강섶을 훑으며 지날 때 산천의 모든
것은 내 것이었다.
　서원 지붕 위에 올라가서 기왓장 들춰내고 참새알 꺼내 삶아
먹다 들켜 백부님께 종아리를 실컷 두들겨 맞았다. 벼 베어낸 논
방죽을 몇 시간을 드레질하여 붕어와 미꾸라지를 잡아 매운탕으

로 포식하며 즐거워했다. 내 안에서 어떤 즐거움이 일어서며 신이 났다.

눈 내린 겨울 쇠죽 쑨 사랑방 아랫목 엉덩이는 불이 났다. 동네 총각들의 질펀한 이야기들은 알 듯 모를 듯했다. 학교 숙제를 해야 한다는 걱정만 할 뿐 사랑방 총각들 속옷 보리쌀만 한 이들의 알 까는 소리를 듣는 것이 좋았다.

밤새워 내린 숫눈을 밟은 누님의 목소리는 새벽을 깨웠다.
"워매, 도둑눈이 겁나게 내렸어야!"
이런 시간 속의 나는 많은 이야기들이 내 안에서 웃고, 울고, 슬퍼하고, 미워하는 각각의 내가 분리되어 있는 것 같았다.
학교 성적은 당연히 꼴찌였으며 대가로 청소 당번은 따 놓은 당상이었다.
철이 없었는지 공부가 꼴찌라는 사실에 전혀 부끄러움이 없었다. 언제든지 공부는 따라갈 수가 있을 것 같았다. 내 아버지도 나에 대해선 볼만장만했다. 이렇게 이 년이 흘러가고 있었다.

"누나, 또 무시밥인가? 도시락 안 가져가."
당산나무 열매가 누렇게 익어 달짝지근하게 맛을 자랑하는 늦가을이었다.
아침 도시락 때문에 죄 없는 순덕 누나에게 퉁을 파고 나는 뗏죽거리로 향했다. 자갈밭 버스길을 달려오는 자동차는 먼지를 뿌리고 흔들거리는 엉덩이만 보여 주었다.
통학생들은 자기 멋대로 오는 버스를 눈 빠지게 기다렸다.
뗏죽거리에서 저수지를 끼고 도는 길을 내려다보니 변함이 없었다. 멀리 보이는 저수지는 아름다웠고 서원에서 들려오는 참새

그곳 봄은 맛있었다

들의 지저귐은 화려한 아침을 만들고 있었다.

저 멀리 동네 당산나무를 끼고 한 점의 흰 구름이 쓰러질 듯 팔을 저으며 달려오고 있었다. 세찬 바람에 구름이 찢겨 저수지 물 위를 떠다니더니 흐트러진 머리를 매만지며 헐떡거린 숨을 몰아쉬고 엎어지듯 나에게 왔다.

"아야, 도시락을 안 가져가면 쓰겠냐! 배고픈게 언능 가져가라 잉. 학교 끝나면 해찰 말고 언릉 와라 와. 감자 삶아 놓을 텐게."

넘어졌는지 상처 난 손등과 발에서는 피가 나고 있었다.

"아이고, 아픈거. 염병할 새끼, 아침부터 사람을 고생시키네."

누나의 퉁명스럽게 던진 말꼬리가 울퉁불퉁 달리는 버스에 시달리더니 내 귓불에 찰싹 달라붙었다.

점심시간, 조심스럽게 도시락 뚜껑을 열었다. 넘어져 박치기 한 도시락 낯바닥은 엉망진창이었다. 검정 빨강 색깔로 짓이겨 분칠한 얼굴이 바보같이 헤헤 웃고 있었다.

낯바닥에 분칠한 빨간색은 김치국물이고 검정색 돈 버짐은 봄철에 여린 가죽나무 순을 따서 만든 가죽나무잎 무침 반찬이었다.

질컥거린 무시 도시락밥을 목에 넘길 때 왠지 모르게 코끝이 찡하고 눈물이 뚝 떨어졌다. 나는 사랑을 먹고 있었다.

"염병할 새끼."

투박한 순덕이 누님의 음성이 귓불에서 정겹게 들려왔다.

'너를 사랑한다.'

가죽나무잎에 몇 방울 떨군 참기름의 고소한 내음 속에 묻힌 누님의 마음이 나를 울컥거리게 했다.

"야, 너만 맛있게 묵지 말고, 나도 좀 묵자. 참기름 냄새가 고소하다. 이것이 뭣이냐? 꼭 해우 무침 같다."

짝꿍이 코를 킁킁거리며 젓가락을 들이댔다.

"응, 가죽나무잎이여."

나는 눈자락을 훔치며 자랑하듯 말했다.

"야, 진짜로 맛있다. 내일도 싸 가지고 와라잉."

그날 방과 후 집에 오면서 나는 다짐했다.

"이보게, 친구, 이제부터 공부를 해야 하지 않겠는가."

식구들은 밭일을 나가 버려 아무도 없었다. 김이 모락모락 나는 감자 한 소쿠리가 대청마루에서 순덕이 누나의 마음을 물비늘 치며 열을 식히고 있었다.

그 누님이 보고 싶다.

황토 무시

사랑채를 품고 있는 넓은 구릉 위에 손대면 쨍그랑 깨져 버릴 것 같은 늦가을 파란하늘이 펼쳐 있었다. 파란 하늘의 햇빛 날개가 산 능성이의 넓은 무시밭을 내리 쬐고 있었다.

푸른 무시밭은 꽃잠 잘 신랑 신부를 위해 푸른 이불을 깔아놓은 신방 같았다.

풋풋한 싱그러움과 내음이 눈과 코에 똬리를 틀었다. 밭고랑 사이로 보이는 황토빛 얼굴은 들에서 일한 값으로 받은 훈장 같은 빛, 살아 있는 우리네 어머니의 얼굴색이었다.

넓은 무시밭을 보고 있으면 갈맷빛 슬픔이 고추잠자리 떼와 함께 몰려왔다. 밭고랑을 밟으려면 어릴 때나 어른이 되었을 때나 숙연하다.

무, 무우, 무시라는 채소는 '무'가 표준말이다. 별 매력 없는 '무'라는 표준말 때문에 무우라는 말은 그리하더라도 맛있는 무시라는 말은 촌스런 말로 전락해 버렸다. 아무리 생각해 보아도 '무'보다는 '무시'라는 표현에서 맛스러움이 더 깊게 느껴진다.

무는 쓸데가 워낙 많고 요리 또한 끝이 없다. 김치, 깍두기, 김장속, 장아찌……

가을 무 수확기에 구덕을 파서 묻어 놓고 겨울 깊은 밤 야참으로 깎아 먹던 시절로 들어가 본다.

몸이 환해지고 시원해지는 듯하다. 그러나 생각해 보면 그 맛은 무의 참맛을 비켜난 자투리 맛이다. 조족지혈이며 번데기 앞에서 주름잡는 꼴이다.

푸른 파마머리 그대로 퉁퉁한 무 다발을 깊은 샘물에 씻어 소금 넣고 물을 부어 뒤안 대나무 밭 장독대에 놔둔다.

자연과 시간은 그들을 삭혀 새로운 맛있는 먹거리를 만들어 냈다. 눈 내린 겨울 몰아친 삭풍에 외로운 대나무가 몸 비비며 울어대던 밤, 김이 모락모락 나는 고구마를 호호 불며 먹을 때 살얼음 낀 싱건지의 국물 맛과 무맛은 절정을 이룬다.

그러나 나에게서의 무맛의 절정은 내 고향의 말로, '오메, 징하게 맛있는 거, 싱건지 무시 맛!'이다.

무, 무우 맛이 아닌 황토 무시 맛이다. 나는 계속 무를 무시라고 부를 것이다.

나에게는 황토 무시밭에 대한 아픈 추억이 있다. 백부님은 꽤나 많은 재산을 할아버지로부터 물려받았다. 풍요로웠다.

아버지를 따라 여름방학과 겨울방학 때는 꼭 나의 탯자리 백부님 댁에 갔다. 자자 일촌인 고향, 내 또래는 모두가 형과 동생들이었다.

겨울방학 때는 뒷산에서 관솔 꺾어 불피우며 고구마 구워 먹고 검정 칠해진 입 주둥이를 보고 서로 웃고 이 집 저 집이 내 집인 양 두루치며 먹고 잤다.

통무시로 담근 살얼음 낀 싱건지의 맛은 나에게 밥 먹을 시간

그곳 봄은 맛있었다

을 기다리게 했다.

여름방학 때는 형들 따라 남의 동네 참외, 수박 서리하는 재미에 빠졌다. 수박 서리를 형들과 나갔다. 큰 수박 덩이를 찾기 위해 더듬고 한참을 기어갔다.

어둠 속에서 담뱃불이 크게 일어서며 쇠꼬챙이를 끌며 떨리는 목소리로 질문을 던졌다.

"누구요?"

"서리꾼이오."

도적놈이 그렇게 말할 순 없질 않는가. 삼십육계 도망쳤다. 하필 쫓겨 도망을 간 것이 울퉁불퉁 고랑을 쳐 무시 씨를 파종해 놓은 밭이었다. 도망가다 높은 턱에 걸려 넘어지고 일어나 도망가다 또 턱에 걸려 넘어지고 쫓고 쫓기는 심야의 소동에 무시 밭만 엉망진창이 돼 버렸다.

다음날 이른 아침 잠결에 된불 맞은 벅구가 펄쩍 뛰며 깨갱거리듯 친척의 숨넘어간 소리가 들렸다.

"성님, 환장하겄소. 뭔 염병할 새끼들이 달밤에 무시밭에서 춤을 췄을까라, 엉망진창 돼 부렀소. 미쳐 불겄소. 올 무시 농사 포기해 불라요."

그날 밤 도망가는 서리꾼이나, 쫓는 자나, 씨 품고 있는 친척 무시밭은 재수에 옴 붙은 밤이었다.

고향의 당산나무는 나를 보며 늙어갔고 나 또한 아버지의 뒷모습에서 슬픔 같은 것을 느끼는 나이가 됐다.

백부님은 언덕배기 산을 개간하여 넓은 면적에 일확천금의 꿈을 꾸면서 무시를 파종했다.

백부님 가족들과 무시들의 한 서린 노래와 슬픔을 품게 될 황토 땅은 '사랑채'라는 이름을 얻게 되었다.

박덕은 作 [무우밭](2016)

　이때부터 아버지는 백부님을 돕는다고 꽤 많은 돈을 보냈다.
　고생을 실컷 먹은 황토땅 사랑채는 결실을 두고 파란 가을하늘
에 배부른 땅심을 토해내고 있었다. 황토빛 땅에서 살짝 살짝 보인
푸른 무시 얼굴은 자연이 준 상큼함과 건강함을 자랑하고 있었다.
　가을바람과 함께 밭떼기 상인들이 찾아왔다. 어찌된 일인지 백

부님은 그들과의 계약을 미루었다. 무시 값은 더 오를 것이라며 확신에 차서 계약을 미루었다.

"형님이 한꺼번에 너무 욕심 부린 거 아녀?"

아버지는 불만스럽게 말했다. 주위 사람들도 적당한 선에서 처분하기를 원했으나 백부님은 마음자락을 묶어 버렸다. 기어이 욕심이 화를 불렀다. 무시값은 화려한 에어쇼에서 수직 상승한 비행기가 하강하듯 땅바닥으로 곤두박질했다.

백부님은 급히 무시를 밭에서 작업을 하여 몇 대의 화물차에 싣고 직접 서울로 올라갔다.

무시 작업을 끝낸 사랑채의 모습은 쓸쓸함 그것이었다. 노름꾼 남편으로부터 머리채를 잡혀 실컷 두들겨 맞은 아낙네의 울먹거림 같은 처절함이 늦가을 찬바람에 황량하게 나뒹굴었다. 며칠 후 백부님은 화물 운송비도 주지 못한 채 몸만 도망쳐 왔다.

사랑채 넓은 낮바닥은 매년 여름 노란 무시 장다리꽃을 피워댔다. 장다리꽃은 모든 것을 희생하여 가정과 자식을 키우는 어머니 같은 꽃이다. 씨를 여물게 한 후에 삐쩍 마른 몸은 아궁이 불쏘시개가 된다.

장다리꽃을 뛰쳐나온 무시 씨는 사랑채에 뿌려졌다. 무시는 가을에 싱싱한 이파리를 둘러쓰고 황토에서 살을 찌우며 작년의 손해를 만회할 희망을 백부님에게 주었다. 그러는 사이에 이 땅 저 땅이 백부님 재산 목록에서 떠났다.

유산으로 받았던 꽤나 많던 재산도 모시 바지 방귀 사라지듯 사라지고 있었다. 우리집 또한 경제적 어려움이 뒤따랐다. 큰집이 잘 살아야 된다는 아버지의 신념을 꺾기는 어려웠다.

백부님은 주위의 비난을 감수하며 무시 농사에 너 죽고 나 죽자 막가파식 열정으로 두엄을 맨손으로 뒤적였다.

신중하게 몇 년 간의 기후 변화와 전국의 경작 면적을 살피며 무시 농사에 전념했다. 그러나 항상 예상을 빗나간 실패만이 사랑채를 떠돌다 시키면 연기만 내뿜고 고독하게 울었다.

백부님이 무시 농사를 한 해 쉬면 무시 값은 대박을 치고 또 무시 농사에 전념하면 무시 값은 똥값이 되는 불가사의한 일이 벌어졌다.

완전히 운으로 귀결 지을 수밖에 없었다. 입방아꾼들은 백부님 사주팔자는 운이 없는 팔자로 태어났다고 수군거렸다.

그래서 그랬을까? 내 기억으로 백부님 눈에 마지막 하늘빛이 들어오는 날까지 무시 농사에서 재미를 본 적이 없는 걸로 기억된다. 여하튼 무시밭은 빛 좋은 개살구였으며 실패의 연속이었다. 그런 상황을 어떻게 설명할 수가 없었다.

자신이 결코 무모하고 무능한 사람이 아니라는 걸 필사적으로 증명하고 싶었던 백부님이었다. 현실은 그를 잔인하게 외면했고 주위에서의 빈정거림은 용사골 계곡을 타고 사랑채에 떨어졌다.

"역시나, 또야."

"꼭, 니 큰아버지 같은 멍청한 고집이다."

아버지가 고집 피우는 나에게 한 말이다. 그 말이 나에게 가장 치욕스런 말로 가슴속에 자리 잡고 있다는 것을 아버지는 몰랐을 것이다.

백부님의 실패는 직관력의 부족, 조급함, 일과 주위 사람들에게 사랑하는 마음으로 접근하지 못했기 때문이라고 나는 결론을 내렸다. 자기만의 명예 회복을 위하여 주위를 희생시키고 자기도 매몰되어 버린 삶을 살다 갔다.

황토 무시 한 다발을 샀다. 옛날의 통무시 싱건지 맛을 어디서 맛볼 수 없다. 그러나 그 맛이 그립다.

칼날이 상큼한 소리를 자르며 무시를 만지면 무시는 흰 면발을 쏟으며 쓰러졌다. 고춧가루 넣고 마늘을 다지고 깨소금 손맛 넣어 무시채지를 만들었다.

김이 모락모락 나는 밥에 참기름 몇 방울과 고향의 맛도 떨어뜨려 양푼에 비볐다. 아내에게 한 입, 아들 녀석 입에 한 숟갈, 딸에게 한 입, 나도 한 숟갈 물었다. 입 안에 고소함으로 사근사근 씹힌 행복이 가 버린 사랑을 업고 온 것 같았다. 양푼의 비빔밥은 줄지 않았다. 태평양 너머로 전화를 해야겠다는 간절함이 첫길 떠나는 총각처럼 설렜다. 마음 편하게 주지 못했던 사랑을 사과하리라.

"꼭, 니 큰아버지 같다."

아버지의 아픈 마음속에 서럽게 숨어 있는 깊은 사랑을 아버지가 떠나신 후에 알게 된 소리, 그 소리를 듣고 싶었다.

황토 무시채지에 버무려진 맛이 장다리꽃이 핀 사랑채 밭고랑을 거닐었다.

통명산 자드락의 행복한 둥지

통명산 산자락이 명주필을 풀며 춤을 추었다. 하늘을 휘감는 바람칼 춤사위는 칼깃을 접고 자드락에 둥지를 틀었다. 무지개 뜨던 날 틀었던 아버지 품 같은 둥지, 경악골이다.

통명산이 눈 속에서 땅딸이 노란 꽃잎의 뜬 눈을 보여 주었다. 복수초다. 통명산이 어느새 겨울옷을 벗어 버리고 봄을 제일 먼저 알려 주는 멜라초꽃을 들고 뚜벅 뚜벅 너덜길을 내려왔다.

봄소식이 멀리 나래를 펴자 때 묻지 않고 정직한 마음들이 자신의 꿈을 찾고 그 꿈을 위해 옹기종기 모였다. 불어오는 봄바람에 아름다운 시심은 춤추고 덤부렁듬쑥한 경악골 생강나무는 노란 향을 피웠다. 숲이 우거져 그윽한 경악골의 풍요로운 마음이 '박덕은 문학관' 지붕 위에 배를 깔고 부릿재를 내려다보고 있을 때, 나를 태운 자동차는 영원히 늙지 않는다는 어머니 가르마 같은 길, 부릿재에 들어섰다.

힘겨운 뒷심 소리를 한번 내더니만, 쓱삭 늙지 않는 길 중턱에 자리잡은 문학관 앞마당에 거친 숨소리를 토해냈다.

슬쩍 지나친 차창 밖 부릿재 풍경은 겨우내 잠자던 땅 내음이 갓 시집온 땅 마음을 껴안고 여유롭게 봄볕을 맛보고 있었다.

문학관 앞 자목련은 어깨를 늘어뜨리고 있었다. 안타까운 모습으로 자기 몸에서 떨어진 꽃잎을 보며 흰 목련보다 한 맺힌 긴 숨을 길게 품어내고 있는 듯했다. 피 토한 자국을 남긴 꽃잎들이 말려 있어 얼굴이 애잔했다.

자목련 그늘 아래 쓸만한 진돗개 백구가 꼬리를 흔들고 울대를 쥐어짜며 짖어댔다. 겨울을 보내고 봄 내음이 물씬 풍기는 계절에 입맛 다시며 찾아온 염치없는 객이 싫은 듯, 반가운 모양이었다.

"아, 이놈아. 꼬리를 흔들지를 말거나, 울대를 쥐어짜지를 말거나. 징하게 헷갈리게 하네."

나는 실없는 푸념을 백구에게 던졌다.

야성미를 절제하며 넉넉한 마음으로 주위를 포용하는 것 같은 경악골은 볼수록 매력이 넘쳐났다. 그가 품고 있는 속 깊은 침묵은 잔잔한 사랑이 일렁이는 아버지 뒷모습 같았다.

다가서기 어려운 인품 때문에 멀리서 존경하는 마음만 보내며 아버지의 깊은 사랑에 눈물 찍던 마음, 그 마음을 갖고 싶어 아침을 가르고 경악골에 왔다.

만나기로 한 문우들은 아직 도착하지 않았다. 나는 감춰둔 사랑을 몰래 만나러 가는 것처럼 남아 있는 부릿재를 향해 가쁜 숨을 쉬었다. 땅주인의 성실함과 부지런함에 만족한 듯 부릿재 양옆 매실나무와 백일홍나무의 등신은 윤기가 자르르 흘렀다. 그 가지에 통명산의 성숙한 봄볕이 앉아 있었다.

봄볕을 등에 지고 늙지 않는다는 길을 걸었다. 모처럼 부자 같은 마음이 설레는 마음을 꼬집었다.

"아, 이 싱그러운 햇살, 봄 내음."

길바닥에 누워 오늘을 잃어버리고 싶었다. 머릿속이 갑자기 흰 꽃의 아우성으로 몸부림치며 보내버린 시간이 아깝다고 투덜댔다.

가쁜 숨을 숨기며 발걸음이 눈맞춤했다. 레게 머리에 빨간 리본을 치렁치렁 매단 홍도화의 관능미가 매혹적으로 다가와 내 눈 속에 빨간 꽃을 피웠다. 태양이 준 아름다움에 현기증을 만난 내 몸뚱이는 땅주인이 적당한 위치에 마련한 의자에 몸을 맡겼다. 의자에 앉으니 부릿재의 거짓 없는 몸매가 훤히 보였다. 방금 지나온 부릿재가 눈에 꿈틀거렸다.

버스 다니는 신작로에 보고픈 가족들이 나를 보고 손짓하며 오고 있었다. 항상 엄마 같은 아내가 노란 꽃무늬 원피스 차림으로 웃고 있었다. 아들놈이 곱슬머리 차림으로 나를 부르며 깡충 거렸다.

"아빠."

보기에도 아까운 새침데기 딸내미도 나를 부르며 손을 흔들었다.

이때 부릿재가 가족들과의 만남을 허락하지 않고 둘둘 말려 오고 있었다. 나는 통명산 메숲지로 들어가고 가족들은 현세에 남아 동동 발을 구르며 울고 있었다.

이별이었다. 부질없는 생각이건만 슬픔이 일렁거리며 눈구석에서 흐느낌 같은 것이 피어올랐다. 긴 시간 보고픔을 외면한 내게 외롭다는 생각을 가져온 바보스런 대갈통을 심하게 흔들었다. 생각이 뚝 떨어졌다. 발로 힘껏 차 버렸다.

흐려진 내 눈 앞에 불쑥 경악골 봄 내음이 봄 햇살의 입술을 물고 와서 나와 함께 남아 있는 부릿재를 걷자고 했다. 침묵 속에 걸었다. 부릿재 끝에 섰다.

나는 경악골에 나래를 편 자연인에게 나의 속내를 말했다.

"사랑하는 가족에게 나를 보이고 싶지 않네."

아무도 모르게 나만이 만난 경악골의 봄을 마음에 한아름 담고 박덕은 문학관의 문을 열었다.

문우들은 낮꽃이 핀 얼굴에 살가운 마음으로 서로의 눈길을 주고받았다. 문학관 수업은 아름다웠고 열정이 숨 쉬고 사랑과 배려 속에 격려하며 옥동자를 품에 안았다.

나는야 영원토록 님 곁에 있고 싶어
언제나 늘 변함없이 원앙같이 있고파
-황귀옥 '복수초' 중에서

태어난 옥동자의 시심의 노래 소리는 경악골의 깊은 지성에 잔잔한 감동을 주어 춤을 추게 했다. 경악골의 따스한 봄볕은 복수초를 노래한 주인장 집 처마 밑에 걸터앉아 길 건너 국사봉을 큰 소리로 부르고 있었다.

"어이, 국사봉. 이곳에서 넘실거리는 시심에 자네의 지친 마음을 담그고 싶지 않는가."

경악골에서 나온 봄날의 향기로움은 주인장의 사랑을 품고 통명산 산자락과 술수평이를 오가며 우거진 정을 노래했다.

경악골 깊은 마음은 티 없이 맑은 가족들의 시심에 조용히 박수를 보내고 있었음이 틀림없었다.

들고양이가 돋을양지에 자리 잡고 누워 새 생명을 탄생시켰다.

동심의 세계를 거닐던 토끼마녀 정은희 작가가 통명산 코숭이에서 꺾어 꽃병에 꽂아둔 생강나무의 노란 꽃향이 식욕을 자극했다.

시심의 고운 춤사위를 발끝에 감추고 점심상을 기다렸다.

통명산 자락에서 산소리 바람소리 먹고 자란 봄나물은 푸짐한 점심상에 몸을 뉘었다.

시심으로 몸을 푼 문우들은 파릇한 봄나물의 떨림을 눈에 넣고, 향긋한 내음은 코를 통해 육신을 자극했다. 손은 기뻐 부지런을 떨고, 입은 자연이 준 싱그러운 맛에 행복했다.

경악골 봄바람이 문우들의 즐거운 식사광경을 보고 급히 주인댁 발코니로 몸을 옮겼다.

나는 점심 식사를 배불리 먹으면서 또 다른 배고픔과 갈증을 느꼈다. 해넘이 경악골의 멋스러움을 보고 싶었다.

주인집 안채의 베란다에 서서 건너편 저수지에 몸을 담그고 있는 국사봉을 바라보았다. 그 모습은 원추리 몸매로 다소곳이 눈을 내려 깔고 족두리를 쓰고 있는 여인의 모습이었다.

아름다움 속에 눈시울을 적시는 쓸쓸함이 있었다. 뒷산 통명산 산자락을 다시 바라보았다. 통명산 자락이 칼깃 접고 자드락에 둥지 튼 경악골은 야성미 넘친 멋진 사내가 확실했다.

혹시 국사봉, 그 고운 여인이 경악골 멋진 남자를 사랑했던 것은 아닐까.

안타까운 마음을 저수지 물에 투영시키고 있는 아사녀의 마음은 아닐까.

경악골이 마음속에 품고 있는 여인은 누구며 어디에 있을까.

아름다운 상상을 하며 잠깐 동안 꽃씨를 뿌렸다.

돌계단을 내려가서 봄이 머물고 있는 정원을 거닐었다. 연못 안에서 붕어들의 빠른 몸놀림이 눈길을 모았다.

영원히 시들지 않고 화려함을 뽐낼 꽃들의 봄 잔치를 왜 부릿재는 거절했을까? 싱거운 놈이 실없는 생각을 또 했다. 실웃음이 나왔다.

그럼 나를 받아줄까? 방금 창문 닫힌 부릿재를 거닐었다. 문을

박덕은 作 [박덕은 문학관](2016)

열고 부릿재 세계로 들어가고 싶었다. 그리고 다시 태어나고 싶
었다. 어떻게 살 것인가, 어떤 삶이 행복한 삶인가. 수많은 질문을
하면서 살아왔다.

우주의 본질이 사랑이라는 것을 병들고 늙어서 깨닫게 되었다.

'사랑의 본체가 우주며 우주의 본체가 사랑이다.'

이 엄청난 사실을 모른 채 행복을 찾아 헤매며 삶을 살았다. 너무나 후회스럽다. 행복은 사랑의 실천에 있는 것인데…….

회한의 상념이 풀숲에 누울 때 인기척이 났다. 뒤돌아보니 통명산 산자락이 오늘 잉태시킨 아름다운 마음의 노래를 경악골에 뿌리고 있었다.

시와 노래와 화려한 색채의 그림이 있고 아름답고 풍요로운 정이 흐르는 경악골, 생명이 굼실거리고 사랑이 춤추는 곳이었다.

계단을 다시 오를 때 사진으로 보았던 왕건의 만월대 계단이 다가왔다.

쑥향이 계단을 치고 올라왔다. 향을 피웠다. 앞산 국사봉과 이웃 산자락들이 경악골에 무릎을 꿇고 있었다. 정원에 피어 있는 흰 머슴둘레꽃이 시심을 날렸다.

경악골 끝자락에 터 잡은 일가족 모두가 스스로 만들어낸 사랑의 시어에 눈물 훔친 경악골, 그의 거친 야성이 굵은 매력으로 살품을 파고들었다. 너무나 멋있었다.

떠나기 전 손 안에 쥐어준 약속은
하루하루 꼽은 손가락에
부화되지 못한 새가 되어 갇혀 있다.
　　　　　　　　　- 김미경의 '기다림' 중에서

경악골이 오늘 잉태시킨 아름다운 시에 춤을 추고 있었다. 해넘이를 보지 못하고 경악골 부릿재를 떠났다.

차 안에는 옥구슬님의 마음을 담은 땅두릅이 경악골 봄 내음을 물씬 풍긴 채 졸고 있었다.

그곳 봄은 맛있었다

찾지 않는 고독이 내 자아를 소쿠리 안에 가두어 놓을 때 삶은 슬퍼진다. 그러나 살면서 한 번쯤 미친 듯이 격하게 외로워야 한다고는 늘 생각했다. 그러나 지금은 아닌 것 같다. 따뜻한 가슴이 필요했다. 그런 가슴이 나의 주위에 없었다.

봄 줄기가 길게 누워 있는 동적골에 갔다. 바람 타고 온 햇볕에 살결 맞대는 겉 날씨의 따뜻함을 흠뻑 적시고 싶었다.

어느새 내 마음을 눈치 챈, 봄을 시샘한 속 날씨가 슬그머니 살품을 파고들어 왔다. 으쓱 기분 좋게 몸서리를 치니 오금이 저리며 전신에 헛바늘이 돋아났다.

많은 사람들이 찾는 산책로 동적골, 무등산 동쪽에 있는 골짜기다. 그곳은 물이 많이 흐르고 평탄한 길이 길게 뻗어 있었다.

무등산 자락에서 내려온 자주등과 마장봉, 그리고 새인봉의 고운 산자락이 경쟁하며 나래를 펴고 있었다.

그곳에는 벌써 봄바람의 유혹에 정을 몽땅 바쳐 버린 매화 꽃잎이 울며 떨어지고 있었다. 계곡물은 나의 게을렀던 걸음을 꾸짖는 봄 신사 목소리와 몸을 던진 꽃잎들의 흐느낌을 감고 좔좔거리고 있었다.

속 날씨가 도망쳐 버린 동적골, 겉 날씨의 마음 드리운 따뜻한 길을 음미하며 봄을 즐기며 걸었다.

눈길을 돌려 계곡을 보았다. 위쪽 무등 계곡에서 흘러내린 물줄기가 떨어진 매화꽃을 품고 슬픈 듯 돌 사이로 쫄쫄거리며 몸을 뉘었다. 풍요로운 산울림으로 포효했을 마음도 같이 누워서 땅과 바위를 어루만지고 있었다.

물줄기는 길고 길게 보내 버렸을 숨소리처럼 나이를 많이 먹었을 것이다. 그러나 감출 것 없다는 듯 발가벗은 채 흐르고 있었다.

계절 따라 바뀌었던 산새들과 산바람 노래를 얼마나 많이 넓은 바다로 보냈을까? 그들과의 깊은 정을 어떻게 끊어 버리고 보냈을까? 잠시 도랑치고 가재 잡고 놀았던 고향의 도랑과 친구들이 생각났다.

계곡물은 자연의 질서에 순응하는 겸손으로 모든 것을 포용 했으며, 사랑의 실천으로 아픔을 극복했으리라 생각했다. 그것이 비움인 것을…. 비움이 진정한 생명이며 삶임을 다시 느끼게 했다.

콘크리트로 만들어진 난간이 있는 동산교를 건넜다. 상큼한 물줄기 사이에 돌 몇 조각 놓인 다리를 밟고 건너는 모습을 생각했다. 있는 그대로의 예스러움에서 묻어나온 곰삭은 맛이 그리웠다.

눈을 들어 산허리를 보니 저만치 높은 곳 자드락길에 내가 보고 팠던 동적골의 아쉬움이 있었다. 그는 산자락의 이끼 낀 바위들과 노송과 낙엽들과 어울려 놀고 있었다.

내 발걸음은 땅을 짚는 지팡이의 리듬에 맞추어 흥얼거렸다. 개나리의 노란 주둥이에서 자란 꽃말들이 주렁주렁 달린 채 담벼락을 타고 나를 환영했다.

계곡물 깔깔거림과 산 내음을 즐기며 한참을 올라가는데 하얀

꽃구름이 둥실 떠올랐다. 화사한 웃음이 나를 사로잡았다. 백발을
한 멋있는 내 친구가 인적 없는 모퉁이에서 나를 기다리고 있는
것 같았다. 순간 내가 먼 여행길을 홀로 온 것 같은 외로움이 아픈
듯 찌푸리고 지나갔다.

흰 꽃무리에 가까이 가니 고목에 핀 매화꽃이 은은한 미소로 나
를 반겼다.

'몸은 괜찮아, 조금 올라가다 쉬었다 가게나.'

나를 이끌며 꽃그늘 자리를 만들어 주었다. 흩어졌던 매화꽃 향
도 여기저기서 모여들어 나를 감싸며 어깨 위에 앉았다.

건너편 묵정밭을 가는 딸딸이 소리가 졸고 있는 동적골을 깨웠
다. 다람쥐가 두리번거리다 마른 숲속으로 뛰어가 버렸다. 머리
자른 개나리가 길가에 줄지어 서서 마당바위로 나를 인도했다. 평
평한 바위가 누워 있었다.

옛날에는 호랑이가 앉아 쉬는 자리라고 쓰여 있는 설명문을 얼
굴에 낙인찍힌 입간판의 감긴 눈이 인기척에 실눈을 떴다.

빛고을 산길로 들어섰다. 시문이 서 있었다. 내 안에서 중얼거
리던 언어들이 반갑게 시문을 껴안았다.

새인봉 자락에
매화향 그윽이 퍼지고……

새인봉 자락의 그윽한 매화향을 온몸으로 느끼고 싶었다. 신발
을 벗고 끈을 길게 묶어 어깨에 걸치고 맨발로 흙을 밟았다.

발바닥에 느껴지는 땅 숨쉬는 소리가 간지러웠다. 보이질 않던
진달래 한 송이가 피곤한 모습으로 팔랑거렸다. 할머니에게 알사
탕 주라고 투정부리는 손주의 퉁 파는 소리 같이 흐르는 계곡의 물
소리는 치렁거렸다.

박덕은 作 [새인봉](2016)

정겹고 아름다운 소리에 겁을 먹었나 보다. 동적골에 접어들어 여기까지 오는 동안 산새의 울음은 들리지 않았다. 그것 또한 이상한 일이었다.

발바닥이 흙을 통해 전해오는 투박한 정을 느끼며 한참을 걸었다. 오가는 사람들 눈초리가 부담스러웠다.

"괜찮습니까? 가시에 찔릴 텐데……."

옆 자욱길을 보았다. 노란 털꽃이 아른거렸다. 쭉쭉 뻗은 여린 가지에 가을에 핀 노란 소국 같은 꽃이 달려 있었다. 가지 끝은 피멍 진 아픈 흔적을 보이며 붓끝 같이 파란 잎들이 말려 있었다.

'아저씨, 가지에 붙어있는 꽃이 언제 땅바닥으로 떨어질까라우?'

붙어 있던 꽃들이 귀찮은 듯 가지가 건들거렸다. 나는 그들의 속내를 몰라 물었다.

"왜 그런가?"

여기저기서 노란 꽃들이 피어 있는 나뭇가지가 몸을 흔들었다. 그들의 흔들림은 나에게 무엇인가 하소연 하는 것 같아 귀를 기울였다.

'오메, 환장하게 무겁소. 우리도 빨리 햇볕에 낯바닥을 보여야 쓰겄는디. 징하요.'

'정말 징하요.'

여기저기서 한 가락씩 보태며 노란 꽃이 떨어져라 가지를 흔들었다. 봄바람은 어이없다는 표정을 지으며 시큰둥 지나가 버렸다.

그 꽃은 생강나무 꽃들이었다. 나는 보기 어려운 생강나무의 노란 꽃을 보며 그들의 불평을 즐겼다.

저만치에 쉼터 정자가 보였다. 흙길을 걸어온 맨발을 달래기 위해 뻐적지근한 허리를 뒤로 젖혔다. 하늘이 보였다. 눈을 들어 위를 보니 귀티 나는 얼굴이 나를 보고 있었다.

흐르는 계곡물에게 물어 보았다.

"어야, 쩌그 우에서 여그를 내려다보는 귀티 난 얼굴이 누군가?"

'아따, 이 양반아, 새인봉 어른 아니요.'

새인봉의 잘생긴 얼굴이 회색빛으로 가리운 가지 숲 사이로 웃는 듯 보였다. 쉼터 정자에 몸을 놓고 주위를 호흡했다.

생강나무꽃의 노란 꽃봉오리는 상투 튼 봄의 싱그러움을 안고 숲속에 듬성듬성 피어 있었다. 그들은 못생긴 나의 맨발과 발가락을 보고 웃고 있었다.

늙음은 염치도 늙어 버린 모양이다. 못 생긴 발가락이 꼼지락거리며 봄향을 직접 느꼈다고 몇 번을 인사했다.

기생오라비 같은 나무가 어깻죽지를 내리고 있었다. 물푸레나무다. 셀 수 없는 초록 눈초리로 하늘과 땅을 보며 날씬한 몸매를 자랑하고 있었다. 물푸레나무의 늘씬한 몸매를 흐르는 계곡물의 은밀한 속삭임이 아니었으면 지나칠 뻔했다.

하산 길은 동적골을 펼친 산허리를 껴안고 내려오기로 했다. 조금은 멀리 떨어져 버릴 계곡의 물에게 밑에서 다시 만나기로 약속했다.

발을 옮겼다. 자드락길은 푸석거린 흙으로 덮여 있었다. 산벚꽃나무들이 젖몸살을 앓으며 붉은 마음을 터뜨릴 때를 기다리고 있었다. 다음번 동적골 찾는 발걸음에는 산벚꽃의 수줍은 아름다움을 흠뻑 품을 수 있을 것 같았다.

"어이, 이녁들, 내가 곧 올 것인게 너무 나대지 말게, 웅. 봄바람 그놈의 달콤함이 자네들을 죽인게, 여하튼 조심조심 하소."

나는 젖몸살 앓으며 일렁이는 산벚꽃에게 봄바람을 조심하라고 신신당부를 했다. 회색빛 속에 숨어 있는 꿈틀거린 생명들에게도 같은 마음을 전했다. 하산 길을 재촉했다.

은밀한 산길에 수줍게 서 있는 연리지에 도착했다. 소나무와 서어나무가 몸을 섞으며 한 나무처럼 자라고 있었다.

밝은 대낮의 파격적인 사랑 행위에 내가 부끄러웠다. 정신 차린 소나무가 몸을 붉히고 있었다. 봄은 이렇게 대담함을 전해 주기도 하는 모양이다.

"어어, 나도 몸이 후끈거리네."

하늘을 보고 히죽 웃었다. 나는 바람기 있는 봄바람의 유혹을 은밀히 즐기며 느린 걸음으로 동산교를 향하고 있었다.

계곡물은 진즉 동산교 밑 작은 웅덩이에 도착하여 내 발걸음 소리를 기다리고 있었다. 그곳에는 출발할 때 보지 못했던 버드나무가 산 위 물줄기에 실어 내려온 싱그러운 봄을 먹고 있었다.

가지에는 버들강아지꽃이 예쁜 여인의 잘 가꾼 새끼손톱처럼 질서 있게 붙어 있었다. 작은 웅덩이에는 봄바람 유혹에 짧은 생을 마친 꽃잎들이 모여 취한 채 뱅글뱅글 돌며 춤추고 있었다.

늦장걸음의 동적골은 봄을 만끽하며 누워 있었다. 잘 가꾸어진 동적골 주변이 내 눈에는 조금은 어색했다. 여기서도 효율성이라는 이유로 자연스러움을 파괴시킨 잘못을 범한 것 같다. 아쉬움에 내 생각이 멈출 때 동적골 맑았던 계곡물의 비명 소리가 들린 것 같았다.

"우와, 이 냄새, 어쩐다냐."

나는 미안함을 그들에게 전했다.

"미안들 하네, 그대들의 맑고 깨끗한 노래를 듣기 위해 많이 노력하고 있는 중이라네. 그래도 많이 좋아졌다네. 그대들이여, 잘 가게나. 안녕."

동적골 긴 길을 뒤돌아보니 봄기운이 또다시 겹으로 덮쳐 휘장

그곳 봄은 맛있었다

걸음으로 내려올 것 같았다.

사랑하는 사람 품에 더 머물고 싶은 절절한 미련을 남기고 영화는 끝났다. 불이 켜지고 커튼을 내렸으나 자리를 뜨지 못했다. 동적골에 펼쳐진 아련한 봄의 향기를 두고 자리를 뜨기 어려웠다.

커튼을 걷고 밖을 나오니 잠시 잊었던 자동차 소리가 가슴을 파고들었다. 울렁거렸다. 금세 또다시 뒤돌아 커튼을 걷고 영화 속 같은 동적골로 들어가고 싶었다. 동적골 생강나무 꽃향이 그리워졌다.

옆을 보니 소음에 이골 난 보현사 처마 밑 풍경은 염주를 놓고 봄볕에 꾸벅꾸벅 졸고 있었다.

보리피리

내가 고등학교 시절 살았던 동네는 도시 중심에서 떨어진 변두리에 있었다. 동네 뒤편으로 봄, 여름, 가을, 겨울, 각각 그들의 이야기를 상큼하며 때로는 질펀하고 매섭게 속내를 보인 넓은 들판이 있었다.

낯익은 얼굴들의 가슴에 둔 사연들과 풀내음 흙내음이 함께하는 들판의 침묵은 아름다웠다. 속살 비친 안개 옷으로 차려 입고 몸맵시 추스르는 들판의 아름다움은 아침도 주춤거리게 했다. 그저 바라만 보고픈 풍경이었다.

파릇했던 어린 보리잎이 머금고 온 시간의 이야기가 감잎에 얹은 못밥 그리운 오월에 고개를 살며시 내밀면, 수염 단 앳된 얼굴의 보리가 누런 황금빛을 향해가는 욕심으로 청보리밭은 부드럽게 일렁거렸다.

들판의 아침을 뚫고 주섬주섬 발길 모아 학교에 가는 즐거움은 하루하루를 풍요롭게 해주었다.

낡은 자전거 뒤에 오래된 검정 가방을 싣고 외국인이 운영하는 동네 병원에 출퇴근하는 먼 나라 신부님이 있었다.

그곳 봄은 맛있었다

하얀 칼라가 더욱 순결하게 보이나 덩치 큰 옷차림을 싣고 가는 낡은 자전거 바퀴 움직임은 힘겨워 보였다. 신부님의 늘어뜨린 치맛자락 애무 탓인지 자전거 바퀴는 이리저리 흔들며 가곤했다.

무슨 부끄러움이었을까, 외국인에 대한 두려움 때문이었을까, 아니면 이상한 자존심이었을까. 흰 칼라에 치맛자락 날리는 덩치 큰 모습이 낡은 자전거 페달을 밟으며 오는 것이 보이면 눈길을 피해 버려 눈인사 한번 제대로 나누지 못했다. 신부님도 그저 그런 듯 지나쳤다.

우리들의 일상은 갓 조각해 놓은 조형물같이 변함이 없는 듯하다. 그러나 시간이 주는 공간 속에서 천차만별의 의식은 우리를 웃고 울리는 요술을 부린다.

철부지 학생들이 깊은 눈으로 주위를 살피면 얼마나 깊은 마음으로 살필 수 있겠는가만은, 그들은 그들의 꿈틀대는 욕망의 시선으로 삶을 보면서 서툰 자맥질을 하고 있다고 생각한다.

학창시절 나의 깝죽거린 의식도 나름대로 깃발을 세우고 사람 사는 맛을 느끼려고 이리 저리 어울리기도 했다. 제법 의젓한 척 폼도 잡아 보고 공부를 한답시고 도서관에 일찍 가서 자리도 잡고 하면서 나는 많은 변화 속에서 성장하고 있었다.

며칠째 잔뜩 흐린 날씨가 몽니를 부리며 오월에 어울리지 않게 많은 비를 뿌렸다. 정신 나간 바보 같은 비는 청보리밭의 일렁거림을 즐기는 듯 쭈럭쭈럭 내리고 있었다.

옷을 파고든 빗물은 많은 이야기가 놀고 있는 청보리밭 길을 훑어 내리고 있었다. 빗방울이 튕기며 깔깔대고 웃으며 장난질 한 길바닥 위에 주인의 손을 놓친 낡은 검은색 가방이 철퍼덕 누워 있었다.

비는 난타 공연의 소품인 듯 누워 있는 가방을 뒤지게 두들기고 있었다. 부끄러운 속살을 감추듯 열쇠는 잘 채워져 있었다. 비 맞은 가방은 어디서 본 듯한 정겨움의 눈길을 주고 있었다.

'아따, 얼릉 좀 일으켜 주쇼.'

재롱을 부리며 내 앞에 손을 내밀며 매 맞은 삭신을 일으켜 달라고 하는 것 같았다. 가방을 주워 품에 안고 집에 왔다.

"뭔 비를 맞고 다니냐, 뭔 가방이냐?"

"응, 오다가 주웠어. 근디 어디서 많이 본 가방인디 생각이 안 나네."

"잃어 분 사람은 난리가 났겄다. 중요한 것이 들어 있는 것 같은 디. 얼릉 파출소에 맡겨라."

어머니는 잃어버린 사람의 마음을 아는 것처럼 안달이었다.

가방을 눌러 보니 여러 가지가 손의 촉감을 통해 알 듯 모를 듯 전해왔다. 몇 번을 만지작거렸을 때 청진기 같은 물건이 손을 통해 알려 왔다. 그리고 닫혀 있던 창문을 열고 들어 온 상큼한 바람 같이 늙다리 자전거에 몸을 싣고 신부님과 함께 지나치던 검은 가방이 둥실 떠올랐다.

"안녕하세요. 혹시 이 가방 신부님 가방이 아닌가요?"

나는 비에 젖어 있는 가방을 병원 당직에게 맡겼다. 만발했던 꽃들이 떨어지고 눈곱 같은 푸른 생명이 탐스럽고 옹골찬 크기를 기다리며 시간과 놀고 있었다.

청보리밭은 제법 큰 목을 삐쭉 뽑아내서 흔들거리며 푸르름을 자랑하며 영글어 가고 있었다.

그들의 영글어 가는 이야기를 들으며 소박한 미소를 흘리던 신부님과 색 바랜 자전거의 숨소리는 한동안 들리지 않았다. 비 맞은 가방 사건은 큰 의미를 두지 않는 일이었기에 내 마음에 자리를 틀지 못했다.

"야, 신부님이 너를 찾는다, 교문에 가 봐라."
"뭔 신부가 나를 찾는다냐."
엄지손가락을 치켜세우며 친구가 전해 준 말에 잊고 있었던 기억이 배시시 웃고 튀어 나왔다.
"응, 그 신부님, 만날 필요 없어. 그렇게 가서 전해 주라."
이렇게 첫 만남을 무례하게 거절했다.

나는 그때 이런 생각을 했었다. 주인 몰래 땅바닥에 떨어진 가방 하나 주워서 주인을 찾아 주었는데 그것이 무슨 대견한 일일까. 당연한 일 아닌가. 그리고 만나면 고맙다고 인사를 하며 감사함을 전하면 될 게 아닌가. 만일 어떤 형태로든 감사함의 표시가 물질로 나타난다는 것이 무척 부담스러웠다. 그러나 끌리는 아쉬움은 있었다.

친구는 내 마음을 전하고 와서 신부님에 대해서 말해 주었다.
"그 신부님. 느그 동네 병원 원장이여. 내일 다시 온다고 했으니 만나 보거라."
그 친구가 알려준 신부님에 대한 새로운 정보는 신부님과의 만남을 나로부터 더욱 멀리 가게 했다.

그 다음 날도 신부님은 나를 만나기 위해 학교를 찾아왔다. 나는 만남을 거절했다. 나중에는 담임선생님도 나를 불러 신부님을 만나 보기를 바랐다. 그리고 신부님은 가톨릭 재단에서 운영하는 학교의 중요한 분이라는 사실도 알려 주었다.

그럴수록 나는 마음을 굳게 닫아 버렸다. 내 자존심을 크게 건드린 것 같아 무척 속이 상했다.
"한번 만나 보거라."
아버지의 짤막한 말씀이었다. 만남은 이루어지지 않았다.

박덕은 作 [보리피리](2016)

만남을 거절함이 겸손으로 생각했던 나의 행위가 엄청난 교만
이었다는 것을 나중에 철이 들어 알았다.

상대방을 배려하지 않고 깨끗한 척 고개든 이성은 자칫 아름다
움으로 보여 질 수는 있으나 차갑다. 그것은 대단히 큰 교만이며
뭇사람들에게 상처를 주고 아픔을 준다.

그나마 늙어서라도 깨달아 다행이다. 결코 바람직하지 않는 태도이며 아름다운 것 같으나 결코 아름답지 않고 더더욱 멋있을 수는 없다. 종종 우리는 우리 주변에서 이렇게 말하는 사람들을 볼 수 있다.

"나는 어느 누구에게도 물질이든 마음이든 주지도 않고 빌리지도 않는다."

세상을 살아가면서 얼마나 삭막하고 무서운 말인가. 조금은 세련되지 못한 모습이더라도 따뜻한 마음으로 채워진 배려 깊은 삶은 우리를 행복하게 한다. 그런 삶이 맛있고 멋있는 삶이 아니겠는가.

배려도 없고 아닌 척 깨끗한 척 꼬장꼬장하게 교만했던 나를 생각하니 옛날 그 일이 부끄럽고 신부님께 무척 미안하다.

앞산 너머 좁은 텃밭에 누구인가 뿌려 놓은 보리가 시간을 타고 와서 고개 내민 청보리가 되어 있는 것을 며칠 전에 보았다.

수염 달린 모습으로 싱싱하게 자라고 있었다. 한 잎 꺾어 보리피리를 만들어 불어 보았다.

"삘릴리! 삘릴리!"

잊혔던 보리피리 소리가 먼 곳으로 나를 데리고 갔다.

수염 달린 보리가 고개 내밀며 일렁이던 모습, 감춘 볼을 살짝 붉힌 흰 칼라 여학생의 수줍은 걸음걸이에 설레었던 마음, 우리의 이야기들, 그리고 늙은 자전거에 몸을 실은 신부님의 발자국 소리를 보듬었던 그 옛적 청보리밭 길이었다.

시간은 내 젊음을 언제 어떻게 가져갔을까. 청보리밭이 일렁이는 논두렁길을 호젓이 걸어오며 붉은 노을에 남 몰래 눈물 훔쳤던 학창 시절의 내 마음이 아픈 숨소리를 내며 가는 몸짓으로 떠

오른다.

그런 날은 엄마의 듬뿍 담긴 사랑을 헤집고 어리광을 부리고 싶었다. 내가 숨겨 버렸던 마음을 이제 꺼내어서 두 손 위에 올려놓고 늙어 버린 마음이 바라보고 있다. 다정했던 여러 마음들이 달려온다.

"삘릴리! 삘릴리!"

자근자근 어린 입술로 물어 만든 보리피리 소리를 달려온 마음들이 품고 있다.

맞이한 오월에 맛과 멋이 흐르는 향기로운 기억 속으로 나를 옮기면서 그때의 그길로 발을 옮겨 보았다.

아직 이팝나무꽃에 걸쳐 있는 희뿌연 새벽이다. 나만이 가지고 싶은 새벽인데 산까치가 내 마음을 물고 가서 유달리 울어 댄다. 어젯밤 사랑을 거절당한 탓일까?

유도의 여백

"내일 시합은 필히 우승을 해야 한다. 전국체전 선발대회다. 너는 내일 세 번째 순서에 나서라."

운동이 끝나고 유도 선생님의 훈시였다. 다음날은 상무관에서 춘계 고등학교 유도시합이 있는 날이었다.

수업을 끝내고 유도장에 들러 평상시대로 땀 흘리고 마음껏 몸을 쓰며 마음을 즐겼다. 검정띠 도복 속에 흐르는 땀줄기에 아카시아향이 싱싱한 호흡을 하며 근육 속으로 파고드는 생기를 느꼈다.

상쾌한 배부름을 만끽하며 운동을 마친 후 유도부와 해가 저문 교정을 나섰다. 이럴 때는 늘 건강한 열정이 운동장에서 놀다 뛰어와서 인사를 했었다. 내일 또 만나자고 손을 내민 교정의 정겨움이 내 마음에 꽃잎을 뿌렸었다.

며칠 전에 팔꿈치 관절을 접질린 후유증인지 오른쪽 팔꿈치가 약간 불편했으나 다음날 시합에는 지장이 없을 것 같았다.

"야, 빵집 들러서 만두 먹고 가자."

다음날 시합에서 선봉으로 뛸 친구가 맛있는 제안을 하며 빵집으로 들어갔다.

"내일 어차피 결승에서 부딪칠 학교 '관우' 같은 놈이 너하고 붙을 것 같다. 단단히 준비해라. 그놈 무지하게 힘 좋더라. 허리 후리기로 한판에 던져 부러라."

"그러나 저러나 팔꿈치 통증이 있어 걱정은 된다. 뭐 별거 있겠냐."

친구의 격려에 나는 팔꿈치를 걱정하며 쇳덩이를 먹어도 뒤돌아서면 소화돼 버리는 젊음에 만두는 우리 입에 한 볼따구니도 안 됐다. 꽤나 많은 만두가 우리 뱃속을 든든하게 채웠다. 포만감의 대가는 항상 우리를 곤란하게 한다.

주인집 아저씨의 책상 위에 뚫린 구멍으로 우리 돈은 갇힌 신세가 된다. 부족한 돈은 '유도부'라고 적혀 있는 주인장 외상 장부에 우리의 얼굴 붉힌 모습에 빨간 옷을 껴입혔다.

빵집을 나오니 흐린 불빛 속에 '코 나온 시내버스'는 짐짝같이 사람들을 채우고 지친 숨을 뒤로 뱉으며 빵빵거리고 지나가고 있었다. 차장 아가씨의 '오라잇, 스톱!' 소리는 삶의 어려움을 안고 슬프게 졸면서 버스 옆구리를 두들기고 있었다.

시합 날 아침이었다. 날씨가 무겁게 우중충했다. 팔꿈치 관절이 약간 부어 있었다. 전날 밤에는 약간의 통증도 있음을 느꼈다. 시합 나갈 욕심으로 전날 무리를 했나 보다.

오늘 시합의 승리를 되씹으면서 마음의 준비를 하고 운동 선배가 운영하는 접골원을 아침 일찍 들렀다.

"선배님, 아침 일찍 찾아뵙네요."

"오늘 시합인데 어쩐 일인가?"

팔을 보였다.

"많이 부었는디. 힘 못 쓰겠는디 걱정이네. 하여튼 침 몇 방 쑤시면 그런대로 할 만할 것이네."

팔꿈치 관절을 마사지 받고 여러 개의 침이 꽂혀 있는 기구를 가지고 와서 팔꿈치에 냅다 내리 쳤다. 생전 처음 보는 기구에다 그런 침을 맞아 보기는 처음이었다.

"뭔 침이 그런다요, 아따메 겁나요."

참 신기했다. 침을 맞은 후 훨씬 팔 펴기가 부드럽고 통증이 없었다.

아침 일찍 침을 맞고 학교 등교시간에 맞추어 교문을 들어서는 기분은 시원한 샘물에 담가둔 수박을 쪼개 먹는 상쾌함 같은 것이었다. 기분이 너무 상쾌하여 은근히 시합이 걱정되었다. 친구들은 어깨를 두드리며 격려해 주었다.

초등학교 3학년 여름방학 때 아버지와 함께 큰집에 갔었다. 그후 매년 여름 겨울 방학 때면 큰집에 갈 때 아버님은 꼭 나를 데리고 갔다.

큰어머니께서 광에서 낡은 옷과 공책을 나에게 보여 주었다. 아버지께서 쓰신 노트며 운동할 때 입던 유도복이라고 말했다. 그때 처음으로 유도복을 보았으며 막연히 아버지가 했던 운동이기 때문에 나도 크면 해야겠다고 생각했다.

그때의 생각은 잊지 않고 기다렸다가 중2때 자연스럽게 나를 도장으로 데리고 갔다. 말씀이 없으신 아버지께서도 흡족한 표정을 지으신 모습이 지금도 따뜻한 숨결로 다가왔다.

유도를 하면서 나는 이상하리만큼 큰 행복감에 젖어들곤 했다. 봄에는 상큼함 느끼며 땀 흘리고, 여름에는 가쁜 숨소리를 내며 흘리는 땀이 무척 시원하다.

가을은 어떤가, 살 오른 근육이 몸을 만드니 도복 안에 감추어진 옹골진 멋이 꿈틀거린다. 추운 겨울 한바탕 후려친 대련은 머리끝에서 김을 만들어 시뻘건 살결을 도복 안에 감추며 추위를 외면한다.

나는 대련은 무척 좋아하나 시합은 싫어한다. 대련은 승패를 떠나서 즐기며 서로의 땀 냄새를 맡고 넘어지고 엉키며 인간의 존엄성을 알게 된다. 시합은 즐기는 마음이 협소해지고 승패를 결정짓는다는 것에 나는 항상 불만이었다.

삶을 살아가는 과정에 유도라는 운동을 함으로써 외공과 내공을 겸하여 쌓을 수 있어 그저 좋은 것이었다.

시합이 열리는 상무관은 선수들의 투지와 힘이 어울리고 관중들과 학교 응원 열기가 꽉 차 있었다.

선수들의 기합 소리에 넘어지고, 조르기를 당하고, 시원한 업어치기, 허리후리기, 허리튀기로 한판승 할 때면 승자나 패자나 시원한 모습이다.

결승에서 만날 상대 팀이 경기를 하고 있었다. 입소문이 자자한 그 선수는 외모부터 상대방에게 위협을 주었다. 벌어진 어깨에 야무진 턱이, 큰 키에 붉은 빛을 띤 얼굴색, 더욱 압권은 '관우'를 연상시키는 찢어져 위로 재껴진 뱁새눈이었다. 상대방을 질리게 하는 체력은 대단했으며 힘은 무지했고 지르는 기합 소리는 뱃속에서 나와 묵직하며 짧고 날카로웠다.

나는 긴장하면서 경기하는 모습을 짧은 시간이지만 냉정하고 주도면밀하게 분석했다. 결정적 약점은 세밀한 기술이 부족하며 힘에 너무 의존한다는 사실을 파악했다. 굳히기를 당해서는 회생할 가능성이 희박해 보였다.

예상대로 그 친구가 속한 학교는 준결승에 자리를 틀었다. 우리 학교도 준결승에 안착했다. 결승에 오를 시합은 오후로 시간이 잡혔다.

그곳 봄은 맛있었다

점심식사를 하는 도중에도 오후에 맞붙을 팀에 대해서 이야기하는 중에도 단연 화제는 그 친구였다. 누가 상대할지 모르나 긴장하고 있음이 확연했으며 나 또한 긴장하고 있었다.

준결승 시합이다. 유도 시합은 한순간에 승패가 결정된다.

나는 어떤 기술을 이용할 것인가를 머리에 그리면서 조용하게 시합 장면을 마음에 조각하기 시작했다. 허리후리기나 허리튀기를 이용하여 깃 잡고 빗당겨치기 기술을 써서 시합을 결정 내기로 마음의 작전을 세웠다.

"자, 긴장 말고. 도장에서 하는 대로 하길 바란다. 파이팅."

상무관 속에서 울리는 함성들이 사범의 지시와 전의를 불태운 우리들의 함성을 덮을 듯 치고 나왔다.

상대방의 눈빛을 보면서 서로 인사하며 찌릿하게 전해 오는 기싸움으로 틈을 보고 있었다. 허리를 묶은 검정띠에 나를 얹으며 그를 보니 찢어진 뱁새눈도 나를 보고 있었다.

상무관의 육중한 천정이 넓게 웃고 있었다.

"얏써 얏!"

"야앗!"

나와 그는 기합과 함께 중앙선으로 나와서 인사를 한 후 서로의 도복깃을 잡았다. 심판의 시작 지시에 따라 시합은 시작되었다. 그는 무지막지한 힘으로 밀고 들어왔다. 도복을 잡아채는 완력이 대단했다.

한 팀이 7명으로 구성되어 있다. 현재 일대 일의 상황이다. 내가 힘을 써서 빗당겨 자세를 취하니 그는 팔을 뻗혀 방어 자세를 취했다. 뱁새눈은 섬뜩한 눈빛을 그의 몸에 내려치면서 무거운 기합 소리를 냈다.

"으앗싸."

박덕은 作 [유도](2016)

기합과 동시에 그의 장기인 허리튀기 기술이 들어왔다. 내 몸을 튕겨 공중에 띄운 후 바닥에 뉘어 한판승을 얻기 위해 무서운 허리힘으로 내 허리에 충격을 던졌다.

"아얏싸."

나에게 몰아친 그의 허리튀기 기술은 나에게 큰 위기를 몰고 왔다. 거친 숨을 몰아쉬며 오는 힘을 내 단전에 마음을 심어 방어했다. 그의 몸은 거친 숨소리와 함께 너무나 상쾌히 나로부터 튕겨 나갔다.

일진일퇴의 주고받는 승부를 띄운 서로의 기술로 땀 먹은 도복은 여러 차례 허리띠를 풀어 버렸다. 거친 숨결 속에 그 친구가 힘의 맥이 끊어지는 미세한 흐트러짐을 보였다.

"어라차."

나는 자연스럽게 허리후리기 기술을 재빨리 시도했다. 순간 오른쪽 팔꿈치의 극심한 통증을 느꼈다.

"한판승!"

시원스럽고 아름다운 모습으로 원을 그리며 넘어질 그의 몸뚱이와, 짜릿한 순간의 정적 속에서 심판의 거침없는 선언을 기대했다. 그러나 오른손으로 상대 목덜미깃을 완벽하게 당기지 못했다.

뱁새눈 그놈의 거친 숨소리를 그치게 할 수 있는 절호의 찬스였다. 절반승이 선언된 가운데 곁누르기로 들어갔다. 30초 후면 내 시합은 끝난다.

팔꿈치 통증을 참으며 온힘을 쏟아 조르기를 하니 밑에서 꿈틀거리는 거대한 힘은 숨고르기를 하는지 조용했다.

"야! 10초 지났다, 좀 더 힘주어 조여라, 조금만 참고 조여."

선배와 동료의 숨 가쁜 응원 소리가 들렸다. 응원 온 친구들이 내 이름을 부르는 소리가 어렴풋이 들렸다. 왜 그리 30초의 시간이 길게 가는지 팔의 통증은 힘줄이 끊어지는 아픔을 가져왔다. 팔을 쓸 수 없는 상태까지 왔다.

그때 밑으로부터 전해 오는 미련스런 묵직한 힘이 나를 뒤집어 버렸다. 그리고 곧바로 나의 숨통을 조이기 시작했다. 안간힘을 썼다.

아련하게 나를 부르는 귀에 익은 목소리가 안타깝게 내 귓전을 맹맹거리며 울고 있었다. 거대한 완력으로 조여 오는 힘에 대항하며 생명을 이어가는 공기 통로를 확보하기 위해 내 의식의 촉수는 발버둥을 쳤다. 무척 괴로웠다. 오렌지빛 속에 아름다운 멜로디가 멀리서부터 가까이 들려왔다.

순간 발버둥쳤던 내 의지의 끈이 스르르 녹아 버리는 편안함을 느꼈다. 순간 귓구멍이 환하게 뚫리고 나의 뇌가 "찌잉" 소리를 내며 시원하게 열렸다.

나는 모든 괴로움의 끈을 놓아 버리고 훨훨 날아서 참으로 아름다운 엷은 분홍빛과 어우러진 오렌지빛 세계로 들어갔다.

가을바람이 온갖 단풍 색깔을 입에 가득 머금고 넓은 들판에 '푸' 하고 뿌려 만든 세계였다. 엷은 분홍빛과 치잣빛 아름다움이 나비 날갯짓하며 아득하게 펼쳐져 있었다.

그 아름다운 세계에 무엇인지 모를 쓸쓸함과 슬픔을 느끼며 나는 홀로 서 있었다. 나는 울고 있었다. 엉덩이를 토닥거리는 편안함에 나는 눈을 떴다.

여러 사람의 눈들이 끔벅거리며 나에게 떨어지고 있었다. 나는 짧은 순간 죽었던 것 같다. 이렇게 나는 패배로 끝났지만 우리 학교는 우승을 했다. 성인이 되어서도 그때의 유도시합을 종종 생각한다.

창조주는 우리가 일상의 생활을 하면서 누워 쉴 수 있는 가장 편한 자세를 주었다고 생각한다. 우리는 죽음도 누워서 맞는다.

이 세상에서 보지 못하고 맛보지 못한 아름다움을 죽음의 문턱을 넘는 마지막 순간에 삶의 수고로움에 대한 위로로 주는 것이 아닌지 생각된다.

오늘도 흰 머리 자란 모습을 보면서 부지런히 내 의식은 도복을 입고 있다. 땀 흘리고 건강한 숨을 토하며 친구들과 어울렸던 꽤나 멋스러웠던 내 젊은 시절을 더듬고 있다. 그리고 내가 경험했던 아름다운 세계, 그 이후의 세계는 어떤 세계일까를 생각하며 아침 일찍 산길을 찾았다.

장끼의 아침 울음이 산벚꽃 여백의 아름다움과 어울리며 살갑게 나를 반긴다.

자유의 종은 울렸다

"당신 꼼짝 말고 집에 있어야 돼."

동행하려는 아내를 타이르고 윽박지르며 오늘 오후도 집을 나섰다. 많은 사람들이 뛰기도 하고 터벅거리기도 하며 실성한 듯 한 곳으로 마음을 던지며 가고 있었다.

맛있는 못밥 그리운 오월의 해거름녘은 끝자락을 향해 빼그작 빼그작 걷고 있었다. 때로는 큰 숨을 몰아쉬고 서로의 침묵을 바라보며 서러운 눈웃음으로 안부를 묻고 있었다.

도저히 갈아엎을 수 없는 슬픔을 삭이고 가는 걸음 위에 눈 붙인 붉은색 노을은 태열 같은 아픔을 주저리주저리 매달고서 울먹이고 있었다.

외부로부터 고립된 쓸쓸함이 후덥지근하게 달려와서 내 마음을 찌그러뜨리고 있었다. 그 마음을 둘 곳 없어 가슴 앓고 지나갈 바람의 위로라도 받고 싶어 양팔을 옆으로 벌였다. 그런 나를 본 바람은, '내 참, 어이, 뭔 염병하고 자빠졌는가.' 구시렁거리며 얼굴을 내밀고 무심히 지나가 버리니 나는 멋쩍고 어쭙잖게 키 큰 허수아비 신세가 되었다.

그나마 아카시아 꽃내음이 핏발 선 도로 위를 거닐고 있었다. 나는 섧디 서러운 마음을 머리에 이고 걸어왔다.

해방구에 모인 시민들은 탱자나무 가시에 심장을 찔린 아린 아픔을 서로 위로하며 걱정과 우려와 분노가 섞인 춤판을 펼치고 있었다. 구호를 외치고 시국을 성토하며 당연해야 할 국가의 변절에 눈물 흘리며 서로의 손을 잡고 격려하고 있었다.

나는 며칠 동안 당하고 보고 쫓기며 경험했던 있어서는 안 될 일들을 생각했다. 칼날 번뜩이며 피 뿌리는 만행을 저지른 권력에 대항해서 내가 할 수 있는 일이 무엇일까를 생각했다.

'국민의 생명을 지켜야 할 대한민국 군인이 백성들을 향해 총부리 겨눌 때 백성들은 무엇을 어떻게 해야 된단 말인가?'

길거리에 버려짐을 뒤늦게 알고 두려움과 서러움에 엄마를 찾으며 울어 버린 어린애 같이, 환장할 분노와 끈적끈적한 눈물이 나를 삼키고 있을 뿐이었다.

TV에서는 진정으로 광주 시민들을 걱정하며 위로한다고 꼭두각시 원로들이 개기름 바른 얼굴을 내밀고 있었다. 독재자들이 건네준 똥 바른 과자를 맛있게 씹으면서 조국을 속이며 광주 시민들을 폭도로 몰고 있었다.

누구에게? 어떻게 이 억울한 상황을 전할 수 있을까? 전해들은 자들은 과연 이 상황을 믿을 수 있을까? 나는 TV에 나와서 폭도로 몰고 있는 비굴해 추악하기까지 한 대한민국의 저명한 인사에게 전화를 했다.

"당신은 광주의 피비린내 나는 참상을 보았소? 대한민국 정예 공수부대의 만행을 보았소? 에끼! 비겁한 양반."

그는 묵묵부답으로 일관했다. 우리의 역사 속에서 비열한 지식인이 추악한 권력에 양심을 팔아먹고 있는 모양새에 들무새 들은 얼마나 썩은 마음을 문지르고 세상을 한탄하며 울었던가.

내가 역사 속의 들무새가 되어 울고 있었다. 잘못된 욕망의 황금 옷을 걸친 군부독재는 원시성을 앞세워 폭력을 휘둘렀다. 보호해야 될 국민들에게 총부리를 겨누며 무자비한 폭력으로 시민들을 걷어찼다.

빛고을이 살인을 저지른 불의한 욕망에 항거함은 당연하며 그 빛은 죽음으로써 더 큰 빛으로 비추일 것임을 역사 속에서 알고 있었다. 불의한 권력에 저항한 민중의 함성은 도청 분수대 위에서 높이 솟아 뿌려지길 기다리고 있었다.

"전두환은 물러가라! 물러가라! 계엄령을 해제하라!"

민중의 함성은 금남로 길 위에서 어둠과 함께 슬프고 무겁게 깔려지고, 가는 오월과 아카시아 꽃님은 너덜너덜하게 찢긴 빛고을의 마음을 껴안고 있었다.

시민들과 공수부대의 도청 점령과 사수의 일진일퇴의 공방이 숨 가쁘게 이어지고 있었다.

그때 자동차의 경적 소리가 군중들의 함성 속으로 들어오고 있었다. 어둠 속에서 슬픈 움직임을 몰고 온 웅장함이었다. 상두수번의 선창에 따라 불꽃을 뿌리며…….

"어허이! 어허! 어허이! 어허! 넘자! 어허야.'

꽃상여를 맨 상여꾼들의 느린 움직임 같았다. 시민들의 환호는 울부짖음이었다. 버스 위에서 태극기를 들고 흔드는 모습의 장엄함은 죽음을 저만치 두고 자유를 갈망한 아름다운 몸짓이었다.

그 죽음을 넘어선 비장한 아름다움은 나를 소름끼치게 했다. 택시와 버스를 앞세운 시위대의 함성이 다시 폭발하며 도청을 향했다.

공수부대의 최전방 방어선은 무너지고 분수대 뒤쪽 도청 정문 앞에 최후의 방어선을 친 것 같았다. 도청 정문을 지킨 얼룩무늬 공수대원들의 위엄은 시민들의 불의에 항거한 지성에 고개를 숙이며 초라해지고 있음을 느꼈다.

　그들도 살기 위해서 과장된 위엄을 내며 동족에게 착검으로 위협했으리라 생각하니 불쌍해 보였다. 결국은 만행을 저지르게 한 그들의 상관이며 최고의 권력자 전두환으로 분노가 모아 질 때 용서할 수 없는 내 양심이 몸서리치고 있었다.

　나의 분노가 정점에 이르렀을 때 시민들의 분노 속으로 나는 달려갔다.

　"전두환은 물러가라! 동해물과 백두산이 마르고 닳도록….."

　금남로 거리와 광주 곳곳의 이팝나무에 하얀 꽃은 활짝 피어있었다. 하얀 꽃은 광주의 파란 오월 속의 아픈 외침이 되어서 분노한 시민들의 마음을 보듬고 뒹굴며 오열하고 있었다.

　목 메인 눈물이 어둠 속의 수많은 시민들의 함성을 한곳으로 집결시켰고 분노를 토하게 했다. 가톨릭센터 근처에 있는 철제 아치는 군중들이 때리는 아픔을 '쿵쾅, 쿵쿵!' 되새김 된소리로 터진 속울음을 무섭게 내면서 시민들의 성스런 분노와 저항의 깊은 울림과 함께하고 있었다.

　성난 물결은 너울 파도가 되어서 공수부대의 코앞까지 도달했다. 장엄한 옷을 입고 산을 넘어 온 빛고을의 아름다운 본능의 함성은 '베토벤의 운명'의 하모니가 되었다. 그 함성은 우뚝 선 위엄으로 공수부대의 면전에서 그들의 심장을 찢으며 혼을 때리고 있었다.

　"꽝, 꽝, 꽝! 꽝, 꽝, 꽝!"

　그들이 맞이한 공포는 영혼이 살을 먹고 살이 영혼을 야금야금 갉아먹는 두려움이었을 것이다. 그 공포를 맛보면서 몸과 마음은 떨고 있는 것 같았다.

　시민들은 살인자의 하수인들에 대한 적개심으로 불타 그들이 지키고 있는 도청 정문을 곧 밀고 들어갈 듯했다. 굼틀거리며 밀려오는 민중들의 외침은 존재함을 거부하고 삶을 사는 자의 도도한 용트림이었다.

그것이 몰고 온 생명의 외침은 아름답고 장엄한 검은 파도의 일렁거림같이 웅장하며 경건했다. 학생 독립 운동과 동학 혁명, 그리고 지금 저항하며 싸우고 있는 상황이 무엇이 다를까.

불의에 저항하는 혼에 감동하고 있을 때 전일 빌딩 옆길 쪽에서 분노의 함성이 들렸다.

"죽여라! 저 살인마들을 죽여라!"

공수부대 1개 병력이 무장해제 된 채 시민들에게 붙들려 왔다. 그들의 잔인한 위용은 사라진 채 떨고 있었다. 목 비틀린 수탉 모습이었다.

대한민국 최정예 공수부대의 초라한 모습이었다. 우리와 똑같이 된장맛 속에서 고향을 그리며 어머니의 사랑을 느낄 형제들이었다. 슬픔은 이성적으로 따지지 않는다고 했으나 그 모습이 왜 그렇게 나를 슬프게 했는지 정말로 슬펐다.

살기등등한 맹수를 잡고 보니 물에 빠진 새앙쥐새끼임을 알고 허탈감을 가져오는 슬픔 같은 것이었다.

공수부대를 에워싼 군중들의 분노는 억압된 에너지를 분출하면서 통제 불능의 상태를 우려할 수 있는 상황이었다. 외부에서 조그마한 자극이라도 주면 엄청난 화력의 불길이 그들을 태워 버릴 것 같은 분노가 으르렁거리고 있었다.

"여러분! 우리는 어떤 일이 있어도 우리 군인을 해쳐서는 안 됩니다."

한 사람이 흥분한 군중들을 설득했다. 분노의 돌멩이를 든 시민들이 잠시 주춤하며 울먹인 마음 위에 이성과 절제와 설움을 쌓기 시작했다.

"저 사람 말이 맞소. 절대로 우리는 우리 군인들을 해쳐서는 안 되오. 돌려보냅시다."

그렇게 분노의 시간, 분노의 함성 속에서도 시민들의 절제된 이성은 아름답게 움직이며 그들을 용서하며 울고 있었다. 나는 그 현장을 가슴에 추스르고 슬픔과 기쁨이 혼합된 울먹거림을 하늘을 향해 쏟아냈다.

"추후에 어떤 상황이 벌어져도 이 사실 하나만으로도 위대한 시민의 승리다."

완전히 어두운 금남로의 밤은 출렁거리는 시민들의 함성과 열망이 도도하게 깔리고 있었다. 결코 써져서는 안 될 슬픈 역사를 쓰며 울고 있었다.

어젯밤 시위에서도 공수부대의 무자비한 진압과 폭력에 시민들이 흩어지면서 도망쳤다. 충장로 쪽으로 전일빌딩 골목 쪽으로 나는 금남로 대로변 쪽으로 뛰고 또 뛰기 시작했다.

마지막 발악인 듯 공수부대가 착검한 채 곤봉을 휘두르면서 무차별 두들기며 쫓아왔다.

"옴에, 얼릉 피하쇼잉, 잽히면 죽은게. 저것들이 우리 군인들 맞소? 우리가 빨갱이요. 뭔 죄를 졌소. 미쳐 불겄소. 하여간 멀리 도망칩시다."

우두둑 우박 떨어지는 군화 발소리와 시민들의 허겁지겁 흩어지는 소리를 들으며 금남로 거리를 나는 뛰었다.

'아따메 죽겄는거. 죽일 놈들, 죽일 놈들.'

입안에서 맴도는 분노와 차오르는 숨을 헐떡거리면서 뛰고 뛰었다. 평소에 운동을 하지 않은 것을 얼마나 후회하며 도망을 갔는지 모른다.

유동 삼거리까지 도망쳤다. 걸어서 양동 시장 쪽으로 갔는데 시민들이 무슨 종이쪽지를 주워 보면서 웅성거렸다.

늦은 밤 희미한 백열등에 비친 파출소는 무당 굿판이 끝나고 휑하니 비어 있는 흉가 같았다. 거기에는 누군가에 의해서 파헤쳐진 무덤같이, 흩어진 비밀들이 발가벗은 몸을 감추지 못하고 흩날리고 있었다. 주민들의 사찰 기록이 깨알같이 적혀 있었다.

우리가 항거하고 있는 독재 정권은 시민들의 알몸들을 속속들이 내다보고 있었다.

"와, 이 새끼들, 인자 본께 우리를 깨 할닥 베께 놓고 염병 지랄을 했구만잉. 완마, 웃겨 분 세상을 우리가 살았네그려."

여기저기서 사찰 기록물을 보면서 군부 독재의 믿기질 않는 실상에 욕설로 침을 뱉었다.

패대기쳐 버린 파출소를 지키고 있는 담쟁이는 찔레꽃이었다. 오늘의 함성을 기억한 꽃망울들은 오월이 지나면 눈물 나게 시린 흰 꽃으로 필 것이다.

나는 오늘도 시위대에 섞여서 슬픈 역사의 흐름을 눈물 흘리며 보고 있다. 진내과 쪽이 웅성거렸다. 미국이 현 군부독재를 외면하고 빛고을의 항거를 지지하여 7함대를 파견했다는 소식이 전해왔다고 한다. 시민들은 뜨겁게 마음을 열고 박수를 치면서 열광했다.

"그라제, 미국이 전두환이를 가만두것써. 전두환은 물러가라! 물러가라!"

시민의 힘으로 군부독재를 몰아낼 것이니 미국이 전두환 군부독재를 지지하지 말기를 바라는 간절함의 함성이었다.

이렇듯 공수부대원들이 도청 정문을 사수하고 있는 좁은 공간을 제외한 모든 영역이 시민들에 의해 점령되어 버린 밤이었다.

시민들은 언제 총구에서 불을 내뿜을 줄 모르는 그런 상황에서 승리의 해방감을 맛보고 있었다. 마음껏 구호를 외치며 상모를 돌리고 있었다.

후덥지근한 밤 열기 속에 어둠을 집어 삼킬 장엄한 함성이 다시 나를 깨웠다. 그 울림은 슬픔을 딛고 선 의연한 아름다움으로 빛고을 고택의 지붕을 넘어 너울너울 춤추며 무등산을 넘나들고 있는 울돌목 함성이었다.

나는 그 울림의 장엄한 독백을 듣고 있었다. 함께 펼친 자유를 갈망한 마당굿에 참여한 기쁨에 나의 내면은 뛰고 있었다.

자유 시민들의 엄청난 시민 정신과 태동된 동포애 속에서 독재에 항거하며 자신을 불사르는 희생정신, 그런 함성이 깔린 도청 앞에 서 있는 내가 자랑스러웠다.

끓어오르는 분노 속에서 내가 참여한 역사적인 사건 위에 서있는 나를 정리하고 싶었다. 인간이 참으로 바른 삶을 살기 위해 무엇이 필요할까? 지혜, 용기, 욕망, 정의를 생각해 보았다. 나는 나에게 질문을 던졌다.

'내가 생각하는 용기는 무엇인가?'

'참으로 사랑할 가치가 있는 것에 목숨을 걸고 싸울 수 있는 진정한 기개이다.'

'정의는 무엇인가?'

'참으로 사랑할 것을 사랑하고 사랑하지 않을 것을 사랑하지 않고, 그가 지닌 어떤 고유한 몫을 돌려주는 것이다.'

우리는 하루하루를 핏방울처럼 진한 주체성을 가지고 목적 있는 삶을 살아가야 한다. 우리는 생존하기 위해서 태어난 것이 아니고 우리의 삶을 살아가기 위해서 태어난 것이다. 살아 있다고 모든 것이 결코 산 것은 아니다.

나는 군중 속을 헤집고 내려오면서 외쳤다.

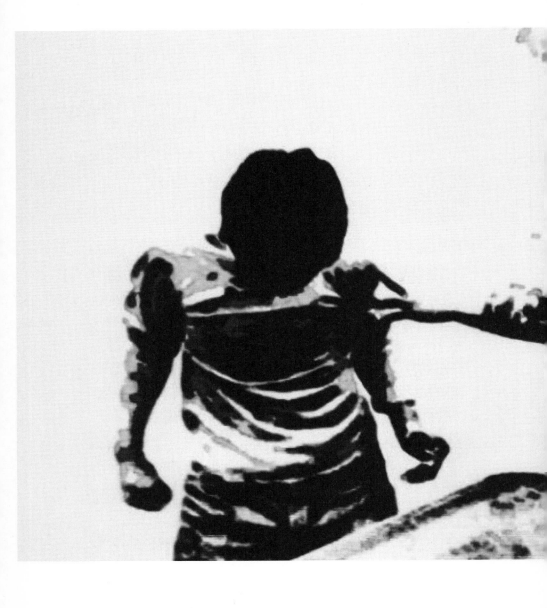

박덕은 作 [5・18](2016)

"대한민국 만세!"

고개는 뒤로 젖혀 어둠 속 별을 보고, 팔을 벌려 하늘을 움켜쥐고, 상의 단추는 풀어져 있었다.

"나는 삶을 살고 있다."

그리고 뿌듯한 열정에 흥분하며 뛰고 있는 내 양심을 꼭 껴안고 이야기했다.

"우리는 승리했다. 자유의 종을 울려야 한다."

중앙 교회를 찾아 들어갔다.

"계십니까, 계시오?"

"어쩐 일로……."

"종지기신가요?"

나의 흥분된 언행에 그가 잠시 머뭇거렸다.

"며칠 동안 항거한 시민들이 오늘 밤 승리했소, 도청 함락도 시간문제요. 이제 자유의 종을 울립시다. 종을 울려 주시오."

나의 제안에 머뭇거리던 종지기에게 군중들이 종을 울리라고 재촉했다. 종지기가 높다랗게 걸려 있는 종에 매단 줄을 힘껏 잡아당겼다.

나 또한 역사적인 이 환희의 순간을 마음껏 즐기고 싶어 종지기와 함께 줄을 힘껏 잡아당겼다. 시민들이 힘을 보탰다.

"여러분 종소리가 들린가요?"

종소리를 듣기 위해 뭉클거린 마음들이 저항의 함성을 삼키고 있었다.

종소리는 분명히 억압된 가슴을 풀어헤치고 맑은 웃음의 빛살로 만든 비둘기를 밤하늘에 날려 보냈다. 함성에 묻힌 종소리는 긴 듯 짧은 몸짓으로 날고 있는 머슴둘레꽃 꽃술이 되어 느리게 퍼지고 있었다.

잠시 후 넓고 높은 곳에서 상쇠 머리의 상모 꽃 돌기가 회를 친

기쁨을 몰고 와서 점점 큰 원을 그리며 밤하늘을 쓰다듬고 있었다.

감추어진 아버지의 사랑, 항상 부족하다며 새벽을 여는 어머니의 마음 같은 따뜻함에 펄펄 울 수밖에 없는 종소리였다.

그 울림은 진양조 가락에 고개 숙여 발끝을 본 고운 맵시의 이녁들의 울림이었다. 기어이 계면조 가락의 슬픔으로 가슴을 풀어 버린 종소리는 빛고을 밤하늘을 우도 가락의 장엄함으로 품에 안고 넓게 팔 벌리면서 너울너울 춤추며 긴 소맷자락을 펄럭이고 있었다.

나는 석가탑의 속울음을 울었다. 그렇게 슬프고 서러웠으나 고립무원의 광주가 자랑스러웠다. 진정한 용기와 정의로움으로 생존을 걷어차고 우리는 우리의 삶을 살았고 우리는 하나였으며 형제였다. 나눔을 실천했고 자유의 소중함을 알았고 외로움을 배웠다.

새벽녘 집에 오니 아내가 뜬눈으로 기다리고 있었다. 눈시울 붉히며 손을 잡았다. TV에서는 똥걸레 찬 저능아 지식인이 광주를 간첩들의 사주를 받고 폭동을 일으키고 있다고 열변을 토하고 있었다.

남대문 출입구 문지방이 오동나무로 되어 있다고 했다. 광주 시민들의 집에 있는 장독대 항아리 속 간수 빠진 십년 묵은 소금이 썩어서 구더기가 득실거린다고 했다.

이 시간 군부 독재자들은 여유로움이든 초조함이든 어찌됐든 간에 술판을 벌리고 있겠지…….

평조 가락의 화평한 종소리가 중모리에서 중중모리를 넘어 자진모리로 휘몰아치면서 무등산을 감아 돌고, 상쇠가 상모를 돌리며 흥을 맞추는 굿판을 품고 깊은 잠 속으로 들어갔다.

아카시아꽃향은 서럽게 종소리를 보듬고 있었다. 금남로에서 도청을 점령할 시민과 철수할 공수부대가 뒹굴며, 분수대에서 붉은 피가 솟구쳐 도청 앞을 물들이는 꿈을 꾸고 있었다.

이팝나무의 푸른 잎은 흰 꽃에 얼굴을 가리고 떨고 있었다.

빨갛게 타오른 하늘에
초록 구름 삼킨
술 취한 새 떼가
날개 접고 빛을 쪼았다

태양 속을 날아온
검은 까마귀
등에 기대니
둘은 하나 되어
몇 날을 펄펄 울었다

사방에서 불어온
붉은 마음 보듬고
오늘도
상처 난 길 위에
못다 한
울림이
마르지 않고 흐른다.

- 졸시 〈무등산〉 전문

그곳 봄은 맛있었다

산까치 우는 봄의 길목에서

산까치가 새벽을 깨울 시간은 아직 먼 시각이다. 잠을 보내 버린 이야기 손님이 나를 끌고 새벽으로 가고 있다. 정신을 차리고 어눌해진 손끝을 보며 부지런히 나를 느끼고 있다.

조용한 시간에 사유의 세계로 들어가자고 이야기 손님이 옷소매를 끌어당긴다. 그러나 잠을 깨워 버린 무례한 자와 이야기하고 싶지 않다.

며칠 전부터 봄기운을 먹은 이야기들이 새색시 차림으로 오지 않는 나를 곁눈질하며 다소곳이 기다리고 있다. 흔적의 사라짐, 존재했던 것과의 이별이라는 질문과 답을 펼치며 안아 달라고 밤을 보내고 있다.

우리가 삶을 이어가는 과정에서 가장 정직한 사실은 죽는다는 것이다. 창조된 모든 생명은 종말의 지평에 서서 자기 의지와는 전혀 상관없이 끝을 향해 간다.

우리가 사는 세계는 시간과 공간으로 닫혀져 폐쇄된 세계다. 그러면 이 세상의 끝이 온 후에 우리는 어디로 갈까? 열린 세계가 있는 것일까? 있다면 어떤 세계일까? 우리가 폐쇄된 세상을 살면서 겸손, 온유, 사랑을 꾸준히 말하고 행하기를 원함은 무엇 때문일까? 태중에 있는 생명이 시간을 채운 후 필연적으로 다른 세계로 여행한다는 사실을 알 수 있을까? 엉터리 같은 물음이 잠을 멀리한 채 불쑥불쑥 고개를 내민다.

우리는 사랑하는 사람들을 위해 열심히 소리 지르며 바쁜 생활을 한다. 나의 엊그제 젊었던 삶의 열정이 지금 절뚝거림으로 주저앉아 있다. 무엇이 그리 잘나서 휘졌고 다녔을까 생각하니 부끄러워 얼굴이 붉어진다.

온 산하가 조용히 숨 고르고 자기를 나눌 사랑을 실천하기 위해 고개 숙인 넉넉한 가을 들판이 보인다. 북새 뜬 가을 들판의 가슴 시리도록 드넓은 아름다움은 자기 비움이 만들어 낸 아름다운 모습이다.

나는 기름진 호흡들의 여유로움을 느끼며 비움을 실천한 사랑을 새삼 곱씹고 있다. 그 사랑이 생명이 되어 온전하게 내 안에 들어오길 오늘도 기원하는 바람이다. 부끄러움을 짊어지고 갈대꽃 흰 머리 늙은이가 새벽을 가고 있다.

나와 같이 생활한 늙은 복동이가 잠을 자지 않고 꼬리를 세게 흔든다. 짠함이 나를 급습한다. 그는 내가 건네 준 먹이를 정말로 즐겁고 감사한 몸짓으로 먹고 내 앞을 서성인다. 그저 감사한 꼬리짓으로 자기를 낮추고 기다릴 뿐이다.

외출 후 늦게 온 나에게 애정 섞인 투정으로 자기 마음을 전한다. 확실히 그 소리는 짙은 호소로 내 가슴에 머문다. 미칠 것 같은 그의 몸짓에 울컥함이 겹겹으로 쌓인다. 진정성의 문제인 것 같다.

자기를 드러낸 열정은 열정이 아니며 그 열정은 꿀 같아 자신을 삼켜 버린다는 사실을 늦은 나이에 알게 됐다. 자아가 주인 된 열정의 행위는 하늘 아래서 모든 수고는 헛되고 헛된 것 같다.

흰 머리카락의 연륜이 새벽녘에 부끄러움을 몰고 와서 고개를 삐쭉거린다. 진정성이 결여된 열정으로 주고받았던 보고 싶고 듣고 싶은 마음을 버리기 위해서 내 마음의 법고를 내리쳤다.

저 멀리서 종소리만 들려온다. 내 마음이 긴 여운의 종소리를 따라가니 잡지 않았다. 내 몸은 발길을 돌렸으나 마음이 뒤엉켜 한 바탕 소리 내어 울었다. 눈가를 치우지 못한 촌로의 마음밭에 종소리의 여운이 그리움의 씨를 뿌리며 남아 있다.

비가 멈춘 새벽에 땅기운은 봄소식을 머리에 이고 와서 나무 속을 보듬고 생명수를 만들고 있다.

추운 계절을 뽐내면서 하얀 숨과 하늘의 야속함을 분풀이하듯 몰아친 눈꽃들의 호기는 얼마나 쌩쌩거렸는가. 그 호기는 우리들의 숨쉬는 시간, 크로노스를 따라서 영원히 가 버렸다. 그러나 무엇인가 절대 가치의 시간, 카이로스의 혼은 계획된 질서 안에서 보내 버린 우리들의 시간을 사랑으로 품고 있다. 내년에 생명으로 그의 때에 맞추어 우리 앞에 나타날 것이다.

그 능력의 절대 가치는 무엇인가. 우리가 털끝만큼도 간섭할 수 없는 어떤 힘은 그의 독자적인 계획에 따라서 질서의 흔적을 남긴다. 나는 내 자아를 버리고 내 안에 있는 나의 모든 것을 지배할 수 있는 능력의 시간, 카이로스의 혼의 지배 속에서 살기를 원한다. 그러나 마음은 원하나 몸의 연약함으로 그 길에 나를 온전하게 던지지 못하고 있다.

그 능력은 이미 와 있고 또 계속해서 올 것이다. 그리고 나의 종말은 완성되어 있는 그 능력의 세계로 갈 것이다. 그 세계는 온전한 사랑으로 이루어져 있을 것이다.

박덕은 作 [산까치](2016)

　우리는 매일 매일 긴장 속에서 용서와 용납으로 우리가 누린 시간의 벽을 넘어야 한다. 카이로스의 혼이 팔 벌리고 있는 사랑의 세계로 들어가야 함이 당연한 것이 아닐까.

　우리는 카이로스 혼의 사랑 안에서 창조되었고 그 사랑을 받고 있다. 그러므로 누가 누구를 비판해서는 안 된다고 생각한다. 서

그곳 봄은 맛있었다

로 끊임없는 용서와 사랑으로 서로를 껴안아야 한다. 그러나 어찌하겠는가, 그것이 우리가 극복하지 못한 나약함인데.

카이로스의 혼은 그런 우리의 나약함까지도 가슴 아파하며 사랑한다. 나는 이 새벽 그 사랑에 취해 울 수밖에 없다.

담벼락 개나리의 늘어진 팔베개에서 잠깬 생명의 이야기들은 카이로스 혼의 때에 맞추어 우리에게 찾아와서 보여준 아름다움이다. 우리는 꽃샘추위 몽니를 우리 능력으로 한 치도 쫓지 못하고 '가겠지', '가겠지' 하며 좋은 마음으로 먼발치에서 바라볼 뿐이다.

적당히 몽니 부려 존재감을 보여 준 뒤에 물러갈 때를 아는 꽃샘추위다. 어쩌면 우리보다 더 현명한 판단과 빈 마음으로 슬쩍 어색한 마음 두고 가는 것 같다.

해는 뜨고 진다. 그리고 떴던 곳으로 돌아간다. 이 사실을 아는 것도 지혜로운 마음이라고 할 수 있을지, 우습다.

나는 몇 번의 옷깃 세움으로 동구 밖 노란 조잘거림의 이야기들이 담벼락에까지 왔음을 알았다. 나는 어딘가 어눌해져 있는 몸을 이끌고 골목길을 걸었다.

담벼락 위의 허튼 공지에 부지런한 손길로 키워진 매화나무 흰 꽃망울의 수줍은 침묵이 눈물겹다. 매화 꽃망울은 활짝 필 개나리꽃과 군무를 펼칠 날을 잠 못 이루고 기다리는 것 같다.

이렇게 카이로스의 혼에 온전히 맡겨질 때 그는 최상의 아름다움을 선물한다. 나는 흐르는 강물로 넓은 바다를 채우려는 어리석은 열정으로 지나온 세월을 살았다.

제 잘난 멋에 천방지축 자신의 이야기만 먹고 헛배만 불리며 살았던 삶이었다. 훈장같이 세월이 준 흰 머리카락은 부끄럽게 살았을 수만큼 자라 이제야 고개를 숙이게 한다.

산까치 울음이 아침을 데리고 와서 창문을 두드린다. 아침의 흰 살결이 나를 유혹한다. 끝나지 않는 사유 세계는 아침 흰 살결의 향기를 맡으며 좁은 산길로 이끈다.

인간은 선하기에 도덕적 성향이 있어 계속 성숙하며 진화한다. 인간은 자율성과 도덕성이 진화되어 윤리적 인간이 된다.

인간을 깨우친 이성, 이러한 이성이 이성을 넘어선 것을 망상이라고 정의하고 '신은 죽었다'라고 니체는 외쳤다.

우리 삶을 송두리째 쪼개 버린 울림에 열광했던 우리들의 마음은 교만함이었을까? 어리석음이었을까? 과연 그 선언은 옳은 것인가? 그리고 인간의 이성과 도덕은 과연 진화하는가?

꽃이 피고 지고, 기쁨과 슬픔이 있는 이 세상에서 내가 숨쉬고 있음에 정말로 감사한다. 이러한 세상 속에 우리들이 누리는 시간도 카이로스 혼의 질서 안에서 움직이고 있기 때문이다.

카이로스 혼은 우리가 어떤 어려운 상황에 있더라도 사랑 안에서 생명의 질서를 이룬다. 결국은 사랑이다. 사랑 속에 있는 모든 것들 중에 사람만큼 아름다운 것이 있는가. 사람이 제일 아름답다. 우리는 사랑하며 용납함으로 서로의 허물을 감싸야 한다.

나의 질문과 대답은 산허리에 머물고 있는 목련꽃봉오리에 내려앉았다. 아침을 걷고 있는 다른 사람의 발자국과 인사하며 내려왔다. 산까치 소리가 아침을 쓸고 있었다.

그곳 봄은 맛있었다

여름밤에 일어난 일

　선풍기와 부채의 몸놀림으로 헉헉거린 숨을 죽이고 있는 여름, 나는 멋있는 몸과 마음을 한껏 뽐내며 여름방학을 즐기고 있었다. 여학생 셋과 함께 1박2일 일정으로 경치 좋고 물 맑은 곳을 찾아 야영을 가자는 친구 전화다. 형편이 넉넉지 않았으나 순간의 주저함 없이 친구의 제안을 받아들였다. 다음 학기 등록금 걱정은 푹푹 찌는 여름 넉살에 썩어 문질러 없어지길 바라면서 완행열차에 몸을 실었다.

　우리 일행을 실은 완행열차는 흰 머리 갈기를 날리며 더운 열기를 냅다 때려 산산조각을 내면서 달렸다. 열어 놓은 창문으로 시원한 바람은 지나가는 여름의 풍요로움까지 몰고 왔다.

　그들은 들뜬 우리들의 마음에 앉아 얼굴을 만지며 즐거움을 같이 한 동행자가 되었다. 완행열차 삼등석의 낯선 얼굴들이 기타 반주에 주름 펴진 얼굴이 되어서 건강한 처녀 총각들의 깔깔거림을 즐거운 마음으로 반겼다.

　한 짐 된 수박 덩어리들이 이리 뒹굴 저리 뒹굴 엎어지며 구르니 머리를 찧어 빨간 속살을 보이겠다고 엄살이다. 그놈들이 따뜻한 여자들의 품에 꼭 안겨 속살을 익히며 행복해 할 때 우리는 목적지에 도착했다.

우리를 맞이한 메마른 천은 달구새끼 눈물 같은 물줄기를 보듬고 간신히 숨을 쉬고 있었다. 피라미들은 하늘에서 내려 줄 물줄기의 축복을 기다리다 자갈밭 인기척에 서로를 때리며 도망치고 있었다. 타는 햇볕에 얼굴을 감추지 못한 돌멩이들이 우락부락 인상 쓰고 헐떡거리며 해넘이를 기다리고 있었다.

"아야, 언능 피리통 내라잉. 짐 풀기 전에 저녁 찬 잡어야 한께."

텐트 두 동도 해넘이 시간에 맞추어 완성되었다.

"밖에 나오면 남자들이 요리를 한께 여자들은 좀 쉬시오."

제법 무엇을 아는 것처럼 '쫄대'라는 별명을 가진 친구가 생전 듣지 못한 이야기를 점잖게 끄집어냈다.

나는 피리통에 잡힌 피라미를 소박한 양념으로 끓여서 여섯 사람의 배를 넉넉히 채웠다. 물 마른 강 가운데 차려진 두 동의 텐트는 지는 해를 보내며 밤이 가져 올 멋스런 낭만을 기다리고 있었다.

옅은 불빛을 먹은 숙소는 아늑함으로 채워진 어둠 속 큰 새의 둥지 같았다. 그들은 젊은이의 멋을 먼저 먹고 즐기는 듯 밤바람에 몸을 흔들고 있었다.

낮을 점령했던 열기는 돌밭 사이를 조심스럽게 물러가면서 사람 찾아 떠돌던 모기들에게 우리를 알렸나 보다. 모기들의 무차별 공격을 모깃불 타는 냄새로 방어하면서 젊은이의 멋을 기타 소리에 올려놓았다.

하늘과 땅을 완전히 품어 버린 어둠 속에서 건강한 아름다움이 시국을 논하며 사랑을 논하며 신앙을 이야기했다. 앞으로의 삶을 토론할 때 시린 가슴이 울고 웃으며 깊은 우정을 만들어 갔다.

완행열차 안에서 뒹굴던 수박이 빨간 속살을 검은 불빛에 보이

그곳 봄은 맛있었다

면서 달콤함으로 그들의 자해 협박을 사과했다.

"너는 다음 학기 수강 신청할 거냐? 어쩔 거냐? 여하튼 조심하자. 시국이 시국인께잉."

달콤함을 한입 가득 채우고 우물거리면서 신학을 전공하는 친구가 말을 던졌다.

"여러 가지로 망설여진다. 상식을 벗어난 세상을 모른 체할 수도 없고, 여하튼 조심하자."

친구들과 보낸 여름밤의 야영은 풀벌레 소리와 어울리면서 서로의 마음들이 큰 강으로 흘러갔다.

내 마음은 군대라는 큰 집단에 충성하기로 가느다란 약속을 해놓은 상태였다.

깊어가는 여름밤, 별들의 졸린 눈들을 모른 체하며 서로의 걱정과 위로 속에 아름다운 마음들이 서로를 즐기고 있었다. 꺼져 가는 모깃불과 함께 무거운 어둠이 우리들의 이야기를 눈꺼풀에 누이기 시작했다.

"자, 이제 잠자리에 들어갑시다. 등짝에 돌이 박히더라도 이해를 하십시오. 머슴애들 이야기가 너무 길었습니다."

물 흐르는 소리, 풀벌레 소리, 개구리 우는 소리가 하나 둘씩 누워 있는 의식 뒤편으로 사라졌다. 나의 마음도 스르르 없어져 버렸다.

"야이 새끼들아, 인나."

돌들을 짓이기는 발자국 소리가 잠결 속에 어렴풋이 들렸다. 텐트가 발길질에 출렁거렸다. 순간 면도날 같이 날카로운 의식이 살을 베면서 피가 솟는 위기감이 머리카락을 잡아챘다.

육감이 팽이 돌면서 가져온 추악한 위기감이 내 전신을 후려쳤다. 친구들은 당황하고 있었다. 떨리는 마음을 진정시키며 순간 어떻게 할 것인가, 옆동 여자애들을 어떻게 보호할 것인가, 온갖 생각이 요동치며 가슴을 뛰게 했다.

"야이 새끼들! 안 나와. 텐트 찢어 불랑께, 응! 빨리 나와. 새끼들아."

"누구요?"

나는 나를 던지기로 결정을 내렸다. 마음이 평온해지며 이 난국을 돌파하리라는 막연한 힘이 어딘가로부터 옴을 느꼈다.

친구들은 움츠러들어 있었다. 건너편 텐트 안의 여학생들은 틀림없이 사시나무 떠는 모습으로 있을 것이며, 우리를 향한 신뢰로 마음을 진정시키며 서로의 손을 붙들고 있으리라.

내 생각을 거기까지 묶어두고 마음속으로 안심하라는 당부를 했다. 어두운 밤에 보인 건장한 모습의 청년들이 십여 명 되어 보였다.

"어제 해거름판에 재미있게 놀데. 빤듯이 서, 개새끼야."

손에는 몽둥이가 들려 있었다. 지독한 모멸감을 느끼며 분위기에 순응했다. 친구들을 보니 공포와 모멸감을 느린 행동으로 저항했다.

옆 텐트 속에서는 공포의 눈빛이 밖의 상황을 주시하고 있음이 전신으로 느껴졌다. '침착하자'를 내 몸이 외우며 어둠 속에서 당하는 부끄러움을 반전시킬 묘수를 생각하고 있었다.

야영자리 결정의 큰 실수가 어둠 속에서도 크게 보였다. 사람들과 민가로부터 멀리 떨어진 은밀하고 조용한 곳을 찾아 야영자리를 잡은 것이 실수였다.

늦은 후회는 어리석게 한숨 쉬면서 나의 분노로 이어지고 있었다.

'어떻게 할까, 싸움판을 벌릴까. 두들겨 맞을지라도 끝까지 한 놈은 잡고 있을 수 있다.'

그렇게 마음을 먹고 친구들을 둘러보니 친구들이 너무 여리고 여학생들이 걱정되었다. 어둠은 침묵 속에서 모멸감과 부끄러운 우리 마음을 보면서 음흉한 웃음을 짓고 있는 것 같았다.

결국에는 피 튀긴 싸움판을 생각하며 저들의 목적이 무엇일까 생각하니 소름이 내 목을 조여 왔다. 남자들을 실신시켜 자기들의 힘을 과시할 목적, 금품 갈취, 그것은 아닐 거라는 답은 확실하다. 목적은 여자들에게 있음이 분명했다.

어떤 희생을 치루더라도 그 상황에 이르지 않도록 막아야 된다고 마음을 다시 굳혔다. 그 상황이 현실로 다가왔을 때 나는 어떻게 할 것인가에 대해서도 마음을 굳혔다.

대범한 마음이 나를 평온으로 이끌면서 전의로 불태우게 했다. 어둠은 냉정한 심판자인 듯 점잖은 위선을 떨면서 나와 친구들의 계산을 즐기며 어둠의 자식들을 격려하고 있었다.

"니기들! 여기서 죽을래. 저기 여자들을 줄래."

처음부터 말없이 담배만 피우던 덩치 큰놈이 본색을 드러냈다. 군왕 같이 위엄을 내며 입을 떠난 그의 목소리는 어둠에다 질펀하게 배설물을 쏟아냈다. 그리고 엉덩이를 까발리고 우리를 조롱했다. 그놈 손 안의 몽둥이도 덩달아 불나방이 춤추듯 날갯짓했다. 침묵이 짧게 흘렀다.

"그렇게는 할 수 없네."

나는 일부러 건방진 투로 그가 던진 말을 되씹어 그의 발 아래 지질구레하게 '퉤'하며 던졌다.

어둠은 상황을 예측하기 어려워 서로의 얼굴을 흐릿하게 보여 주며 목소리만 전달했다. 무거운 떨림이 나나 그나 같은 판으로 끌고 가고 있었다. 친구들은 어떤 공포를 느끼는지 두려움에 풀죽어 있는 모습이었다. 협박꾼들이 쉿소리 몽둥이 소리를 자갈밭에 굴리며 우리를 에워쌌다.

'이제 죽기 아니면 피투성이로 까무러치기다. 느그들 중 한 놈은 내 손에 잡힐 것이다. 자, 이제 붙어 보자.'

시커먼 어둠이 큰 날개를 너울너울 저으며 모든 것을 삼킬 것 같은 공포였다. 그 공포 속으로 나를 던져 버리며 혈투를 준비했다. 비장한 마음이었다. 어디에 도움을 요청할 수 없는 절박함 속에 친구들에게 무언의 신뢰를 보냈다. 이미 두려움 속에 피 튀긴 의식의 싸움이 시작된 살벌한 싸움터였다. 모깃불 티끌은 부는 바람에 감추어둔 빨간 혀를 내밀고 꿈틀거렸다. 부엉이 울음이 패배자를 먹어 치우려는 듯 스멀스멀 맴돌고 있었다.

"야, 내가 지금 니기 중에 한 놈 배를 50대 주먹으로 칠 테니까 견디겠냐? 견디면 우리는 돌아가겠다. 어쩔래?"

덩치 큰 두목이 예상치 못한 제안을 했다. 너무나 뜻밖의 싱거운 제안에 모든 어려움이 내 귀를 의심하며 꼬리를 감추기 시작했

박덕은 作 [야영텐트](2016)

그곳 봄은 맛있었다

다. 그리고 굵고 선명한 빛이 내 머리를 때리면서 매가 먹이를 채 듯 그 제안을 낚아챘다.

어릴 적 아버지께서 나에게 꾸중하시던 일이 불현듯 생생히 살아났다. 한 달가량 오르던 계단 수를 나에게 어느 날 물어 봤으나 나는 대답을 못했다.

'항상 신중하며 매사를 세밀하게 관찰해라.'

"오십 대만 맞으면 된다 이거지? 사내로서, 확실하지?"

그렇게 그날 밤 공포는 내게 던진 50대의 둔탁한 소리와 함께 막을 내렸다. 그놈은 널따란 벽에 주먹 자랑하듯 내 배에다가 있는 폼 없는 폼 다 쏟으며 똘만이들 앞에서 주먹자랑을 했다.

"음매, 이 새끼 꿈적도 안하네. 아따, 이 새끼 징하네잉."

참기 어려운 고통이었다. 나의 만용은 바보 같은 힘을 만들어 냈다.

"어이, 자네 멋진 놈이네. 내일 장날이니 만나자."

성은이 망극한 두목의 하해와 같은 말씀이 씁쓸히 내 머리를 만졌다. 멋을 모르는 멋대가리 없는 놈이 나를 보고 멋있다고 했다. 내 만용이 그놈 눈에는 멋있게 보였나 보다. 배에 힘주어서 맞는 아픔과 함께 피 터질 싸움일지라도 저항을 못한 부끄러움이 무겁게 짓눌렀다.

가뭄에 찌든 물줄기가 우리의 상처 난 마음을 안고 텐트에서 비친 옅은 빛을 받고 찌질하게 흘러갔다. 그날 밤 어둠 속의 부끄러움은 내 마음에서 몇 년을 두고 흘러갔다.

똑같네

어젯밤 월척의 손맛을 느끼면서 짐을 챙겼다. 밤공기가 덮어씌운 저수지 물때는 아침을 맞는 밤 낚시꾼을 항상 자질구레한 동냥치로 만든다. 그런 모습을 커피 한 잔으로 위로하고 동서가 차를 몰았다.

"그나저나 어쩌던가? 무지하게 힘썼을 텐디, 어째 나를 부르지 안했는가?"

동서가 부러운 듯 기어를 높이며 한마디 던졌다. 가로수 벚나무는 곧 꽃망울을 터뜨릴 것 같았다. 졸린 눈을 실같이 뜨면서 눈꺼풀과 한참을 싸울 때 코끼리 조형물이 눈에 보였다.

'느그들, 내가 코끼리인 줄 알제. 웃기네. 나는 맘모스여, 맘모스랑께.'

식당 앞에 걸린 코끼리 조형물의 외침이 글씨로 쓰여 있었다. 맘모스의 외침에 웃던 나의 웃음이 졸리는 눈까풀을 어렵게 붙들고 있었다. 그의 외침이 가로수 꽃망울 속으로 사라질 때 내 의식도 꼴깍하면서 스르르 미끄러지며 아늑함 속으로 사라졌다.

끔벅거린 황금빛 거물 붕어를 인삼, 대추, 생강을 넣어 물을 붓고 팔팔 삶았다. 농축된 붕어즙을 식기 전에 드리기 위해 바쁜 걸음으로 부모님 집에 도착하여 현관문을 막 두드릴 때 '꽈당, 찌익.' 나는 큰 충격에 눈을 떴다.

꿈인지 현실인지 분간하기 어려운 혼란스러운 상황에 자리에서 일어나지 못하고 있었다. 받혀 있는 자동차가 보였고 핸들 위에 사람이 고개를 처박고 있는 것이 보였다. 누군가 내 옆에 앉아 있는데 형편없는 모양새로 중얼거리고 있었다. 동서였다. 그는 당황하여 문도 못 열고 중얼거리고만 있었다.

"어매, 큰일났네. 어쩐다냐. 아따, 미치겠네."

그 순간 사태의 심각성이 등골을 타고 내려왔다. 멍한 머릿속을 스쳐간 그렇게 많은 생각들이 머리를 이리저리 때리며 지나갔다.

찌그러진 운전석문을 간신히 여니 두 사람이 신음하고 있었다. 가슴은 뛰면서 침착해야 한다고 내 자신을 향한 주문이 냉정을 찾기 위해서 발버둥쳤다.

"성님, 떨지 말고 언능 다친 사람 밖으로 끄집어내게 이리 오쇼."

"아이고, 내 다리. 아이고, 내 다리."

계절을 잃은 후덥지근한 날씨와 함께 공포를 몰고 온 냄새 나는 신음 소리가 찌그러진 문을 여니 후다닥 큰소리치며 튀어나왔다.

우리는 낑낑거리면서 운전석에서 신음하고 있는 사람을 끌어내어 문턱에 기대어 놓았다. 잽싼 눈썰미로 신음소리를 쫓아 상태를 보니 피 흘린 자국은 보이질 않았다. 문턱에 기대 놓았던 사람을 땅바닥에 눕히기 위해서 힘껏 드는 순간 무엇이 '뚝' 빠지면서 땅바닥에 질질 끌렸다. 불길한 느낌과 예감이 겹옷을 입고 싸늘한 두려움이 순식간에 내 발끝을 찔렀다.

날카롭게 동서를 불렀다.

"성님, 뭣이 바닥에 끌리요."

동서가 죽어가는 소리로 덜덜 떨며 음성을 토해냈다.

"다, 다리가 부서졌나 봐, 다리가 끌리네."

"뭐라고라, 다리가 뿌서져 끌린다고라."

동서의 두려움과 나의 두려움, 환자의 아픈 신음소리가 각각 마음의 빛깔로 비벼지면서 꽹과리 치며 모래판을 돌기 시작했다.

사람 몸뚱이가 어찌나 무거운지, 용을 쓰고 바닥에 눕히니 과연 한쪽 다리가 죽어 가는 옅은 살색으로 쭉 뻗어 나와 있었다. 나와 다리는 차갑게 서로의 얼굴을 바라보고 있었다. 눈길을 잡는 차가운 인사는 태산 같은 두려움과 걱정을 가져와서 내 정수리에 똬리를 틀었다.

'아, 어찌 해야 할까. 장딴지가 뿌서져 부렀다. 입원, 수술, 그러면 돈은?'

조금 심한 교통사고로 생각되어 최선을 다해서 치료를 해보자고 마음먹었던 다짐이었다. 다리가 부러져 흘러 내려 온 상황이라면 심각한 상태임이 틀림없을 거라 생각했다.

결국 만만치 않을 돈 문제와 아내를 염치없이 보아야 할 생각에 차디찬 감정이 서서히 일어서기 시작했다. 그러나 약간의 무리가 오더라도 가해자로서 이 상황을 회피하지 말고 최선을 다해 책임을 지자고 결단을 했다.

"성님, 일은 벌어졌응게 침착합시다. 그렇게 떨지 마쇼."

나는 동서를 위로하며 손을 잡았다. 손을 통해 전해온 동서의 따뜻함이 동지애로 건너와서 나를 위로하였다. 그때 날카로움과 짜증 섞인 소리가 버드나무 씨방들의 난잡한 춤사위를 뚫고 들렸다.

"어이, 내 다리 좀 보소잉, 어디가 상했는가 안 들어가네잉, 언능 와 보란 말이시."

오살 맞게 무거워서 끙끙대며 끌어내어 뉘었던 그 사람이 자기 친구를 성급하게 부르는 소리였다. 소리 난 쪽을 힐끗 보고 고개를 돌린 순간 엄청난 그림이 내 눈을 덮었다.

'아니지, 아닐 거야.'

깊은 우물 속으로 고개를 처박고 떨어지는 절망감과 두려움이 목을 죄면서 엄청난 무게로 다가왔다. 나는 목덜미를 타고 내려오는 두려움을 보듬고 신음하듯 중얼거렸다.

확인 차 다시 보니, 분명히 잘려진 장딴지가 있었다. 무릎이 구부러진 채로 옅은 분홍빛을 띠고 누워 있는지 엎어져 있는지 여하튼 있었다. 순간 나는 악을 쓰면서 주저앉아 버리고 싶었다.

다리가 부러져 사람 몸에서 튕겨 나와 딩굴고 있는 엄연한 현실 앞에 내가 무엇을 얼마나 할 수 있을까. 지금까지 나 스스로에게 약속했고 다짐했던 마음이 방금 확인된 상황 속으로 순식간에 빨려 들어가 버렸다.

인간에 대한 존엄성이 자리 잡고 있었던 내 마음은 감당해야 될 한계치를 훨씬 넘는 무서운 상황에서 체념하며 무너져 버렸다. 내가 접근할 수 있는 가능성의 세계에서는 따뜻한 열정을 도출해 낼 수 있었다. 그러나 불가능의 세계라고 인지되었을 때 나의 이성은 순식간에 회오리치며 무섭게 냉정해졌다.

너무나 쉽게 무너져 버린 그럴 듯한 내 열정에 나를 위로시킨 생각이 쌓이기 시작했다.

"보험회사에 넘겨 버리면 끝일 텐데 뭐."

나는 그때까지 유지되고 있던 마음이 차갑게 떠나면서 중얼거리고 있었다. 인간적인 미안함과 죄송함을 물리친 차가운 내 이성이 번뜩거렸다. 심난한 마음은 담벼락에 부대낀 모양으로 피어 있는 살구꽃에 얹어 놓고 무엇인가를 정리하고 있었다.

다시 커닝하는 마음으로 눈길을 돌려 그 사람과 누워 있는 다리를 쳐다보았다.

"어야, 이쪽을 더 땡기랑께, 아야 야야, 요새 의족이 얼마나 한 가? 의족 한쪽이 깨졌나 보네, 살점을 쑤시네야. 아저씨들, 의족을 맞춰야 쓰겄소."

사방팔방에서는 버드나무 꽃가루들의 난잡한 군무가 멋대가리 없이 춤추고 있었다. 그들의 춤사위 속으로 내 의식이 털끝만큼도

박덕은 作 [교통사고](2016)

그곳 봄은 맛있었다

접근하지 못했던 광경이 벌어지고 있었다. 가까운 듯 먼 듯 황당한 광경이 긴 듯 아닌 듯 혼란스러워 고개를 저어 보았다.

분명히 떨어진 다리를 들고서 실랑이를 하며 끼워 맞추고 있었다. 기묘한 허탈감과 부끄러움이 뒤엉키면서 뛰어가서 그들의 멱살을 잡고 싶었다. 기만당한 분노가 허탈감으로 이어지면서 주위에 많은 구경꾼들이 있던 것이 그제서야 보였다.

공포와 불안, 두려움 속에서 냉정한 척 마음을 추스르며 사고를 수습하려 했었다. 수술비와 입원비를 계산하느라 걱정했던 마음이 황당한 광경에 허탈하게 웃었다. 부끄러움이 밀려와서 마음 찜찜하게 남아 있었다.

가뭄에 자기 논도 모른 놈이 이른 새벽에 부지런히 남의 논에 물 대놓고 굿마당 펼친 어설픈 꼴이 돼 버렸다. 깨진 꽹과리를 뒤져라 두들겨 패면서 땀을 뻘뻘 흘리며 헛다리짚고 수숫대 빨고 있는 광대의 모습이었다.

"아따메, 깜짝 놀랐네. 가짜 다리였구먼. 진짜로 똑같네잉. 놀랐겠소."

"오메, 오래 살다 본께 밸시런 일도 다 보네."

옆에서 구경하던 사람들의 말들이 토독 튀어 올랐다. 너풀너풀 춤을 추며 튀어 오른 말꽃들이 버드나무 씨방들의 춤사위와 함께 내 머리 위에 앉았다.

밤낚시

해거름녘에 도착한 저수지에 부챗살 모양으로 낚싯대를 펼쳐 놓았다. 옅은 어둠이 쫙 깔려 엎드리기 시작한 채 펼쳐 놓은 낚싯대에 깊은 어둠이 걸터앉기 시작했다.

주인의 떨리는 손맛을 위해 물속에서 기다리고 있는 빠끔대는 몸을 떨고 있었다. 간죽거린 불빛과 긴장된 호흡을 맞추고 있는 어두운 밤, 물밑 그놈은 삶을 바치고 나는 시간을 즐기는 저수지의 치열한 전투장에 철부지 봄바람이 왔다.

눈치 없이 저수지 넓은 등짝을 은밀히 애무하며 지나갔다. 간지럼 탄 물결은 발을 차면서 들썩들썩하게 물장구를 치고 조용하던 황소개구리가 울대를 일으켰다. 깜박거리던 찌는 무슨 낌새를 챘는지 조용히 숨을 감추고 히뜩히뜩한 색깔로 위장한 채 물결 뒤에 숨고 있었다.

"야, 이놈 봐라. 땅맛을 한번 보고 도망친 놈이냐. 나를 갖고 놀아라, 이놈아."

나는 그놈이 보여 줄 예쁜 나신을 그려 보았다.

황금빛 옷을 입고 저수지를 주름 잡았던 그놈은 지느러미를 세울 것이다. 흙냄새 먹은 꽃향기는 그의 연륜 넘친 황금빛 멋을 칭찬하니 꼬리에 힘주면서 펄떡펄떡 뛸 것이다.

이렇게 물밑 그놈을 맛있게 생각하고 있을 때였다. 옥빛 몸짓이 단아한 빛을 머금고 불뚝 일어서며 내 눈을 잡았다. 어둠이 달빛을 외면한 채 온 산하를 비단 치마로 덮고 있는 정지된 시간, 수행하던 노승이 깨달음을 얻고 긴 침묵을 깨뜨리며 머리에 광배를 발하면서 불뚝 일어나는 점잖고 우아한 몸놀림이었다. 그리고 빈 마음으로 팔을 뻗쳐 합장을 한 후 조용히 열반으로 들어가는 경이로운 모습이었다.

순간을 놓치지 않고 낚아챈 낚싯대는 멋들어진 휘어짐으로 춤을 추었다. 낚싯대에 앉아 졸고 있던 어둠은 깜짝 놀라 물속으로 고꾸라졌다. 밤이 펼치는 숨소리와 강하고 애절한 노래 소리는 낚싯줄을 타고 내 귓전을 때리고 머물기를 반복했다.

나는 몸과 마음으로 황홀함을 먹으며 꽃 세계로 여행을 하고 있었다.

"핑, 피이잉. 핑. 씨이잉. 씽씽, 씨잉."

저수지 물속으로 고개를 처박은 낚싯대 끝은 비명을 지르고 부르르 떨면서 숨 막혀 죽는다고 난리를 쳤다. 낚싯대에 목을 맨 낚싯줄은 어두운 밤 물장구를 치고 물결을 자르면서 소소리바람 소리로 흰 물결을 만들어냈다.

물속을 유영하던 그놈은 대단한 힘으로 어두운 바깥세상 보기를 완강히 거절했다.

"그러겠지, 십여 년을 넘게 주름잡던 저수지에서 처음 겪은 목걸림을 어떻게 네가 이해할 수 있겠냐. 지금 주위의 동료 몇과 똘마니들이 소리 지르며 흙탕물을 내니 내심 당황하고 있겠지. 부모님이 가르쳐 준 기억을 떠올리면서 꼬리에 힘을 모아 몸을 비틀 풀섶을 찾겠지. 결국에는 찢어지는 목구멍의 통증만 더함을 느끼면서 용트림을 끝내겠지."

나는 이놈을 이해하고 존경하는 마음으로 물속의 상황을 날카롭게 주시하며 중얼거렸다. 나는 조이는 목줄을 움켜쥐고 '피이잉! 핑핑!' 소리를 지르며 옆으로 쏜살같이 치닫는 엄청난 힘을 즐기고 있었다.

그런 발버둥과 몸부림은 낚싯줄이 만들어 낸 파열음을 보듬고 뒹굴었다. 가늘고 긴 찌의 불기둥이 물속에 누워 떨리는 웃음을 나에게 주면서 순식간에 몇 번의 부채춤을 추었다. 그럴 때마다 나는 앉았다 섰다 오므렸다를 반복했다.

저항하는 물속의 호흡을 맛있게 먹고 휘어진 낚싯대의 허리를 나의 유연한 몸동작으로 조정했다. 첨벙 첨벙 마지막 힘을 쏟아 낸 놈이 기진맥진하면서 뽕긋뽕긋 입을 내밀더니 다시 물속으로 사라졌다.

"그래, 이제는 조용히 공기 좀 먹고 옆으로 눕길 바란다. 니 나신을 보여 줘라."

나는 그에게 사정했다. 목 어디에 걸렸을 낚시 바늘을 더욱 자극하기 위해서 다시 낚싯대를 조정하면서 일격을 가하며 허리를 폈다. 승리를 만끽하면서 살며시 내 앞으로 끌고 온 황금빛 그놈은 모든 것을 포기한 채로 떨리는 내 손에 들어왔다.

"와, 징하게 크네. 야, 멋있다. 몇 센치나 될까. 언능 재 보자."

나는 헐떡거린 호흡을 바삐 던지고 크게 들이마셨다.

수건 위에 눕혀진 황금빛 녀석의 나신의 길이는 '35센티' 월척이었다. 전투가 어찌나 힘들고 흥분했던지 느슨한 피곤함이 안도의 미소 위에 몸을 뉘었다.

어두운 밤 저수지 물속에서 옅은 빛을 발하던 별들은 때맞추어 우는 개구리들의 합창을 불러 모으고 있었다. 나는 그들의 합창을 들으면서 부챗살 대형으로 퍼 노은 낚싯대의 미끼를 새 옷으

박덕은 作 [밤낚시](2016)

로 갈아 입혔다. 어둠은 흥분된 내 마음을 붙들고 저수지 위를 거닐고 있었다.

나는 살림망을 들어 올려 흐뭇한 웃음을 지으며 패배자의 얼굴을 다시 보았다. 깜박거린 그의 눈과 마주쳤을 때 그의 눈은 내 마음속에 항상 남아 있는 기다림과 슬픔의 눈, 바로 그 눈이었다.

옛날 키우던 송아지가 장에 팔려 갈 때 울면서 뒤돌아보던 그 눈이 망 속에서 나를 보고 있었다. 나는 이상한 두려움과 무서움이 슬며시 어둠과 겹쳐와 꿈틀거리는 것 같았다. 모든 역경도 자연의 품속에서 물리친 경이로운 삶을 살았을 저 거대한 붕어를 한동안 생각했다.

인간이 삶의 즐거움을 맛보기 위해 여가 생활이란 미명 아래 한 생명을 취함이 정당한 것인가. 황금빛 눈망울은 저수지 물을 그리워하고 있는 것 같았다. 나는 미안함과 죄스러움이 겹쳐 내리며 갈등하기 시작했다.

손맛을 원 없이 준 저 괴물 붕어를 놓아 줄 것인가? 이 저수지를 평정하며 15년 이상을 살았을 저 붕어를 살려줌이 당연한 것이 아닌가? 붕어의 끔벅거린 눈망울이 내 허리춤에 달랑달랑 매달려 찌그락짜그락 하면서 내 마음을 쪼개고 있었다. 나는 나의 그런 마음을 돌팔매질하여 급히 던져 버렸다.

아침에 깜짝 놀랄 동서의 얼굴을 떠올리며 붕어의 생사 여부는 그때 결정하기로 했다. 밤샘으로 반짝임을 뽐낸 하늘의 별들과 헤어져야 할 눈맞춤을 나누고 슬픈 눈을 잊고 싶어 간이침대에 몸을 뉘었다.

이른 봄 아침을 향한 공기는 털모자를 둘러쓰게 했다. 사랑하는 가족들의 얼굴들이 맑은 햇살 속에 큰 웃음으로 다가왔다.

아련함을 느끼며 가물가물 깜박거리는 반짝임을 하나 둘 셋 넷…….

복동이

"무슨 개냐?"

퇴근 후 집에 오니 흰 털옷 입은 개가 똘망똘망 꼬리를 흔든다.

"응. 퇴근 후 집에 오는 길에 돌아다니기에 불쌍해서 데려왔어.
예쁘지."

우리 집 공주가 한 말씀이다. 이렇게 하여 주워온 흰 털 개는 어
떤 까다로운 절차 없이 잔디 깔린 마당을 뛰어 놀 수 있는 우리집
가족권을 획득하게 되었다.

"주인을 찾아 되돌려 주어라."

누군가 잃어버리고 가슴앓이를 하고 있을 주인 생각을 하니 마
음이 아려왔다. 주인을 찾아 주기 위해 나름 수소문도 했으나 우
리 식구가 되려고 했는지 그 흔한 잃어버린 개를 찾는 전단지 하
나 없었다.

초롱초롱했으나 약간 슬픔을 머금은 눈망울과 풍부한 흰 털은
무척 복스러웠다, 그래서 이름을 복자를 넣어서 짓기로 했다.

복녀보다는 복동이가 부르기 좋고 듣기 좋아 남자 이름을 졸지
에 지었다. 주워온 흰 옷 입은 개는 이름을 얻게 되었다. 훈련이

179

잘된 복동이었다.

"빵! 빠방!"

딸아이와 아들놈이 손으로 장난하면 뒹굴고 죽는 척 애교를 떠니 우리 집은 웃음이 떠다녔다.

대소변은 화장실로 직행, 볼일 보고 난 후 뒷발로 발 씻기 동작은 앙증맞아 오금을 저리게 한다. 아들놈은 학교 갔다 오면서 대문을 열고부터 찾는다.

"복동아. 빵빠방."

뒹굴고 둘이 죽고 못 산다.

우리 집 늙은 처녀 복동이는 사람으로 치면 아마 팔십을 넘었을 것이다. 우리와 같이 생활한 지도 어언 십오륙 년은 된 것 같다.

복동이는 세월이 준 시간의 열매를 먹고 오늘 여기까지 왔다. 그러나 그 열매는 매몰차게도 사람에게 준 시간의 무게보다 몇 배의 고리채를 받아먹고 있다. 그 시간의 고리대금업자는 복동이의 젊음과 아름다움을 빼앗았다. 그리고 그런 시간의 계산법은 당연하다며 건들건들 지나가고 있다.

시집을 보내야 함에도 딱히 식구들을 늘릴 필요 없다는 내 생각 때문에 금단의 문을 열어 주지 않았다. 지금 생각하니 힘 있는 자의 천한 만용을 마음껏 부린 것 같다. 그에게 향한 미안함이 매일 어깨 숙이며 찾아온다.

서방님이 그리운 날에는 더욱더 얌전해지는 복동이. 우리 식구들에게도 시간은 주름살 깊은 선물을 주면서 무례한 장난을 치고 궁둥이 흔들면서 가고 있었다.

가버린 시간 속에서 딸아이는 두 자녀의 어머니가 되었고, 아들은 어른이 되었고, 사랑하는 아내는 미국 생활을 하고, 나는 머리 빠진 백발노인이 되었다.

또 있다. 복동이는 탈장된 부분이 괴사되어 안락사 직전 수술

덕분에 생명을 건졌다. 지금은 이가 다 빠지고, 복부에 암 덩어리는 커지고 있다.

심장이 나쁜 복동이는 외출 후 돌아오는 내 발자국 소리를 듣고 반가움이 넘쳐 뱅글뱅글 돌다 심한 고통소리를 내면서 쓰러진다. 안쓰러우나 어쩔 수 없다. 심장이 나빠서 복부 암수술도 할 수 없다는 병원 진단이 내려졌기 때문이다.

"복동아, 왜, 그렇게 껄떡거리냐?"

요사이 나는 복동이를 보며 언성을 많이 높인다. 오늘도 궁상스럽게 저녁을 먹는 테이블 밑에서 눈을 멀뚱거리고 불쌍한 모습으로 앉아 있다. 측은한 모습으로 꼬리를 약하게 흔들고 내가 먹는 채소를 먹기 위해 기다리고 있는 이상한 놈으로 변해 있다.

지질구질하게 변해 가는 복동이를 보면서 내 모습이 반영되기 때문인지 나는 그 모습이 짜증나고 화가 치민다. 털은 거칠어지고 이빨은 빠져 틀어진 주둥이로 어렵게 밥을 먹는 복동이다.

세월이 몰고 와서 알 듯 모를 듯 던져 버린 늙음을 어떻게 품위를 지키며 향기 나는 삶을 살 것인가? 늘 나에게 던진 질문이다. 복동이를 보면서 나에게 주어진 숙제를 하나 더 마음의 책가방에 담는다.

하루 종일 복동이를 집에 두고 외출 후 돌아온 나를 깡충깡충 뛰면서 미친 듯 반기는 한결같은 마음, 늙지 않는 복동이 마음이다. 복동이는 젊었을 때나 늙은 지금이나 똑같이 내 주위를 돌고 내가 던진 사랑을 받아먹으면서 당연한 행복을 느낀 것은 아닐까.

내 기억이 늙음과 함께 사라져 버린 것인지 복동이의 행동이 기억나질 않는다. 복동이는 항상 그대로 그 마음으로 나에게 충실하고 있는데, 내 늙음이 여유로움을 몰아내고 그를 보고 있는 것은 아닌지 생각한다. 여하튼 나는 복동이가 먹는 것에 애걸복걸하는 모습이 너무나 싫다.

박덕은 作 [복동이](2016)

'예끼, 이 양반아. 늙은 나를 종일 홀로 두고 당신 혼자 밖으로 싸다니고 놀았지. 입맛 없는 내가 당신과 함께 밥 좀 먹자한데 왜 그리 성질 꼬라지를 내는지 원.'

복동이가 뒤틀린 속을 보이며 한마디 내쏘면서 나를 이상하게 보는 것 같다.

내가 생각해도 이상한 늙은이로 변한 것 같다. 복동이의 밥그릇에는 주인을 기다리는 맛들이 냄새 풍기며 놀고 있다. 정작 주인은 딴청을 피우며 거들떠보지도 않으니 화가 날 법도 하나 기다리다 빈 그릇이 된다.

우리 집구석에서 내 마음이 제일 쪼잔한 것 같다. 이 늙은이는 기다릴 줄 모르고 말 못하는 복동이에게 너무 다그치는 것 같다.

"복동아, 어허, 짜증나네잉. 환장하겠네. 너 노망했냐."

내 발자국 소리 때문인지 먼발치에서 복동이의 짖는 소리가 들린다. 문을 여니 팔딱 팔딱 뛰고 뱅글뱅글 뒷다리 들고 앞발 비비며 난리다. 심상치 않은 몸짓이다.

쓰레기통을 뒤지고 화장실은 묽은 오물로 범벅이다. 내가 내지른 호통에 복동이가 금세 벌벌 기면서 귀퉁이에 쭈그려 앉는다. 밉고 귀찮고 짜증남이 눈에 힘주고 일어나면서 한꺼번에 내 귓구멍을 씩씩거리고 뚫고 나와 귀퉁이에 조그려 있는 복동이를 째려보았다. 내 눈길을 피하는 모습이 안쓰럽다.

순간 내 생활에 복동이가 없으면 얼마나 삭막할까 하는 생각이 살짝 문틈으로 들어오니 미워진 마음이 슬며시 꼬리를 감춘다.

"아나, 간식 하나 먹어라."

간식을 던지니 내 방문 앞에 엎드려 있던 녀석이 그저 좋아서 뒤틀린 주둥이로 잽싸게 물고 자기 방으로 들어간다.

사람은 생각하는 대로 살지 않고 사는 대로 생각하며 살아간다는데 저 녀석은 어떻게 사는 것일까? 사람은 삶을 위한 도구를 바꾸는 순간 하나님도 바꾼다고 한다. 그런 이중성을 합리화 시키면서 우리는 웃고 떠들며 살아가고 있는 것일까?

'그럼 복동이는?'

불현듯 놀라면서 던진 나의 질문이다. 나는 조금씩 복동이와의 아름다운 이별을 준비하고 있다.

저나 나나 늙고 병들어 가고 있다. 복동이의 배에 붙은 혹은 점점 커간다. 고통스런 호흡 속에서도 그에게 주어진 본성이 변질되지 않고 충실한 마음으로 나를 지키고 기다리는 복동이다. 다시 한 번 생각해 본다.

'생각하는 대로 사는가. 사는 대로 생각하며 사는가.'

복동이는 어떻게 살까. 그에게 오늘 아침 미안함을 전하면서 맛있는 간식을 듬뿍 주어야겠다.

"복동아! 간식 먹자"

나는 잃어버렸던 사랑을 되찾아 복동이를 불렀다. 앞산 산까치들은 마지막 흰 꽃들의 흐드러진 춤을 내 마음과 함께 즐기나 보다. 그들의 시샘한 엇박자 가락이 시끄럽게 흩어지며 나뭇가지에 걸려 흔들거린다.

시끄러워 자리를 털고 일어선 아침이 후려치는 흰 꽃 갈기를 붙들고 복동이를 부르는 것 같다. 늙어버린 복동이가 연신 밖을 보고 털 빠진 꼬리를 흔들며 기쁜 울림으로 짖고 있다.

보고 싶다

나는 온 산하가 꽃 등불 잔치에 환장할 함성들로 들떠 있는 어느 가을밤에 아버지를 찾아뵈었다. 아버지 집을 가는 나의 마음은 어느 때부터인가 무겁고 어두워 피하고 싶은 마음이었다.

아버지와 나, 그리고 막내동생이 교대로 밤에 어머니를 간병하기로 약속했다.

어머니의 병이 발병하여 치료한 12년은 우리 가족의 아픈 이야기가 각각의 마음을 만지며 쌓여 갔다. 어머니의 아름다움과 우리 가족들이 지켜온 최소한의 도덕적 양심을 무너뜨리면서 어머니의 병마는 살쪄 갔다.

누에가 뽕잎을 서서히 먹어 치우듯 가족들 정서는 상처 받으면서 조금씩 지쳐 갔다. 어머니를 향한 사랑과 관심을 회복하기 위해서 지쳐 버린 가족들의 마음을 위로시킬 어떤 것도 나는 시도할 수 없었다.

그렇게 가족들의 관계가 병들어 갈 즈음 이름도 생소한 '파킨슨병'이라는 진단을 어머니는 받았다. 병의 증세가 나타난 후 7년 만이다. 곧은 성품의 아버지께서는 백방으로 다니시면서 어머니의 약을 구입하여 돌봤으며 병명을 안 뒤로는 더 열심히 뛰어다녔다.

"내가 네 엄마를 저렇게 만들었으니 어떤 일이 있을지라도 내 손으로 고칠 것이다."

아버지께서는 젊은 날 어머니께 무심했던 마음을 용서 받기 위함인지 당신의 흰 머리카락 수보다 더 많이 무릎을 꿇었다. 그런 아버지의 모습은 나에게 무거운 슬픔으로 자리잡았다.

저만치 있는 미안한 내 마음이 뛰어 오면서 머리를 항상 숙이게 했다. 내 마음은 나의 일이 아닌 것처럼 다시 한발 물러나 있었다.

"아버지, 저 왔습니다."

그날도 전날 밤 간병으로 보낸 피곤과 짜증 섞인 시간이 흐느적거리면서 누워 있는 아버지 곁을 맴돌고 있었다.

아버지의 모습에서 한계를 넘어서는 내적 갈등이 살을 찢고 나와서 의식을 메마르게 하고 있음을 알 수 있었다. 아버지의 피곤하고 지친 모습은 마른 나무가 호흡하는 절망감과 삭막함으로 이어져서 나를 너무나 슬프게 했다.

나도 직장 생활을 하면서 밤을 새워 간병을 한다는 것이 무척 힘이 들었다. 회사의 총괄 업무를 맡아야 한다면서 본사의 재촉이 심한 상황에서 나는 고민하고 있었다. 회사를 핑계 대고 서울로 탈출하여 어쩜 다시 오지 못할 승진의 기회를 잡을 것인가를 놓고 나는 고민했다. 나는 어머니를 간병하며 이 상황을 나의 몫으로 안을 것인가 당연한 선택을 놓고 비열한 방황을 하고 있었다. 나에게 남아 있는 어머니에 대한 사랑이 게으름과 분노로 변하여 나를 슬프게 하지 말기를 매일 간절하게 비는 마음이었다.

어머니를 간병하기로 된 그날은 계절을 타고 온 단풍의 현란한 손짓을 애써 멀리 한 채 내 마음을 아픈 어머니께 기대고 싶은 밤이었다. 가을바람과 함께 어울려 온 뭉클한 엄마 젖내음을 맡고 싶은 밤이었다,

"끓어오른 엄마의 젖내음으로 채워진 웅덩이에 발가벗고 누워 엄마의 사랑을 듬뿍 먹고 싶다."

나는 무겁게 드리운 집안의 밤공기를 물리치며 책상에 서 있는 어머니의 사진을 보았다. 건강했던 어머니의 사랑을 아쉬움으로 그리며 예쁜 어머니를 보면서 말했다.

두려움을 안고 찾아 온 밤에 나는 어머니께서 준 사랑을 품고 내 사랑이 진실이길 바라면서 어머니 방을 찾았다. 어머니는 망부석 같은 몸으로 누워 힘없이 손을 내밀어 아들의 내음을 맡고 싶어 했다.

"엄마, 기분 좋아요, 큰아들 얼굴 보니 기분 짱이겠네."

어머니의 힘없는 옅은 웃음이 얼굴을 보이면서 내 가슴에 웃음을 묻어 버렸다. 나는 따뜻한 어머니의 손을 만지면서 내 기억 속에 남아 있는 젊은 날의 어머니 모습을 생각했다.

나는 내 마음이 며칠 사이에 부쩍 살벌해지고 어머니를 미워해지는 마음을 어머니께 속으로 용서를 빌었다. 그리고 예뻤던 어머니의 가슴골을 따라 흐르는 시간을 역류하여 아픔과 그리움 속으로 나를 옮겼다.

나는 젊음을 만끽하며 교만한 몸짓이 하늘을 찌를 것 같은 모습으로 걱정까지 맛있게 먹으면서 생활을 했다.

"집에 좀 들려야 쓰것다."

평소에도 말씀이 적으신 아버님의 퉁명스런 호출이었다.

"니 어머니가 이상하다. 나와 산책을 하다가도 갑자기 서 버리고 못 가겠다고 버텨 버린다. 나한테 퉁 파는 것도 아니고 화가 나서 못 살겠다."

아버지는 몹시 짜증스런 표정을 지으면서 말씀하셨다.

"뭘 내가 퉁을 파겠소. 갑자기 걸어가다가 힘이 빠지면서 발이

박덕은 作 [간병](2016)

안 떨어진디, 나보고 어쩌란 말이오."

　어머니는 답답함을 보일 수 없어 야속한 표정으로 한숨을 토하며 말했다.

　이렇게 어머니의 병은 시작되었다. 병원 여러 곳을 섭렵하며 검진해 보았으나 병명을 찾지 못하고 증세는 더욱 깊어만 갔다. 가족들은 퇴직 후 집에 계시는 아버지의 관심을 더 받기 위해서 하는 행동이라고 어머니를 비난했다.

그 후 몇 년 간 간병으로 서로 감싸며 위로하던 가족들은 추한 뒷모습만 보이고 허물어지기 시작하였다. 끝을 알 수 없는 곳으로 아름다웠던 인성들이 슬프게 추락하고 있는 가족들을 보면서, 어머니가 미워지며 원망이 내 맘속에서 고개를 내밀기 시작했다.

가족들이 배워서 지녀왔던 도덕적 지성과 인성의 아름다움은 부끄러운 듯 머리를 숙이고 어머니의 곁을 떠나고 있었다. 나 또한 결코 변해서는 안 될 절대 가치의 아름다움이 흔들리며 불만과 짜증, 괴로움의 세계가 나를 유혹했다.

"엄마. 다리를 옮겨 봐요. 그렇게 서 있지만 말고, 아따, 꾀병 부리지 말라니까요."

내가 어느 날 퉁명스럽고 짜증스럽게 어머니를 향해 던진 말이었다. 이렇게 나는 변해 가고 있었다. 어머니의 깊어가는 병세는 참으로 우습게도 아버지와 가족을 향한 성숙되지 않는 사랑의 손짓으로 치부되었다.

나는 그러한 어머니를 향해 짜증스러움을 숨기면서 어줍잖게 어린애 달래듯이 스스로 노력해서 발놀림 손놀림을 해주길 강요했다.

어머니를 지극한 사랑으로 간병하며 가슴 아파한다는 나의 위선은 화려한 만장을 펄럭이면서 고향 산천에 펄럭였다.

어머니를 간병하는 나의 마음은 항상 새로운 사랑을 잉태하여 진솔한 마음으로 향하다가 그 마음은 어느새 미움과 짜증으로 채워져 나를 괴롭혔다. 대소변을 치우는 일은 정말로 어려운 일이었으나 그 일을 행하는 나의 마음은 거칠고 난폭했다.

"아들아. 미안하다. 죽고 싶구나."

어머니는 힘없는 눈물로 당신의 괴로움과 참담함을 말했다. 간병에 지친 아버지는 분노와 절망의 늪에 빠져 어머니를 폭행하는 막다른 상황까지 이르게 되었다. 나 또한 포악해지는 절망 앞에서 나를 지키기 위해서 매일 매일을 기도하면서 몸부림치는 생활이었다.

"내가 당신의 뱃속에서 생활하다가 울면서 세상에 태어났고, 철이 들 때까지 똥오줌을 향기로 맡으면서 나를 키우셨습니다."

미안해하는 어머니를 보면서 말했다.

나는 왜 어머니의 대소변에 사랑으로 접근하지 못하는 불효를 저지르는가. 진정으로 사랑하는 마음을 달라고 절박한 심정으로 기도하는 내가 되어 가고 있었다.

엄청난 내적 갈등과 싸우던 그날 밤 나는 너무나 엄청난 일을 저지르고 말았다, 나는 분명히 분노하고 있었으며 나를 위한 변명으로 사람 되기를 포기해 버린 파렴치한 타락한 인간이었다.

"얘야, 내 몸 좀 돌려다오."

잠결에 어렴풋이 들리는 힘없이 나를 부르는 어머니의 소리였다. 벌써 열 번은 넘었을 어머니의 부르는 소리다. 나는 아마 십여 분을 잔 것 같았다. 또다시 나를 부르시고 또다시 나를 부르시고……. 다시 잠을 자기 위해 자리에 눕는 순간 또다시 나를 부르시며 몸을 반대편으로 돌려주기를 원했다.

"이렇게요."

끓어오르는 화를 아닌 척, 거칠고 무례하게 연약한 어머니의 옆구리를 힘껏 들어 조이면서 침대에 뉘었다. 나는 분명히 팔을 통해 느껴오는 불길한 소리를 들었다. 걱정도 잠시, 나는 다시 깊은 잠 속으로 들어갔다.

가을밤으로 차린 저녁상을 받아 놓고 나는 어머니를 기다린다. 와 있는 가을을 성큼 토방 내려 반기질 못하고 내가 저질렀던 아픈 기억 때문에 때 낀 발끝만 쳐다보고 있다.

화려함을 뽐내는 이 가을밤, 눈물 머금고 촌색시 웃음 지으며 알 듯 말 듯 멈추어 버린 어머니의 속 이야기가 그립다. 자식 어려워서 입 다무신 엄마의 모습이 내 가슴을 도려낸다.

"엄니, 엄마, 내 엄니. 당신이여."

저를 용서하십시오. 나의 젊은 날의 시간은 세월을 붙잡고 교만과 경솔함으로 채워진 날들이었습니다.

나는 지금 갈지자걸음만 걷던 부끄러운 몸뚱이가 흰 머리카락마저도 등 돌린 늙은이가 되었습니다. 홀로 방에서 씻을 수 없는 아픔을 놓지 못하고 나는 어머니를 불러 봅니다. 예쁜 엄니는 눈 오는 밤 떨면서 피는 꽃이 되어도 웃음 띤 얼굴로 나를 반길 것입니다. 우리 엄니의 웃음 뒤에 감춘 서러운 울음을 나는 알고 있습니다.

어머니. 나는 당신에게 고백합니다. 내 입을 막지 마십시오. 그때 그 깊은 밤 아들의 포옹, 그것은 미움을 감춘 위선의 포옹이었습니다. 저급한 인격이 내뿜은 추악하고 방정맞은 투정이었습니다. 나는 나에게 무서운 변명으로 그 위선에 화려한 옷을 입혀 효자로 태어난 척하면서 당신을 간병했습니다. 나의 위선은 더 무서운 변명으로 나의 얼굴을 가렸습니다. 나는 꽃가마 태워 당신이 주신 사랑을 장롱 깊이 던져 버렸습니다. 나는 당신의 부름이 귀찮아 힘껏 껴안을 때 '뚝' 소리 내며 갈비뼈 부러진 소리를 들었습니다. 나는 없었던 일인 듯 태연히 당신의 침대를 정리하며 당신을 뉘었습니다. 나는 인간되기를 거부한 추악한 동물이었습니다.

그때 그 깊은 밤, 나의 행위는 당신에게 와 있는 병의 고통보다 훨씬 더 큰 아픔이었을 것입니다. 당신은 머룻빛보다 더 검은 슬프디 슬픈 마음이었을 것인데, 말 한마디 없이 모른 척 그 밤을 보내셨습니다. 당신은 왜 이 아들의 천박스런 불효를 꾸중하지 않으셨나요?

"엄니, 울 엄니 당신이여! 정녕 모르셨나요?"

뒷담
홍시 익는
가을밤
그립다

이뻤던
우리 엄니가
이렇게나
보고 싶다

기어이
두 눈에
피꽃이 핀다.

- 졸시 〈그리움〉 전문

목소리

"아빠, 점심시간에 약속 있으세요. 식사 같이 해요."

깜박거리는 물결무늬를 그리며 전화기를 타고 아들놈의 목소리가 내 팔짱을 끼고 걸어왔다. 항상 퉁명스럽게 옷 입은 목소리나 정겨운 아들놈이다. 나의 즐거움이다.

내 마음속에 있는 아버지의 웃는 모습이 언뜻 내 마음 위에 겹치며 미끄러져 스쳐 갔다. 나의 기쁜 마음은 아들과의 약속 시간을 뒷전에 두고 춤추며 먼저 지나갔다.

오늘 아들과 함께 할 외식 밥상에 올려져 맛을 줄 음식들을 떠올렸다.

'순대 국밥, 모처럼인데 그렇고. 삼겹살 구이, 점심에는 그렇고. 아귀찜, 청국장은 아들이 싫어하고. 싱싱한 회, 아니다. 바다 장어탕이 좋겠다.'

우리 부자를 환영하기 위해서 갖가지 양념으로 치장한 새신랑 새색시들의 맛을 내는 커피향을 즐기며 그려 보았다.

방안의 늙은 복동이는 눈치가 삼사백 단은 될 성싶다. 그는 전화 속 낯익은 목소리를 들었는지 연신 꼬리를 흔들고 뒷다리는 까치발로 서서 앞발을 비비며 낑낑대며 보챈다.

아들놈을 만나러 갈 내 마음의 채비를 안 것 같다. 동행을 요구하는 협박도 같고 사정도 한 것 같아 눈을 쨰려보니 슬며시 눈치보며 발을 감춘다.

"복동이 이리와. 간식 하나 먹어라."

측은한 생각에 간식을 던져 주었다. 꼬리치고 뱅글뱅글 돌면서 발을 세운 멍멍거림은 고맙다고 그가 표현하는 최고의 율동이다.

복동이가 우리 식구가 된지 십 오륙 년은 됐을 것이다. 시집 간 딸이 귀여워했고 아들이 귀여운 복동이다. 이제는 나이든 할머니가 되어서 이빨도 빠져 버린 볼품없는 아가씨다.

시집이나 한번 보낼 것이었는데 태어날 새끼들이 필요치 않아서 신방차림을 우리 식구들은 거절했다. 나는 참 몹쓸 짓을 한 것 같아서 요사이는 더욱 안쓰러움을 느낀다.

종일토록 나와 같이 있으면서 나에게 꾸중도 많이 듣는다. 저나 나나 늙었고 또 늙어 가기에 헤어질 연습으로 내 마음을 밀어내고 있다.

복동이는 아마도 나를 저렇게 허우대는 멀쩡해 가지고 밴댕이 소갈머리 사람이 아닐까 생각할 것이다. 복동이가 짜증난 입맛을 다실 것을 생각하니 웃음이 나온다.

늦은 아침 장끼 우는 소리가 앞산 허리를 휘감고 내려와 기다림으로 들뜬 내 마음에 앉았다. 눈발 속에 아들이 부르는 소리가 발자국과 함께 인사를 한다.

"뭘로 먹을까요?"

성질 급하게 아들이 내 모습으로 나를 보며 물어 본다.

"바다 장어탕이 어짜겠냐."

미식가인 아들에게 틀림없이 맛있다는 확신을 주며 내 의견을 건넸다.

"언제 드셔 보셨어요?"

"응, 맛있는 곳이 있더라."

대장암 수술을 받은 친구와 며칠 전에 맛있게 먹었던 식당을 찾아갔다. 반가움을 자리에 먼저 내려놓고 나를 닮은 건장한 머슴애를 내 눈에 담았다. 아내 눈을 닮은 녀석을 보고 있으니 멀리 있는 사랑하는 아내가 잠깐 얼굴을 보인 것 같은 착각이 내 마음을 만지작거린다.

"하는 일은 잘 되고 있냐? 건강해야 한다."

내가 생각해도 맛대가리 없는 말을 던지니 장어탕이 불 위에서 맛있는 냄새를 풍기며 슬슬 춤추기 시작한다.

"네. 뭐 그럭저럭 잘 되고 있네요. 곧 중국에 갔다 와야 될 것 같네요."

아들의 대답도 그 아비 질문같이 맛대가리 없는 것은 마찬가지다.

불 위에서 춤추던 장어탕이 맛없는 우리의 이야기를 듣고 낄낄 웃는다. 그리고 이어진 우리의 침묵이 재미있는지 웃음이 흘러 넘쳐 버린다.

열 받은 가스 불이 깜짝 놀라 피식 하면서 눈을 감아 버린다. 다시 불을 붙이니 감았던 눈을 떠 우리의 미각을 즐겁게 해주기 위해 장어탕은 정점을 향해 펄펄 끓으며 춤춘다. 그놈을 한 그릇 퍼서 아들놈이 나에게 건네준다.

"맛있게 많이 드세요."

모락모락 김 속에 세련되지 않은 사랑이 꾸무럭거린다. 나도 감춘 정을 끄집어내어 한 그릇 퍼서 주려는데 이미 아들놈 그릇에는 김이 한들한들 머리를 풀고 나풀거린다.

"아빠, 맛있는데요. 많이 드세요. 이 집 밑반찬이 입에 딱 맞네요."

엄마 눈으로 채워진 얼굴이 다가와서 다시 넘치도록 내 그릇에 정을 채운다. 항상 그러하듯 부자간의 짧고 압축된 이야기들은 서로 마음을 안고 강을 건넜다. 그 마음들은 촘촘히 밝혀 떠 있을 밤하늘의 은하 세계를 향해 벌건 대낮에 빅뱅을 일으키면서 팽창되어 갔다.

상 위에는 주인의 마음을 채워 맛을 자랑하던 아기자기한 반찬 그릇들이 우리의 입맛 때문에 몇 번의 속을 비우고 또 채워졌다.

춤을 추던 장어탕이 속살 배를 휑하니 드러내니 우리는 포만감으로 호흡을 즐겼다. 크고 작은 그릇들이 우리가 만들어 놓은 짜잔한 화장기를 보듬고 뻥 뚫린 눈으로 상 위에 누워 우리들의 입맛 다심을 보고 있었다.

"엄마, 아빠랑 점심식사 맛있게 먹었어. 응, 장어탕. 아빠 바꿔 줄께."

아들이 느닷없이 전화기를 나에게 건넸다. 그렇지 않아도 맛있는 맛 속에서 허전한 맛이 무엇일까 나는 생각하고 있었다.

그 허전함을 채울 맛은 사랑하는 아내가 차지하고 있어야 할 자리의 깊은 맛임을 알고 나는 아내를 그려 보고 있었다.

"잘 있제. 부자지간에 밥 먹고 좋겠다. 날씨는 어쩌요? 여기는 따뜻하니까, 걱정 말아요."

들떠 있으나 늙어 있지 않은 예쁜 목소리가 나비춤을 추고 하늘을 날아와 내 귓전에서 날개를 접는다.

"애들은? 언제쯤 올 건가? 아들 바꿔 줄게."

나는 참으로 멋대가리 없는 소리를 귀한 시간에 토해냈다. 자근자근한 마음 받기를 항상 그리워하며 말해 왔던 아내에게 미안함이 고개 들었다.

개울물 속 잔고기 떼의 유희는 평화로웠다, 다람쥐의 뜀박질과

박덕은 作 [식사](2016)

새들의 텃세 부린 날갯짓에 툭 떨어지는 도토리들 소리, 그들의 즐거운 맛을 먹으며 여문 정을 팔짱 끼고 산책했던 아내와의 미국 생활이 짙은 향기로 나에게 찾아왔다.

"엄마, 거기는 몇 시야? 건강해야 해. 응, 여기는 걱정 말고. 이제 들어가."

"아들아."

그리움과 보고픔이 몰아친 아내의 꼬리 잘린 아쉬운 목소리가 잔잔한 아픔으로 내 가슴을 때렸다. 아들이 벌컥벌컥 찬물을 마셨다. 잠시 침묵 속에서 아들은 내 물잔에 쓸데없는 물만 채웠다.

"장어탕 맛있네요. 중국 출장 갔다 와서 다시 먹어요. 아빠."

엄마의 젖은 목소리를 마음으로 만지는지 내리는 눈발을 넓은 어깨에 맞으며 느린 걸음의 뒷모습을 보이면서 아들은 갔다.

아내가 날린 종이비행기는 그리움과 보고픔을 싣고 내 귓마당과 아들이 숨겨놓은 뒤편 마음밭에 내려왔나 보다. 탄식 같은 짧은 외침을 못들은 척 짙은 눈발 속에 묻어 버린 아들의 마음이 슬프게 나를 덮쳤다.

세월은 내 몸을 싣고 주름진 흰 머리 계곡으로 끌고 가고 있다. 그러나 나의 자유로운 영혼은 그 계곡에서 뛰쳐나와 빈약했던 사랑을 키울 것이다. 내가 있었던 그 자리에 넉넉하게 있고 싶다. 나는 내 열망과 아쉬움의 큰 숨을 멀리 보냈다.

눈을 드니 멀리 흰 두루마기 입은 산 만당이 팔을 벌리고 내가 보낸 열망과 아픔을 먹고 있었다.

겨울 흰 꽃을 후덕하게 품에 안고 언제나 그 자리에 있는 산, 무등산이 내 눈앞에 있었다.

보고픔이
엄마 젖동산에 핀
이야기를
꿩 우는 뒷산에
뉘이면

훨훨
예쁜 발림은
세월 삭힌
외마디를
토하네

- 졸시 〈아들아〉 전문

너, 거기서 뭐 하냐

일생 딱 한번 먹어볼 수 있는 곳을 찾아 떠나는 즐거움을 싣고 달리는 직행버스가 굼벵이 같았다.

"아따, 징하게 늦게 간다. 거, 상당히 늦게 도착하겠는디."

별명이 돼지인 성질 급한 거구 의사 친구가 볼멘소리를 날렸다.

어느덧 진도 회동 마을에 도착했다.

뽕 할머니가 오늘도 두 손 모아 '모도' 뿔치에서 무지개다리를 기다리는 해넘이 시간이었다.

방정맞게 후려치는 세치머리 흰 눈발을 바닷바람이 "에끼놈!" 하고 꾸짖으니 파도 소리가 조용히 우리를 안았다. 바닷바람은 몹시 차가웠다.

그 옛날 화려했을 뿔치 사이에 드리워진 무지개다리는 없었다. 대신 우리를 태운 쌕쌕이는 '어명이요!'를 외치는 것 같은 큰 소리를 내면서 엎드린 바다 위를 거침없이 달려서 우리를 선착장에 내려놓았다.

그곳은 바다 소금끼로 꽃피운 넉넉한 웃음이 가득한 섬 '모도' 였다.

"언능 가서 저녁 묵기 전에 한 잔씩 합시다."

약간 마른 다른 젊은이가 마음을 재촉했다. 해거름녘에 부는 바닷바람의 몽니는 내 몸을 할퀴면서 웅얼거렸다. 곁다리 눈보라는 더욱 앙칼진 성깔을 부리면서 내 뺨을 매몰차게 때리고 눈물로 떨어졌다.

"박 선생, 틀림없이 그것 나오제. 그것 묵을라고 왔은께. 착오 없도록 하소."

내 마음을 부추겨서 먼 길 모도까지 데리고 온 돼지가 다짐을 받는다.

"아따, 별 걱정을 다 하시오. 일단 바다에다 그물 놨다고 한께 뭔 고기든지 걸릴 것이오. 그것부터 싸목싸목 묵읍시다."

박 선생의 거침없는 대답이 방파제에 묶어둔 뱃머리에 앉아 춤을 추고 있었다.

"어이, 박 선생. 그것 향이 끝내 줄 텐디, 몇 년짜린 줄 아요?"

나의 질문에 부끄러운 마음이 슬며시 일어나 내 귓불을 만졌다.

군불 냄새가 구들장의 따뜻함과 함께 누워 있는 방안, 소박한 밥상이 넙죽 절을 하면서 우리의 배고픔을 기다리고 있었다.

갯냄새 똬리를 머리에 튼 아낙들은 엉덩이 깔고 음식 준비에 한창이었다. 바닷바람을 먹어치운 듯한 남정네들이 그 새를 못 참고 한잔씩 걸치고 있었다. 엉거주춤 일어나 큰 눈망울들이 웃으며 반겼다.

"자, 먼 길 오셨응게. 차린 것 없지만 맛있게 묵고 오늘밤 한바탕 거판지게 놉시다."

이장이 점잖게 목을 굴리며 목소리를 내려놓았다. 감칠나게 맛들어진 간간한 생선들과 어울린 해산물의 맛이 눈을 통해 나의 혀끝을 파고들었다.

그곳 봄은 맛있었다

"방금 잡은 돔, 숭어, 싱싱해요. 맛있게 한입들 합시다. 형님, 곰보 양주 한 병 땁시다."

박 선생은 우리가 준비해 온 사연 많은 곰보 양주병 목을 사정없이 비틀어 나에게 주었다. 그녀는 '똑' 단 한마디 비명을 지르고 스르르 눈을 감았다. 이내 사람 몇 놈 죽일 화냥기를 발산하면서 치마를 펼치듯 고급스런 향으로 순식간에 방안을 접수해버렸다.

우리는 섬 주민들을 대접한다고 남은 곰보병 양주는 사양했다. 판자로 만든 감옥에 교수형 집행만을 기다리고 있는 그들이 잡아 온 16인의 한 되짜리 소주만 집행하기로 했다.

밥상을 물리친 후 섬주민 젊은이가 북채를 들고 한가락 뽑겠다고 했다. 북채로 북 옆구리를 힘주어 때리고 치고 등짝을 토닥토닥 튕기는 솜씨로 호남가를 멋들어지게 뽑아냈다.

"아따, 이양반 여자 깨나 죽였겠네. 북 솜씨, 소리 솜씨 기막히오. 엣쇼, 한 잔 받으쇼."

얼큰히 오른 돼지 친구가 맛있는 표정으로 조그만 잔에 양주를 채웠다.

"워메, 감질나서 어디 묵겠소. 여기다 까뜩 따라주쇼."

밥뚜껑을 내밀었다.

"독한 술이요. 조금씩 마십시다."

"우리 섬 촌놈들도 이런 술 많이 묵어라. 흥건히 얼른 따쇼."

방 안은 막소주와 양주가 뒤엉키기 시작해 갔다. 점잖히 먹던 술이 슬슬 옷을 벗기 시작했다. 질세라 북채가 소리꾼의 목을 툭툭 건들며 북의 옆 볼따귀를 두들기니 북이 낯바닥을 잡고 슬피 울었다. 소리꾼이 작심한 듯 한바탕 궁구니, 넉넉함으로 자리잡고 있는 슬픔 속으로 나를 몰아갔다.

궁둥이 흔들고 바람피우던 뺑덕 엄씨, 젊은 봉사와 밤 짐을 쌌다, 내 사랑 뺑덕 엄씨, 허공에 팔 저으며 심봉사 몸부림친다. 쪽박 찬 심봉사 홀로 있어 슬프다고 계면조 가락으로 목청껏 슬픔을 뽑아냈다.

방안의 슬픈 발림이 눈발을 헤치면서 검게 물들어 버린 '모도' 뒷산으로 흩어졌다.

"와, 아니, 진도 사람들은 모두 이렇게 북도 잘 하고 다들 한가락씩 하요?"

슬픔조차도 아름다운 것으로 걸러내는 남도창의 멋을 한껏 먹으며 내 마음을 전했다.

밖은 어둠이 문풍지 자락을 붙들고 있는 눈발들을 품에 안고 깊은 시간 속으로 끌고 가고 있었다. 판자로 엮어진 감옥 안에 갇혀 있던 소주병들이 목 틀려 빈병이 되어 여기저기 뒹굴기 시작했다.

"어이, 박 선생, 그것 언제 나온당가. 얼른 가져오라 하소. 언능."

내 친구 돼지는 온통 머릿속에 그것이 나오기만 기다린 것 같았다. 머리를 도리도리 치고는 취한 몸으로 손짓하며 박 선생을 불렀다.

나도 순간 여기 온 목적이 이것이 아닌데, 미간을 찌푸리고 생각을 모으려고 애를 썼다. 빙글 빙글 돌고 있는 방안의 재미가 꼴깍하며 성질 지랄 맞게 나에게 건네 온 술잔에 입을 맞추게 했다.

취해서 속을 비운 소주병 그놈이나 제법 귀티 난 양주병 그년이나 똑같은 해롱거림이었다. 드러누워 헤벌린 그놈 그년들의 입들은 아무렇게나 씨부렁거리면서 방안을 기어 다녔다.

섬 사나이들은 밥뚜껑 술잔에 양주 댁을 넘치도록 채우면서 간드러진 유혹을 내장 깊이 넘기고 있었다.

"어허, 웃겨 분당께라. 일 년에 딱 한번 물이 갈라진다고라, 미친년 씨나락 까 묵고 한 소리요. 한 달에 너댓 번씩 갈라진디. 그라게 많이 사람들이 올까라. 그라고 우리는 고기도 못 잡소. 우리하고는 아무 상관없소. 거그다 돌멩이를 몽땅 부서 부릴 라요. 뭔 모세의 기적, 겁난 거짓깔이제.”

양주 댁이 섬주민의 불만을 꼬여내서 앙칼진 눈보라를 만나보게 한 것 같다.

나는 내 의식을 평행 상태로 회복하기 위해 머리를 들고 방안을 둘러보기 시작했다. 졸부라고 폄하하고 있는 김 사장이 취한 내 머릿속에서 머리를 쭈뼛이 내밀었다.

사업의 여러 계획들이 알코올로 적셔진 머릿속을 뛰쳐나가 긴장 속에서 자리 잡기 위한 몸부림도 보았다.

거구 돼지는 안간힘을 다하며 의사 체면을 지키려는 듯 밥뚜껑 술잔을 건네고 술잔을 받으며 목구멍에 넘기고 있었다.

고꾸라져 엎어진 박 선생은 젊은이 얼굴에 발을 올려놓고 배를 긁으며 냠냠거리고, 후배는 머리에 넥타이를 맨 채로였다. 꾸어다 놓은 겉보리 자루처럼 방 귀퉁이에 눈감고 입 헤벌리고 희죽거리면서 귀신과 깊은 대화를 하는지 연신 중얼거리고 있었다.

방안 풍경을 보듬은 모도의 밤은 바닷바람과 눈보라의 더욱 엉켜 버린 머리카락을 끌고 더 깊은 어둠 속으로 가고 있었다.

생리작용은 실신해 버린 너절한 지성을 발로 툭툭 차 허리춤을 잡고 일어나게 했다. 눈을 뜰 수 없는 비몽사몽 속에서 문을 열고 밖으로 나갔다.

“쿵!”

무엇일까? 나를 주저 앉혔다. 내 앞을 막았다. 생리를 해결해야 한다는 절박감에 낑낑거리고 다시 일어나서 앞으로 나갔다.

“쿵! 쾅!”

내 머리를 사정없이 내리쳤다.

박덕은 作 [술주정](2016)

'뭣이 이런다냐.'

나는 침묵하고 있는 새까만 차림의 건방진 놈에게 몸을 던져 머리로 받았다.

"쿵! 콱! 쿵!"

새까만 건방진 놈은 꿈쩍도 하지 않고 나를 식은 죽 먹듯 쓰러뜨려 버렸다. 나는 또다시 그를 향해 몸을 던졌다.

"쿵쿵! 콱! 쿵!"

"야, 너 거기서 뭣하냐. 시끄러워서 원, 잠 좀 자자. 잠 좀."

돼지가 잠결에 꿀꿀꿀 푸념하는 소리가 이렇게 좋을 수가 있단 말인가?

"아야, 뭣이 이렇게 나를 때리고, 막냐?"

나는 어둠 속에서 아픈 이마와 머리를 만지며 물었다.

"염병 지랄하네. 새끼, 거그 농 속이여! 거그 뭣 하러 들어가서 지랄하냐. 웃긴 새끼네잉."

나는 터질 것 같은 오줌통을 가까스로 붙들고 문을 열었다. 어두워 떨고 있던 우리들이 던져 버린 이야기들이 우르르 몰려와서 너희들만 사람이냐고 나에게 덤벼들 것 같았다.

그것을 먹기 위해 먼 길을 온 나는, 영혼을 잃어버리고 어둠 속에서 부끄러운 줄도 모른 채 피곤한 춤을 추고 있는 타락한 줄부가 틀림없었다. 나는 새벽을 때리는 눈보라의 몸놀림을 받아먹으면서 하늘을 쳐다보았다.

가로등 불빛이 만들어 놓은 조그만 하늘이 성난 얼굴로 나를 덮칠 것 같았다. 술에 흠뻑 적셔진 몸뚱이는 배설의 즐거움과 고마움을 탐닉했다. 땀에 흠뻑 젖은 등짝과 배설은 사라진 온기로 싸늘한 몸서리를 치게 했다.

해롱거린 술통에서 간신히 기어 나온 찌질한 웃음이 흔들거리는 나를 부축하고 있었다. 나는 농 속에서 치고받았던 아픈 머리를 만졌다. 뱉어 버린 숨소리에 고개 넘는 술 냄새를 베개 삼아 잠을 청했다.

농 속으로 들어간 웃지 못할 사연은 아침에 일어나 생각하기로 했다. 아침 바다를 보면서 쓰린 속을 움켜쥐고 슬퍼지는 마음이 아니어야 할 텐데 걱정을 하면서……

그랗께 어째서

"아저씨. 무슨 씨 뿌릴라요?"

조 씨 마누라 슬쩍 감춘 욕심이 가시에 걸린 목소리를 던진다. 한참 힘 받던 칡순이 놀라며 급히 가는 손을 똬리 튼다.

"깨 씨를 뿌릴라요."

나도 잘디잔 깨 씨 마음이 되어 퉁명스럽게 말을 뱉었다. 내가 마련한 전원주택 주변의 산을 조 씨에게 맡긴 것이 십여 년 된 것 같다.

땅 주인인 나는 뻐꾸기 알 품는 곤줄박이 신세가 되었다. 땅을 조 씨로부터 얻어 쓰는 어처구니없는 신세가 되어 속 터지기 일보 직전 삼백 평 정도의 땅을 양보 받았다. 나는 백여 평에 깨를 심기로 결정했다. 무척 힘들었으나 몽글거린 즐거움이 꿈틀거린 용마루 두렁을 완성했다.

다음날 방앗간을 찾아가서 국산 참깨 씨를 구입했다. 서너 알씩 땅을 파서 씨 뿌리는 일을 반복했다. '음, 보통일이 아닌데.' 라고 한숨 쉬는 끔찍스런 고백을 나는 나에게 했다. 결국 나는 땅을 쉽게 보고, 준비도 없이 욕심만 앞서 있음을 알았다.

날씨가 더워 땀은 줄줄 흐르고, 모기는 달려들고, 목은 타고, 물 찾으니 산 위 적송이 쯧쯧 혀를 차며 그늘로 오라고 마음을 연다.

우리집 백구 진순이도 먼저 그늘로 올라가서 나를 부르며 짖고 연방 난리다. 그늘에 앉아 땀이 물러갈 즈음, 농기구 상회 가면 깨 심는 도구가 있을 것 같은 꾀부린 생각이 번뜩 났다.

가게에 들러 기구를 구입하여 상쾌한 마음으로 깨 씨 뿌리는 작업을 진행했다. 이틀 걸려 파종이 끝날 무렵 깨 씨가 떨어져 다시 방앗간을 들렀다.

"저번에 여기 남자한테서 토종 깨 씨를 구입했다가 씨를 뿌렸는데 조금 부족해서 왔습니다."

내 말을 듣고 아주머니는 고개를 갸우뚱 하면서 '어디치를 팔았을까?' 중얼거렸다. 그리고는 그녀는 영문 모를 뜬금없는 말을 한다.

"오메, 우리 아저씨가 깨 씨를 잘못 판 것 같소."

아주머니는 집 안에서 나와 헐렁한 치마폭을 감싼 채 선풍기 옆에 앉았다. 살아 돌고 있는 선풍기는 먼지를 둘러쓴 채 날개 돌리기 힘겨워 삘삘거린다.

"내 느낌이 맞아 부렀소. 잘못 팔았소. 우리 아저씨가 판 것이 수입산 수단 깨 씨를 팔았소. 어짜께라?"

어안이 벙벙하여 빠르게 머리를 굴렸으나 깨진 쪽박 엎어진 물이었다.

"나머지 것이라도 국산 깨 씨를 주십시오."

나는 짜증을 감추고 말했다.

집에 돌아온 나는 그간의 작업에 피곤한 듯 누워 있는 골 잔등을 보았다. 어떤 재미있는 깨소금 같은 결과가 나올까 생각하니, 나의 입가에는 묘한 웃음이 다가와 살짝 벌린 입술에 장난을 친다.

며칠 후 어린잎들이 검정 아닌 파란색 얼굴로 땅을 뚫고 내민다.

뒷산 적송과 시누대밭은 백구 진순이가 몰고 온 여름을 먹고, 어린잎 깨는 헉헉 태운 풍요로움으로 몽땅 깨나무가 되었다. 그가 초가을 호위 무사를 등에 업고 유세를 떠니 동네 야단이 났다. 난생 처음 본 그 위용을 동네 소리꾼이 중머리로 한바탕 옆구리를 긁는다.

"어디 한번 들어 봅시다그려, 어잇."

고수가 북채를 들고 북 등짝을 내리치며 한마디 추인다.

"얼씨구, 보소, 세상에 깻대가 이라요. 굵기는 조 씨 부삭 살강 대요, 키는 대나무 같이 찔쭉하고, 잎싸구는 애기 코끼리 귀 같고, 꽃은 사이좋은 금낭화 크기요, 깨 젖통은 대추 크기만 하고, 모양새는 나무에 딸싹 붙은 매미로구나. 궁딱, 얼~쑤."

소리꾼 소리가 온 동네를 장난스럽게 핥으며 당산나무 밑둥을 돌아친다.

"먼 깨나무가 그렇게 겁나게 크다요?"

구경나온 여편네들 한마디씩 한다. 아랫집 조 씨도 급히 아랫도리 붙잡고 와서 보더니 틀니 빼어 합죽이 된 입으로 한바탕 불을 지른다.

"웃겨 부네. 저것이 나무여, 깨여?"

나는 심술궂은 마음으로 업어 친 대꾸를 조 씨 앞에 패대기쳤다.

"미국 놈들이 묵는 깨게 크다요."

내 마음을 알았는지 영리한 진순이가 조 씨와 여편네들에게 한바탕 짖어댄다.

'그랑께 어째서, 그랑께 어째서.'

나는 진순이 응원 덕에 서운한 마음을 약간 멀리 던져 놓을 수 있었다.

망명 와서 뿌려진 아프리카 수단 깨, 태풍에 쓰러져 누운 놈 위에 눕고 기울어진 놈 기운 대로, 부대껴 큰 키 붙들기가 무척 힘들었다. 그러나 나풀나풀 코끼리 잎을 자랑하며 초가을 깨 수확을 바라보게 되었다.

나는 깨나무 밑둥을 잘라내는데 상식을 뒤엎는 낫질을 해댔으나 어찌나 단단한지 용을 썼다. 내가 정글을 주름 잡던 칼로 그들을 치며 끙끙거리니 답답한 농사꾼 베테랑 조 씨, 퉤하고 침 한 번 뱉어 손에 힘주고 그들을 내리친다.

그렇게 보듬고 씨름하여 묶어 놓은 높은 단이 마치 나무꾼 지게에 올려진 겨울 준비 땔감나무 같다.

"워메, 징한거. 그러나 저러나 깨는 많이 나오고 꼬숩기는 할까라."

조 씨가 펴든 허리를 뒤로 젖히면서 귀 옆에 걸쳐둔 담배꽁초를 입에 물고 불을 붙이며 말을 한다. 틀니 뺀 조 씨 볼테기가 오늘은 유난히 쏙 들어가 예쁜 보조개 같다. 쪽 빨려 찌그러진 홍시처럼 쑥 들어간 조 씨 볼테기는 담배 연기를 맛있게 씹으면서 연신 우물거린다.

땡볕에 쩽쩽 말린 후 깨 터는 날, 나는 긴장 반 걱정 반으로 쏴쏴쏴 소리에 홀라당 깨벗고 춤추며 떨어질 깨들의 즐거운 비명을 듣고 싶었다. 기대한 마음을 싣고 나는 깨 묶음 한 단을 힘껏 두들겨 팼다.

난생 처음 본 키 큰 깨나무 잡는 것을 구경 온 사람들,

"워메, 얼마 안 나오네. 오사게 덩치 큰 키다리 놈 웃겨 부네잉."

나는 두 번째 묶음을 뉘어 놓고 얼마나 두들겼는지 옆에 있던 조 씨 한마디,

"그런다고 없는 깨 씨가 나온다요. 얼척 없소. 뭣 묵고 이라고 속없이 컸을까잉, 올해 사장님 깨 농사 웃겨 부요."

내 집사람도 뒤돌아서 웃는지 가늘게 어깨가 들썩인다. 조 씨

박덕은 作 [깨밭](2016)

여편네 대문 없는 문으로 고개 내밀고 코 먹은 소리로 말한다.

"여보, 우리 깨는 언제 털라요. 언능 갑시다."

조 씨는 마누라 부르는 소리에 얼른 달려간다. 세워진 깨나무
는 삼각 편대로 어깨동무 한 채 초가을 고추잠자리 노는 마당에
서 몸을 태운다.

여하튼 그 해 백여 평에서 삼십여 단의 깨 털이를 했다. 오지게 말려서 오지게 두들겨 팼다. 깨 농사 짓는다고 자랑을 해놨으니 기다리는 입들이 걸죽하기에 고소한 깨가 많이 나오길 속으로 빌었다.

방앗간에서 뛰고 궁굴고 아우성인 수단 망명객은 잊지 못한 그들의 색, 검정으로 돌아갔다. 그들이 흘린 땀을 주섬주섬 모은 것이 겨우 사이다 병 두 개다.

땅 갈고, 씨 뿌리고, 더운 여름을 보냈고, 여하튼 그들의 땀으로 채워진 두 병의 매끈한 몸뚱이가 다른 형제들을 찾으며 누런 속을 보이고 서 있다. 너무 초라했다. 그들의 땀을 찍어 맛보았는데 고소했다.

조 씨 마누라의 인정사정 볼 것 없이 훑어 내린 부지런함으로 깨나무는 쇠죽을 쑤는 신세가 되었다. 나는 아궁이에서 조 씨 부지깽이 장단 맞춰 깨나무가 톡톡 몸 태우며 내는 소리와 쇠죽 끓는 소리가 어울려 된통 신나게 불잔치 하는 소리를 들었다.

머리 풀어 오르는 하얀 연기는 겨울 꽃과 어울리어 뒷산 적송 허리 뒤로 사라지는 애절한 흩어짐도 보았다.

조 씨의 송아지 살찐 소리 여물 먹이는 불 씨름꾼, 깨나무는 넉넉한 마음으로 겨우내 잘도 탔다. 조 씨 부부는 긴 겨울 내 바짝 붙어 깻대가 되도록 사랑을 쏟으며 구들장을 데운 것 같다. 고소함을 짧게 맛보았던 그해 겨울은 무척 눈이 많이 왔다.

홍 대리

일 년의 업무를 웃는 돼지머리에 올려놓고 시무식 차 본사를 가는 날이었다.

"여섯시 출발 서울행 버스 3번 홈으로 승차해 주세요."

안내 방송에 모두 홍 대리가 나타나기를 기다리며 조급한 마음을 귀퉁이에 두었다.

정 과장은 버스 창문을 열고 오른손 둘째손가락이 물파스 같이 구부러진 홍 대리를 가래떡처럼 목을 빼고 기다리고 있었다. 물파스 홍 대리가 우직스런 얼굴을 내밀고 급히 뛰어 왔다.

"홍 대리. 여기여, 언넝 타라고, 언넝."

"어젯밤 뭣 했간디 이렇게 중요한 날 거시기 한가. 참, 기막히네."

"그렇지 안해도 늦어서 뛰어온디, 멀리서 언뜻 본께 정 과장이 창문 열고 대가리를 내놓고 뚤레 뚤레 봅디다. 늦어서 죄송하요."

물파스의 뚱한 답변에 이제 막 출발하려던 버스가 덜커덩 코먹은 웃음을 폭발했다. 정 과장의 얼굴은 썰룩거렸고 자리에서 벌떡 일어나는 폼은 불붙은 부지깽이 밟고 놀란 강아지 같았다.

그곳 봄은 맛있었다

버스 승객들은 킥킥거리며 참는 웃음을 곱씹으니 버스는 다시 '덜커덩, 덜컹, 히힝.' 큰 웃음을 '붕~.'하는 소리에 싣고 쭉 뻗은 길을 달렸다. 한동안 소태를 먹은 얼굴로 씩씩거리며 숨을 몰아쉬던 정 과장은 분을 삭이는 듯 눈을 감고 있었다. 태평 천지를 훌떡 한 것 같은 홍 대리는 누굴 약 올리기라도 하듯 널찍한 얼굴에 드르렁 잠꼬대를 하면서 코를 골았다.

시무식이 끝난 회의실에서 홍 대리는 무슨 원수라도 되는 양 죄 없는 담배만 연신 빨고 있었다. 홍 대리는 내 손을 힘없이 잡으면서 사무실 창밖에 눈을 던지고 나에게 말했다.

"어이, 눈발이 멀크댕이 잡고 싸운 각시들 같네. 저 눈발이 내 가슴을 칼로 조사분 것 같네."

나는 홍 대리의 절박한 심정을 알고 있기에 그의 마음을 내 주머니에 담았다.

"가슴이 들성들성 해서 죽겠네. 근디 어째서 이랄 때면 꼭 우리 아부지가 생각이 날까잉. 옴메 숨찬 거."

홍 대리는 가슴을 만지면서 말을 마친 후 내가 건네준 물 한 컵을 꿀꺽 맛있게 먹었다. 그리고 나에게 희미한 등잔불 아래서 몰초 담배를 태우시며 고등학교 입학금 걱정으로 밤을 새운 아버지 이야기와 꼬부라진 손가락 사연을 젖은 눈으로 말했다.

"니기미 회사를 그만둘 수도 없고 참말로 서럽구먼. 그래도 올해는 기대를 무척 했는디."

홍 대리의 독백 같은 슬픈 포효가 창밖을 뛰쳐나가 머리채 잡고 싸운 눈발과 친구가 된 듯 눈은 거세게 내렸다. 내 얼굴에도 힘없는 하얀 미소가 기웃거렸다. 잡았던 내 손에 따뜻한 충격이 몽돌 같이 몰려옴을 느꼈다. 아마 홍 대리는 덜컹 내려앉은 어깨에 잔뜩 힘주며 일어나 '다시 한 번 해 보자' 다짐하는 것 같았다.

사장 댁 저녁 식사 초대에 시간 맞추어 방문했다. 제법 큰 저택이었다. 대문이 팔 벌리고 직원들을 맞이하며 은연중 자랑도 할 모양새였다.

아름답고 귀해 돈께나 먹었을 조류들이 낯선 방문객들에게 겁 없이 얼굴 내밀며 은근히 뻐기는 듯했다.

공작새의 파르르 떨며 펼친 아름다움, 칠면조의 목 주름살 변신, 이름 모를 새들의 날갯짓과 환영하는 예쁜 소리를 들으며 사장님의 흐뭇해하는 마음도 즐겼다.

"쩌그, 날개 피고 떨면서 이쁘게 서 있는 공작은 얼마나 할까라?"

홍 대리는 물파스 모양이 있는 오른손으로 입 가리고 살짝 정 과장에게 물어봤다.

"내가 어떻게 알겠는가."

정 과장은 시큰둥 반응하며 자리를 피했다.

"자, 들어가세. 밥도 먹고 술도 한잔씩 하며 이야기도 나누세."

사장님이 말을 마치고 안채로 들어가려는 순간, 홍 대리의 눈에 깨춤 추며 돌아다니는 닭 같은 것이 들어왔다.

"어, 뭔 일일까? 도저히 이해가 안 되디."

홍 대리는 나에게 눈길을 주면서 고개를 갸우뚱하고 말했다. 아마 수십 가지의 생각들이 쏜살같이 그의 우직한 머리채를 잡고 흔들다 사라진 것 같았다.

홍 대리는 나와 술좌석에서 고교 시절 어느 누구도 발견하지 못한 국기 게양대에 잘못 걸린 태극기를 발견했었던 일과 교장 선생님으로부터 큰 칭찬을 받고 폼을 재고 으스대며 학교생활을 했다고 말했었다. 아마도 이번의 달구새끼 발견이 그 발견보다 더 큰 발견이라고 확신하고 있을 홍 대리의 마음이 미끄러지듯 내 안으로 들어왔다.

그곳 봄은 맛있었다

박덕은 作 [홍 대리](2016)

"사장님, 이 비싼 새장 안에 뭔 달구새끼들이 방정맞게 돌아다 닌다요?"

홍 대리는 깜짝 놀라는 목소리로 사장님을 불렀다.

화려한 철망 안에 갇혀 있는 공작이 급히 날개를 접었다. 대머리 칠면조는 고개를 살랑 살랑 저으니 늙어 처진 것 같은 목주름이 힘겨워 보였다. 철망 안을 날고 있는 새들은 오물 투척한 엉덩이를 털고 내 탓 네 탓 하는 것 같았다.

이 새장 안 나무에 앉은 새들은 웃음보 터져 등을 땅바닥에 대고 뒹굴며 야단법석이었다. 귀한 대접 받고 있는 금계들은 느닷없는 소리에 비틀거린 것처럼 보였다.

"어이, 홍 대리, 그 새가 자네 눈에는 닭으로 보인가. 비싼 금계시, 금계여."

"촌에서 키운 날아다닌 토종 달구새낀디, 소장님, 금계가 뭐다요. 틀림없는 달구새낀디 그라요. 토종닭 쬐깐 해도 맛은 최고여라."

홍 대리는 토끼눈이 되어 장 소장에게 말을 건넸다.

"어이, 자네 오늘 종일토록 왜 그런가. 아침에는 대갈통으로, 저녁에는 달구새끼로, 아, 이 사람. 아, 금계도 모른가. 몰라? 대갈통이 뭐여."

홍 대리의 위로받고 싶은 마음을 장 소장은 매몰차게 새장 안에 던져 버린 것 같은 쌀쌀함을 느꼈다.

장 소장의 한기 숫는 마음에 내 마음이 추위를 느껴 움찔 떨었다. 얼른 홍 대리의 옷소매를 끌면서 마음의 옷을 입혔다. 홍 대리는 나에게 조용히 말했다.

"저, 보소. 소장이 나한테 저러케 매몰차게 말하믄 쓰겄는가. 정말 서운하네."

나는 그의 손을 힘 있게 잡으면서 어깨를 살짝 때리며 찡긋 눈웃음쳤다.

"쪼개 위로 좀 받고 싶었는디, 어째 겁나게 슬퍼질라고도 하네야. 막내아들도 생각나고."

장 소장이 미안한 듯 한마디 챙겼다.

"어이, 물파스. 얼른 들어와. 밥 묵게"

방안에 들어서니 요리사의 손재주로 입맛 돋운 소, 돼지, 닭 요리, 땅에서 채취한 잎들의 풋풋한 향과 흙냄새, 깊고 넓은 바다에서 건진 해산물들을 등짝에 업고 힘겨워하는 상다리가 휘청거리며 우리들을 맞이했다.

"자, 어서들 앉아. 많이들 먹게. 술도 한잔씩 하고."

사장이 먹기를 재촉하며 술을 한 잔씩 돌렸다. 홍 대리는 허리끈을 풀고 큰 입을 벌리고 달려들었다.

술기운이 간간해진 틈새로 설움을 딛고 몰고 온 뭉클한 다짐이 나를 위로했다. 어쩜 홍 대리도 나와 같은 느낌으로 위로받지 않았나 생각했다. 홍 대리가 약간 꼬부라진 혀로 나에게 말했다.

"쩌그 대그박이 세 개 보인디, 빤닥빤닥한 두 개는 사장님과 소장 대그박이네. 그리고 하나는 여그 감자탕 속에 있네."

나의 눈에는 두 사람의 대머리와 감자 요리 속에 숨어 있는 닭머리만 볼 수 없었다. 홍 대리가 젓가락으로 감자탕에 있는 닭머리를 들고 미간을 찌푸리며 실눈으로 보면서 중얼거렸다.

"니가 아까 깨춤 춘 달구새끼냐. 뭐라고, 금계라고? 솔찬히 웃기네."

어렵게 시골 고등학교만 졸업한 홍 대리였다. 금계는 그가 촌에서 키우던 토종닭과 다름없이 보였을 것이다. 원래는 토종닭인 것을 사람들이 애완용으로 키우기 위해 금계라는 이름을 붙여 비싼 닭이 되었고, 많은 사람들이 소유하고 싶어 하는 갈망 덩어리가 된 것이 아니냐고 했다.

금계도 결국은 닭이 아니던가. 과장 자리가 무엇인가? 홍 대리는 자신의 소중한 정체성을 멀리하고 금계 같이 남이 입혀 줄 화려한 옷을 입기 위해 애태우는 것이 아니냐고 했다.

"흙냄새 물씬 풍긴 당신은 촌스런 맛과 멋을 듬뿍 담아 놓은 잘

구워진 항아리여."

그가 만년 대리로 괴로워할 때 항상 격려를 해주던 사랑하는
마누라 생각이 난다고 하면서 내 술잔에 넘치도록 술을 따랐다.

홍 대리는 언제인가 나에게 꼬부라진 손가락의 아픈 사연을 말
해 주었다. 닭 먹이를 만들다 상처 난 손가락, 가난해서 치료하지
못하여 꼬부라진 물파스 모양으로 변해 버린 손가락이 오늘따라
내 눈에 귀엽게 보였다. 물파스 홍 대리는 닭을 꼭꼭 씹었다.

시골집 마당에서 놀던 촌닭들이 고양이 순둥이에게 쫓겨 홍 대
리 머리 위를 날아가 지붕 위 용마루에 앉았다. 허리 굽히고 순둥
이를 놀리며 건너 사랑채 지붕 위로 날아간 금계는 분명 토종닭
이었다.

"똑같은 달구새끼여. 웃기고 있네. 금계? 똑같은 닭이랑께."

물파스는 집에 오는 버스에서 잠꼬대를 했다. 모두 웃었다. 허
전한 웃음이 내 가슴 끝에 대롱대롱 매달렸다

아름다운 만남

초등학교 선생님이신 부모님은 어릴 적 나에게 항상 동화를 읽어 주었다. 나는 사시절 옷 갈아입은 산천의 사랑, 향기, 속삭임, 꿈과 진솔한 친구가 되었다.

"너희들은 참으로 이쁘고, 나를 친구로 삼아 주어 고맙다."

나는 들꽃의 아름다움과 밤하늘 마당 반딧불 노는 어우러짐도 보면서 그들과 이야기를 나누었다.

자연의 아름다운 힘은 가난한 마음에서 창출된 것이며 선한 웃음으로 가슴 열고 살 수 있는 사랑을 나에게 키워 주었다.

이처럼 나의 어린 시절은 자유로운 영혼이 상처 받지 않는 즐거운 시간들이었다. 이러한 자연스러운 환경은 나를 음악과 시와 노래를 무척이나 좋아하게 만든 것 같다.

대학 진학을 앞두고 어머니 아버지의 바람은 의사 판검사가 되는 것이었다. 나의 뜻과는 전혀 상관없는 무언의 명령은 무거운 짐이 되어 나를 짓눌렀다. 나는 무엇을 할 것인가 고민할 때 음악 시간 후 선생님의 뜻밖의 격려 말씀은 나를 자유로움으로 인도했다.

"너는 성악에 소질이 있으니 그쪽 방향으로 생의 목표를 정함이 좋을 듯싶다."

선생님의 조심스런 안내와 격려였다. 뻥 뚫린 영혼의 자유로움이 나를 어린 시절로 데리고 가 그가 뛰어 놀았던 산천의 친구들을 만나게 했다.

나는 야간 도둑 열차를 타고 서울에 도착하여 친구 집에서 기거했다.

"야, 이것이 뭔지 아냐? 새로 나온 라면이란 것이여. 맛있응게. 많이 묵자. 묵어 봐라."

처음 라면을 먹던 신기한 즐거움을 만끽했다. 대학 진학 후 기쁨은 오월의 산등성이가 되어 학교생활 속 노래 연습은 즐거움 그 자체였다. 그러나 나는 일 학년, 이 학년, 해가 갈수록 기쁨과 슬픔을 노래할 때 진정성의 생명이 도망쳐 버린 소리로 변해갔다.

"이건 나의 연습 부족이며 게으른 탓이야, 더 열심히 하자."

나는 스스로에게 위로하면서 마음을 다잡았다.

망령의 허상만이 점점 나를 어둠으로 몰아 세웠다. 내가 만들고 싶었던 세계는 무너지기 시작했으며 자취 생활은 어려워 끼니를 거르는 날도 많았다. 번번이 상위 입상에 실패하며 정지되어 있는 나의 재능에 서서히 회의를 갖게 되었다.

"예술은 타고나는 것인가, 노력인가. 나의 재능은 어디까지 인가. 나는 어떻게 될 것인가?"

수없이 자신에게 던진 질문에 답을 찾을 수 없었다. 나보다 열심히 노력하지 않는 학생들의 상위 입상에 나의 좌절과 충격은 컸다.

나의 시간을 탈출하는 방황으로 인하여, 나의 쑥대머리 된 내면은, 속절없는 분노와 슬픔으로 거칠게 만들어 갔다.

나는 어느 봄날 쓰린 속 달래려 장에 들러 봄나물을 사서 된장

무침 나물과 국을 끓여 먹던 중 울음을 터뜨렸다.

나의 울음은 지나간 그리움까지 장을 봐와 함께 묻어온 향기의 속삭임 때문이었다.

어린 시절 만났던 들꽃의 아름다움과 밤하늘 마당의 반딧불이와 노는 어우러진 빈 마음으로 나를 데려갔다.

쑥대머리 된 내면을 성숙한 질서로 인도하여 한 번도 바라보지 않았던 나의 재능과 능력의 한계를 꼼꼼히 돌이켜보게 하였다.

나는 우연히 연출 강의를 듣게 되었다. 나는 강의를 듣고 난 후 상쾌함과 인식하지 못했던 내면의 떨림을 듣고 몇 날 밤을 지새우며 가슴앓이를 했다.

나를 어린 시절 물장구치던 냇가로 인도하여 그들의 내음과 속삭임의 위로를 받았다. 그들의 위로는 생명이 되어 나의 영혼이 감격적인 흥분으로 결단하여 전공을 바꾸는 모험을 즐기게 하였다.

연출로 전공을 바꾼 후 삶과 병행된 학교생활은 기름진 영혼의 밭이 되었다. 나의 서울 유학의 쪼들린 생활은 여전히 해결 할 수 없는 어려움이었다. 그러나 나는 파고다공원 뒷골목 천 원짜리 식사도 마음에 차려진 진수성찬이 되는 행복을 누릴 수 있었다.

나는 어느 날 국립극장 오페라 공연 광고를 보고 뛰는 가슴을 억제할 수 없었다. 부자 같은 마음으로 공연을 기다렸다. 나의 어린 시절 뛰놀던 저수지 둑에 매어 풀 뜯는 황소의 여유로움 이었다. 그 여유로움에 가려진 현실은 오페라를 볼 수 없다는 절망감 앞에서 멈칫했다. 나의 빈 주머니는 초라했다.

몽유병 환자같이 오페라 상영관 앞에 서 있는 가난한 학생의 모습이 창문에 각인되었다. 내가 어두운 좌절로 걸음을 옮길 때 또 다른 내면의 내가 이끄는 발길을 따라 상영관 앞을 서성 였다.

그때 운명처럼 만난 한 여자에게 나의 신분과 오페라를 관람하고 싶다는 간곡한 열망을 말했다.

"잠깐 기다리세요. 안에 들어가서 여쭙고 올게요."

어디로 간 뒤 상사분인 듯 보이는 여자와 함께 나타나 공연 관람을 허락 받게 되었다.

공연장 내 계단에 걸터앉아 비록 우아함을 뽐낼 수 없는 관람이었지만 나는 그날의 그 감격 '라보엠'을 잊을 수 없다.

그것이 인연이 되어 나는 오페라 공연을 빈손으로 관람할 수 있는 햇병아리 학생이 될 수 있었다.

비움은 겸손을 잉태하여 영혼의 아름다움을 키우는 것임을 알았다. 나는 어떤 영혼도 귀히 여겨 생명의 존엄성과 온유함을 향해 가는 마음으로 채워야 함을 배웠다. 나는 세상 모든 것을 사랑으로 껴안을 수 있어야 하는 이유를 분명히 알았다. 나는 약간은 슬프나 아름답고 넉넉한 어머니의 마음 색깔로 작품을 창조할 수 있다는 가능성의 세계를 인식하게 됐다.

군복무 후 복학 젓가락을 집어든 햇병아리는 벼슬이 멋스런 수탉이 되어 졸업과 동시 직장 속에서 세상을 그렸다.

이십여 년의 가능성 위의 실패는 어린 시절에 만나던 들꽃의 아름답고 선한 웃음이 나의 인내와 어우러졌다. 마침내 깊고 아름다운 신비한 색깔의 내 연출은 비교를 불가능하게 하는 비약적 발전을 이루게 되었다.

그것은 부족함이 연출시킨 나의 어린 시절, 저녁 반딧불이를 쫓으며 저도 모르게 자라난 예쁜 생명이 준 선물이었다. 그 생명들은 나의 내면의 비옥한 토양에서 고난을 먹고 자라 깊은 영혼을 저음으로 노래하게 했다.

대학 시절 국립극장의 '라보엠'을 관람케 한 고마움과 감사함에 치고 올라온 가슴을 열고 눈시울 적셨던 감격을 평생 잊을 수 없다.

이십여 년 후 나는 그곳 상임 연출가로 발탁된 것이다. 나의 첫 출근 날, 기쁨과 설렘임 모든 것을 뒤돌아보게 한 애절함이 찾아왔다. 가슴을 여미는 사랑하는 여인의 손길처럼 나를 다독 거렸다.

'가난하고 남루한 학생에게 베푼 아름다운 마음의 그 분은 아직 계실까. 이십여 년이 지난 지금도 근무 중일까.'

나는 설레는 마음을 진정시키면서 몇 번이고 중얼거렸다. 죽음을 넘나든 좌절과 바쁜 일상을 핑계대고 찾아보지 못한 부끄러움이 발길을 무겁게 했다.

그녀의 집무실에 들어서자 늙어 변해 버린 그녀가 어리둥절 나를 보고 묻는다.

"무슨 일로 오셨습니까?"

목메어 침묵한 흐려진 눈물 훔치고 그녀 앞에 다가섰으나 그녀는 나를 알아보지 못했다. 벗겨진 이마며 머리 때문일 것이라 어설픈 변명을 자신에게 말하면서 나는 한걸음 더 다가섰다.

"저를 기억하시는지요?"

늙어 변해 버린 여인이 기쁨과 감격으로 세월을 보듬고 엄마같이 나를 껴안았다.

나는 회색빛 눈 속에 그녀의 가냘픈 어깨 떨림의 아름다움을 보았다.

"고맙소. 정말 고맙소."

그녀는 말했다.

"고맙습니다."

나의 화답이다.

나는 한마음을 느끼면서 깊고 은은한 커피향 속으로 들어갔다. 긴 세월이 흘렀으나 '라보엠'의 미미는 죽지 않았다.

이 이야기를 듣는 동안 봄빛 먹은 밤바다에 뿌려진 은빛 물결의
아름다움이 보였다. 일렁이는 파도가 조용히 몰고 온 간지러움에
몸 뒤틀면서 손 비빈 몽돌들의 부딪치는 아픈 속삭임도 들었다.
　분명 아름다운 이야기가 잔잔하게 내 가슴에 둥지를 틀었는데
왜 가슴이 저밀까? 내 친구가 들려 준 이야기다.

박덕은 作 [라보엠](2016)

그곳 봄은 맛있었다

작은 여행길 법성포

내 골수가 어디론가 사라진다. 풍뎅이같이 눈만 멀뚱거리며 사지만 허공에 허우적거린다. 자괴감이 나를 깊은 나락으로 손짓한다.

우울한 마음 청소도 할 겸 갯바람이 생각나 아침 먹고 법성포 가는 버스에 몸을 맡겼다.

내 마음을 찾으러 길 떠나던 날, 내 안의 다른 손님이 눈치 없이 '좋아라' 손뼉을 쳤다. 나는 내 안에 '하지 불안 증후군'이라는 빨간 짐을 내 허락 없이 무례하게 푼 여인을 '늙은 화냥년아.' 하고 부르기도 한다.

가을맞이한 언덕과 따뜻한 땅의 호흡들이 아늑한 품을 슬며시 내밀니 나는 모처럼 포근함에 취했다. 인기척에 눈을 떠 알사탕 두 개에 취해 침 흘린 모습 참담하여, 애써 두리번거리며 잃어버린 '나'를 찾고 있는 흰 머리 늙은이를 보았다.

파란 스카프로 한껏 멋 부리고 동동구리무 흘러내린 얼굴을 내밀며 다정한 척 나에게 다가와 팔짱 낀 내 안의 손님, 늙은 화냥년이 깔깔 웃고 있다. 입술 쫑긋 세우며 천한 애교를 부린다.

슬퍼지는 마음 바로 세우고 나는 아름다운 회상 속으로 들어가 어깨동무 가족들의 소리를 듣는다.

"아빠, 엄마, 기분 짱이다."

아들이 신이 나 발을 동동 차며 말을 한다. 공주님은 지나는 풍경을 만지는지 조용하다. 항시 엄마 같은 우리집 여인은 냄새 좋은 웃음을 내 어깨 위에 기댄다.

"자, 우리 법성포 가면 굴비 정식 쏜다."

나는 화답했었지.

식구들의 풍요로운 형상들을 호흡하며 그 모습들이 볼을 타고 가슴 언저리에 내려앉아 내 옆 빈자리를 채운다.

서남쪽 언저리 법성포, 옛날 꾸불꾸불 뱃길, 넓은 뻘밭은 아스팔트와 집들로 변해 버리고 비린내 풍기던 선착장은 없었다. 가을을 업고 온 해풍의 춤이 만삭의 새각시 같은 수줍음으로 오랜만에 찾아온 나를 살갑게 맞이한다.

나는 언제부터인가 모르게 작은 여행이든 큰 여행이든 내 안의 손님이 뜬금없는 질투를 하지나 않을까 긴장하며 눈치를 살피게 되었다. 오늘도 그녀의 질투를 요리조리 달래며 뻘내음 몰고 온 해풍의 춤가락에 나를 싣고 새로 만든 긴 선착장을 걸었다.

군 열병식 같이 늘어선 맛있어 보이는 말린 생선들은 완전히 군기 먹은 차렷 자세로 있다. 내 마음 구석진 자리에 해풍을 즐기며 정겨운 삶을 토해낸 우리들의 모습과 이야기들이 하늘거린 삐비꽃 허리 잡고 들려온다. 긴 열병식을 끝내고 인심 좋을 것 같은 가게 앞에서 흥정의 맛을 만끽하며 즐거움에 젖었다.

그때 기어이 내 안의 늙은 화냥년이 짙푸른 오월 산등성이 같은 가슴과 해풍에 살랑대는 갈대꽃 허리를 자랑하며 화냥기 얼굴을

박덕은 作 [법성포](2016)

내밀고 입술을 애무한다. 그녀의 몽니에 당황해 뒤틀리고 꺾이며 느리디느린 걸음이 참담함으로 나를 몰아세운다.

여유도 없이 사라진 즐거움, 포만감의 상실, 바삐 숨긴 내 모습이 어설프고 슬퍼 하늘을 본다.

그러나 그녀의 오기에 굴복할 수 없다. 살짝 히죽 웃는 잔잔한 기쁨이 혈관을 타고 싸하게 퍼진 행복감이 나를 찾아온 것이다.

가격 때문에 그 생선가게 앞에서 열병식을 끝냈노라 거짓 실토한 늙은 도적놈 마음이 나에게 들켰다.

'도적놈. 가격이 싸 그 가게 앞에서 열병식을 끝냈다고? 네끼, 흰 머리 늙은 도적놈.'

나는 나에게 정겨운 꾸중을 서너 말은 얻어먹었다. 해풍을 보듬은 여주인의 후덕한 젊음과 뻘 바람에 그을린 그녀의 아름다움, 그 멋스러움을 슬쩍한 내 마음이 있었으니 도적놈이라고 하는 말도 맞는 말이지.

내 마음 나에게 고백하니 즐겁고 재미있다.

친구에게 선물도 할 겸 나도 먹고 싶어 열병식에 지친 말린 생선들을 샀다. 맛있게 먹을 친구의 넉넉한 마음을 그리며 풍족할 정도 포장하니 겹으로 즐겁다. 그만 가자고 파란 스카프를 풀어헤친 늙은 화냥년이 잘 빠진 옥사발 같은 턱을 나에게 내밀며 화장기 고친 얼굴로 보챈다.

'아. 염병할 이 늙은 년.'

과자를 달라고 짙은 교태를 부린다.

꾸밈없이 분주한 삶을 보여준 황토빛 먹은 거친 손과 갯바람 물든 우리의 정겨운 모습들, 나는 그 내음을 즐기려 일부러 두 대의 버스를 보내고 나서야 버스에 몸을 실었다.

버스 출발 전, 얼마 안 되는 틈새에 또 늙은 화냥년이 빨간 입술 쫑긋하며 낭화 같은 예쁜 손으로 내 옷깃을 끌며 애교를 떤다.

"과자 주세요. 응, 응. 과자 좀 주세요."

알랑방귀 뀐다.

'그래. 누구 말대로 잘 달래자. 그리고 우주 밖으로 차 버리자. 우선은 과자로 달래야지.'

어둑해질 무렵, 나는 아침의 제자리로 돌아왔다. 빈 방 강아지가 끊어질 듯 꼬리를 흔들며 미워 미워하며 나를 미친 듯 반긴다.

그새 나에게 전해 온 희망의 메일, 그리고 행복의 소식 편지를 읽고 선착장 마른 생선들 열병식과 뻘바람에 흘러내린 검은 머리 여주인을 생각했다.

피곤한 몸을 눕히고 팔베개한 흰 머리 늙은 노인이 씨불거린다.

'도적놈! 허, 그 집 물건 싼 것은 아니었는디.'

살포시 웃는다.

감긴 눈 뜰 새 없이 피곤한 몸 뒤척이며 나는 잠을 청했다. 내 속 늙은 화냥년이 노란 알사탕 달라고 파란 옷 풀어 팽개친 알몸으로 베갯머리 귀밑 속삭임을 시작했다.

나를 유혹하는 숨결이 오늘밤 결 따라 칼로 찌른 심장의 아픔 되어 기어이 두 볼로 흐르는 눈물을 닦게 만든다.

'임이여. 가슴 파고드는 이 늙은 화냥년을 어이할까요?'

진도 오일장

　진도 오일장, 가슴 쥐어짜는 속 끓는 기다림이 지초에 물들여진 붉은 마음이 되어 늦가을 이른 새벽 장마당의 넉넉한 가슴은 옷고름을 풀어 놓았다.

　중천에 뜬 해가 와자지껄 떠드는 저편을 향해 가을 미소를 던질 소리 한 가락 구성지게 다가와서 내 귀를 만졌다.

　'이 산 저 산 꽃이 피니 분명코 봄이로구나.'

　사철가 흥겨운 가락이었다.

　나는 고수의 추임새에 흥겨워 '얼쑤!' 한 번, 어깨 한 번 들썩이고 세상사 속절없다고 목청 높인 확성기 쪽으로 발걸음을 옮겼다.

　삭힌 홍어 안주에 막걸리 한사발로 목축인 등짐꾼이 임의 손을 놓고 춤추는 노란 은행잎과 어울리면서, 소리 질렀다.

　"여러분, 여러분. 얼른 여기 좀 봐 보쇼. 얼른들. 아따, 환장해 죽겄네. 얼른들 오란께들."

　주위를 애탄 척 부르고 내 소매를 잡아끈다. 이미 꽤 모여 있는 사람들은 각각의 표정을 주고받으며 서 있다. 여러분을 외치며 한 가락 걸쳤던 그가 조금 숙연한 표정과 쉰 소리로 말을 한다.

"요사이 속들 편하시고 안녕들 하시요, 어쩌요?"

무슨 말을 하려고 그런지 말투가 땅에 쫙 깔린다.

"어떤 놈은 많은 돈 두고 풀 위에서 그렇게도 빨리 해골 되고, 썩어 있어야 할 풀은 매롱하고, 물에 빠진 배 안에서 못 나와 쩌그 먼 곳으로 간 내 새끼들, 나는 겁나게 울었소. 뭐가 뭔지 몰라도 그래도 알 것 같은디. 맬갑시 눈물만 나옵디다그려. 여러분도 똑같은 마음이었지라."

"암은 그라제, 똑같은 마음이제."

구경꾼들이 장돌뱅이와 같은 울분과 안타까움을 한곳에 던지며 여기저기서 박수다. 나도 같은 마음을 주면서 박수를 친다.

"각설하고. 내가 이렇게 여러분을 부르고 앞에 선 이유는 좋은 물건 하나 소개하고자 섰습니다요. 쇠가죽으로 만든 혁대 허리끈입니다."

그가 똬리 틀고 있는 혁대를 들어 펴니 허리끈이 꿈틀거린다. 오그라들려는 녀석을 쭉쭉 펴면서 장돌뱅이가 말을 한다.

"그람은 이걸 뭣 땜시 여러분께 보였을까요? 그라제, 팔라고 보였제."

완전히 구경꾼들을 그의 감칠 나는 입담으로 묶어 놓고 사타구니를 잡아끈다.

그의 몸짓과 뱉은 말이 밉지 않고 재미있어 자리를 떠날 수 없다. 모인 사람들 사이에 무엇인가 고개를 내밀며 재채기 할 듯한 분위기가 울금색 따뜻함으로 채워지고 있음이 느껴진다.

"얼말까요? 만 원? 택도 없는 말씀. 아랫도리 꽉 매라고 인심 팍팍 써서 단돈 오천 넌에 시집보낼라요. 오천 넌! 오천 넌."

물건 값을 이야기할 때 목소리는 선거 때 후보자 소개하는 것처럼 엄청 크며 세다. 구경꾼들 이쯤 되면 호박죽 배 터지게 먹고 엎어진 꼴 되어 그가 토해 낼 다음 이야기에 귀 쫑긋 아니할 수 없다.

"진짜로 우리나라에서 만든 오렌지 쇠가죽 혁대요, 혁대."

갑자기 무슨 오렌지야. 아마도 오리지널을 말하는 모양새다. 우리 동네 김 씨도 꼭 오렌지라고 말한다. 목젖 세우고 손님 부르니 목이 탄 모양이다. 그는 맛있게 물 한 잔 먹고는 구성지게 말을 이어간다.

"참말로 오진 물건이요."

막걸리 취기가 얼큰한 말투와 홍겨운 얼굴로 모인 사람들에게 혁대를 돌렸다. 밉지 않는 걸쭉한 그의 입담 즐기며 구경꾼들 입 벌린 채 엉거주춤 받는다.

혁대를 다 돌린 후, 질문을 던진다.

"자-, 여러분! 여기서 내가 몇 개나 팔 수 있을까요?"

허리춤 올리며 코믹한 목소리에 엉덩이 흔든 모습을 하니 한바탕 웃음이 몸부림친다. 쩝쩝거리는가 싶더니 금세 시간을 열고 모인 사람들 속으로 온 그가 주머니에 손을 넣고 건달같이 입을 연다.

"다들 여간 궁금했지라. 몇 개나 팔렸을까요? 옴메, 여섯 개나 팔려 부렀소."

발을 옮겨 내가 있는 곳으로 오더니 비밀을 간직한 것처럼 아주 조용히 말을 굴린다.

"여섯 개 팔아서 만 이천 넌 벌었소. 내 맘이 어쩔 것 같소? 예, 겁나게 서운하요."

그의 높았던 톤이 낮은 목소리로 나오니 나도 그렇고 구경꾼들도 괜히 미안해하는 것 같다.

"그라믄 내가 여기서 오늘 장을 거시기 할 것 같소, 안 할 것 같소? 저얼때 안 하요. 그라믄요. 저얼때 안 하제. 어째서요? 머시기 한께 그라요."

나는 그에게 뒤통수를 한 방 맞은 기분이다. 아저씨는 유유히 가방을 챙겨 들고 다음 마을 장터로 가기 위해 완행버스를 기다린다.

"앗싸라비아! 홍도야 울들 마아라. 오빠가 이이있다."

땅을 차며 자기 엉덩이를 반주 삼아 한가락 거나하게 뽑는다.

흩어진 구경꾼들과 함께 나는 가까운 해장국집에 들어가 국밥 한 그릇에 막걸리로 목을 축이며 쿨쿨한 배를 채웠다. 그의 걸죽한 입담과 자신감 있어 보이는 여유로움이 오렌지를 생각나게 하며 입가에 웃음을 그렸다.

국밥집 주인아주머니가 손님들에게 물어본다.

"오늘 그 김 씨 뭣을 팝디여?"

"혁대를 팝디다."

여기저기서 무심히 대답을 한다.

"그래 많이 사 주었소, 어쨌소? 많이 팔았써야 쓸 것인디."

그녀가 뜨끈뜨끈한 된장국을 떠서 손님들 앞에 놓는다.

"그 양반 겁나게 심지가 굳고 정도 많고 눈물도 많은 사람이어라. 없이 사는 사람들 도와주고 양로원에 있는 노인 양반들 수시로 찾아본다고 합디다."

국밥집 여주인 말에 떠들썩한 국밥집 분위기가 구수한 된장국 그릇에 빠져들기 시작했다.

"그라고 팽목항 유가족들한테 약간씩 모아둔 큰돈을 위로금으로 내 놓았써라. 장 끝나면 꼭 들러본다고 합디다."

손님들은 들고 있던 막걸리잔을 탁자 위에 내려놓고,

"아, 그래라잉."

미안한 듯 설매긴 소리 무겁게 한입씩 던진다.

"가슴 아파서 그라고 많이 울어싼다고 하니 무슨 사연이 있는지 어쩐지……, 옮긴 장에서는 많이 팔아야 할 것인데, 그 양반 오늘

장에서 못 팔면 내일 장에 팔지 뭐, 걱정 할 것 뭣 있소, 항시 말하요. 늘 희망적이어라."

말을 마친 후,

"진돌아, 밥 묵어라."

여주인은 개밥을 들고 엉덩이를 흔드는 뒤태를 자랑하며 밖으로 나갔다.

여주인 따라 나가 버린 국밥집의 떠들썩한 이야기들이 황급히 돌아와서 막걸리잔에 무거운 침묵으로 넘실거렸다.

넘실거린 침묵을 목젖 깊이 마시며 나는 건강했던 시절로 명주필을 펼쳤으나 골수를 쪼개는 아픔이 펼쳐진 명주필을 그만 잘라 버렸다.

사랑하는 아내와 이제는 두 아이의 엄마가 되어 버린 예쁜 딸, 나를 닮은 아들과 울돌목을 지나 장터를 구경하고 즐거운 마음을 서로 나누며 국밥을 먹고 기뻐했었다.

관매도 돈둔산 허리를 휘감던 갯바람은 조도군도의 뭍을 향한 손짓에 몸을 던졌나 보다. 그들의 아우성을 품에 안은 팽목항은 마음이 항상 넉넉했다.

출렁이는 갯내음을 한아름 퍼 와서 자리를 펼치며 우리 가족을 파란 바다 마음으로 가득 채워 주었다. 아름다워 한 치도 버릴 수 없는 추억이다. 내 가족이 엮어 만든 소중한 추억은 내가 죽어도 품어야 할 가치다.

사랑했던 사람들과 나누웠던 소중한 시간들을 가슴에 품고 팽목항을 찾아왔다. 팽목항 바다 소리와 내음이 노란 함성을 토하며 울고 있었다.

나는 팽목항의 노란 마음을 달고 홀로 장터에 서 있었다. 현대 의학으로는 고칠 수 없다는 질병분류번호 G20, 파킨슨병을 가지

박덕은 作 [진도 오일장](2016)

고 혼자 서 있었다. 아린 마음을 붙들고 계절이 가지고 온 감색 잎들을 보고 있었다.

불면과 통증, 보행의 불편, 앉아 있을 수도 서 있을 수도 없는 괴로운 날의 연속이었다. 그때 혹시나 하는 불길한 마음으로 나는 내가 지켜야할 모든 것과 이별하고 홀로 몸을 비행기에 싣고 고국 땅을 밟았다. 그리고 병명을 알았다.

지금도 믿고 싶지 않다. 그러나 믿어야 한다. 벌써 2년의 시간이 지났다. 하늘을 맴돌다 떨어진 꽃잎의 어지러움 같은 울컥거린 외로움과 그리움이 나를 엄습했다.

내 혼과 육신이 블랙홀로 빨려 들어가 버려 만지면 바삭 바삭 부서져 버릴 것 같은 숨 막힌 고통과 자괴감이 나를 무너뜨리며 괴롭힌다. 그러나 나는 글을 쓸 것이다. 그 녀석을 달래면서 언제인가는 끝날 나의 삶이 후회 없도록 갈 것이다.

가족이 그리워 진도장에 왔다. 국밥집을 나와 덕석 깔린 장터 구석구석 숨어 있는 향수를 찾으며 거닐었다. 보행을 자유롭게 할 수 있을 때 왔다는 기분 좋은 슬픔이 꼭꼭 발자국을 남기며 장터를 밟고 있었다.

장터 끝에 있는 버스 정류장에서 버스가 출발했다. 장돌뱅이 아저씨는 그 버스에 몸을 싣고 다음 장터를 품으며 쪽잠을 즐길 것이다.

깊은 바다에서 나온 그들이 사물놀이 가락에 신명난 춤을 추는 꿈을 꾸고 있는 건 아닐까.

침묵으로 넘실거린 막걸리 잔을 목젖 깊이 넘긴 취기 탓일까, 팽목항의 노란 아우성 때문일까, 나는 울고 있었다.

깊은 가을 옹골지게 여문 오미자의 붉고 투명한 색깔이 장터에 늦짐을 풀고, 황구 짖는 소리와 장터의 발림을 추임새로 물들였다.

보석 섬 장터는 환장할 것 같은 썩은 심정을 진양조 슬픔으로 노래하다 중머리를 넘어 중중머리 가락에 기쁜 마음을 내밀었다. 휘몰아친 격정은 자진모리 가락을 잠재우고 새뚝이 품속에서 개벽을 꿈꾸는 가락, 휘모리에 울고 웃는 긴긴 이야기들을 장마당에 샘솟듯 뿜어내고 있었다.

국밥집 백구는 그 새를 못 참고 장돌뱅이 김 씨를 기다리는지 등짐 지고 올 길을 내다보고는 느슨하게 하품을 하고 있었다.

잊혀진 사람들의 맛을 느끼고 싶어 들러본 섬 아닌 섬 진도, 그곳 장마당에는 꽃술을 채울 잘 빚은 흰 항아리를 품고 흰 머리 노인이 서 있었다. 그리고 사람들의 옹골진 삶, 한탄, 익살의 야성들이 서로 부딪치며 멋들어진 가을을 벗기고 있었다.

보름녀

아침을 배웅하던 햇살이 혼자 집에 있기 싫다고 땅을 차며 입을 씰룩거렸다. 못 이긴 척 등에 태웠다. 점심을 기다리는 설도 포구에 왔다.

해님과 사랑했던 낮달이 뜨겁게 달구어진 사랑을 식히기 위해 서해의 바닷물을 천상으로 끌어 올렸나 보다. 갯벌이 질퍽한 속살을 넓게 드러내고 능금 익어가는 소식을 보듬고 온 10월의 햇살을 받으며 누워 있었다.

허리춤에 낀 짠 바다 이야기가 고실고실하게 마르고 있는 즐거움을 표현함일까? 갈대가 흰 꽃눈을 날리며 유난스럽게 갯바람에 건들거렸다.

갯가 짠 밥 먹고 자란 땅딸이 함초는 키 큰 갈대를 사랑했나 보다. 갯벌의 짱둥어와 칠게들을 바삐 움직여 마음을 숨기려 한 것 같다. 나는 카메라 속에 그들의 모습을 담고 한마디 추임새를 갯가 갈대 허리에 질끈 매달아놓았다

"그래, 자네들은 띠앗머리 형제 같네그려."

코스모스 핀 길을 홀로 걸으며 변해 버린 포구 속에서 옛 포구

를 끄집어냈다. 내 안에서 꿈틀거린 그리움을 안고 잠시 옛날 포구에 자리를 펼쳤다. 떠들썩하고 잡다한 이야기들이 나에게 언성을 높였다.

"시방 뭣하요? 뭐, 폼 재러 왔소. 눈깔 시럽소."

급히 자리를 털고 갈대와 어우러진 코스모스 둑길을 걸었다. 갯바람에 몸을 맡긴 채 비스듬히 누워 있는 어선들이 보였다. 눈길을 주지 않았다. 갯바람에 찌든 목소리가 건들거리며 나를 쳐다보고 퉁명스럽게 한마디를 땅에다 팍 던졌다.

"칠산 바다 조구새끼 맛은 어쩝디여, 묵어 봤소?"

나는 그들에게 눈길을 주어 미안함을 전했다. 칠산 바다에서 사랑을 꽃피운 황금빛 조기들의 살찐 소리를 건져내어 식탁 위에 내려놓았던 어선들이었다.

바다에서 그들의 사투를 생각하면 아니꼽게 나를 볼 만하다고 생각했다. 상처 난 허리를 자랑하며 울긋불긋 깃발들이 펄럭이는 한가한 모습이었지만 나는 그들의 건방진 냄새를 완전히 지울 수 없었다.

설도 포구, 나의 그린내는 낙월도의 북새가 하늘에 잘 익은 홍시 물감을 뿌려 가랑가랑 파도소리 애태우던 날 태어났다.

설도 포구는 가난했으나 사람 사는 맛스러움이 칠산 바다로 흘러가는 곳이다. 칠산 바다는 꽃게, 민어, 부서, 알 실은 조기의 감칠 나는 맛을 철따라 다른 옷을 입혀 보냈다. 포구는 기쁨으로 입이 찢어졌다. 그러나 태풍 속에서 사랑하는 사람을 잃어버려 슬픈 눈물이 떠다니기도 했다.

이러한 처가동네 포구의 옅은 묵향이 좋아서 사랑하는 사람과 애들을 데리고 자주 찾아왔던 곳이다. 밴댕이와 송어젓갈이 구수한 맛을 자랑한다. 낙월도와 송이도에서 철따라 잡힌 새우가 햇빛이 만들어낸 하얀 보석을 둘러쓰고 긴 잠을 잔 후에 종류별로 젓

같이 탄생한다.

오월에 담는 오젓, 유월에 담는 육젓, 가을에 담는 추젓, 새우의 크기가 고른 고소한 자젓이다. 이러한 젓갈의 맛이 싱싱한 생선을 맛보러 온 발길을 붙잡는 곳이다. 젓갈 덕분에 밥 도둑놈 소리도 젊은 시절 자주 들었었다. 행복했던 시간을 주머니에 가득 집어넣고 나 홀로 이곳에 왔다.

포구 입구에 대야들이 줄 맞추어 앉아 있었다. 물고기들이 바다로 다시 나갈 수 있는 희망을 가지고 첨벙거리며 힘을 기르고 있는 것 같았다.

"싱싱한 전어, 꽃게요, 자연산 보리새우요."

인심 좋을 것 같은 아주머니가 갯바람에 그을린 얼굴을 보이며 시장기를 몰고 왔다. 전어를 주문했다.

전어는 참기름 친 된장에, 가을은 초장을 발라 쌈을 하니 볼테기는 즐겁다고 계속 재촉했다. 고소함으로 뱃속을 달래니 가는 발길은 틀림없이 즐거울 것이라고 마음을 놓아 버렸다.

지나가 버린 시간을 되감고 귀여운 내 공주가 예쁜 모습으로 깔깔거리며 올 것 같았다. 곱슬머리 아들 녀석은 무엇이 불만인지 미간을 찌푸리고 퉁을 파고 있었다. 아내는 그저 내 팔에만 매달렸다. 그 모습들을 조용하게 되새김질했다.

눈시울이 붉어졌다. 들뜬 기분은 나를 잠시 잊게 한 모양이었다. 근력의 힘이 서서히 나를 떠나고 있었다. 몸이 저려 왔다. 내가 함몰되어 가는 시간 속에서 가을을 만끽하며 옛날을 그리워하는 어리석은 늙은이가 되어 있었다.

허겁지겁 주머니를 뒤지는 모습이 참담함으로 밀려와서 나를 세차게 매질했다. 약을 목구멍에 털어 넣고 기다리니 새로운 내가 태어났다. 어처구니가 없어서 하늘을 쳐다보았다. 찡끗 윙크했다.

그곳 봄은 맛있었다

어젯밤 잠결에 들려온 핸드폰 음악소리에 귀를 댔다.

"보름녀 소식을 알 수 없을까? 설도 가서 좀 알아 봐요."

요사이 무척 생각이 난다고 했다. 태평양 건너 미국에서 건너온 약간 생뚱맞은 마누라의 전화였다. 그러나 짙은 그리움에 풀어헤쳐 버린 목소리였다.

사랑하는 내 여인이 가슴 아파하며 지켜본 여인, 보름녀.

보름녀 아버지는 양 씨다. 칠산 바다 조기배의 병아리 어부 양 씨. 찢어지게 가난함을 원망할 틈 없이 칠산 바다 조기 울음을 건져 내는 어부로 힘을 팔아 가난함을 이기고 있었다.

"나, 갔다 오겠소. 이번 물때는 좋은 게 괜찮을 것인만. 갔다 오면 몸 푸소."

해산을 앞 둔 마누라 앞에 그렇게 좋은 물때가 빈둥대며 찾아왔다.

'니기미, 그래. 내가 참네. 조구새끼나 많이 잡게 해주소.'

마누라는 무슨 병인지 모르는 병에, 임신하여 출산을 내일 모레 기다리고 있는 몸이었다. 좋은 물때 때문에 마누라를 두고 바다로 나가야만 하는 자기 처지에 양 씨는 분풀이했다.

배는 작은 각시, 큰 각시 섬을 지나 낙월도에서 한숨을 돌렸다. 그리고 송이도 앞바다에 그물을 풀었다. 배 갑판에 누워 풍년초를 빨아대며 하늘의 별을 보는 마음이 착잡했다.

"어이, 양 씨. 마누라는 언제 몸 푼가? 건강해야 쓸 건디."

갑판장이 담배 연기와 함께 걱정을 뱉어냈다.

"이번 뱃길은 참아 불고 마누라 옆에 있어야 되는 것 아니여."

여기저기서 살가운 이야기로 양 씨 마음을 위로했다. 낙월도 앞 송이도의 칠산 바다는 조기 떼들을 쫓는 통통거림으로 바다 속은 난리를 치고 있었다.

배부른 아낙은 산고 끝에 장모님의 도움으로 딸을 출산했다. 출산 후유증으로 백일을 넘기지 못한 딸을 두고 아낙은 세상을 떠났다. 배고파 우는 딸을 동네 아낙들의 젖동냥으로 키웠다. 핏덩이는 젖동냥 먹으며 잘 자랐다. 홍역을 앓은 후에 한쪽 눈을 잃어버렸다.

양 씨는 딸을 키우기 위해서 칠산 바다 조기 우는 소리와 함께 세상의 슬픔을 가슴에 묻기로 하였다.

풍어제를 지낸 당산나무 금줄이 갯바람에 몸서리치던 날, 소리 없이 딸과 사라진 후 십여 년 만에 머리 깎고 중이 되어 양 씨는 동네에 나타났다.

곱게 자란 딸은 왼쪽 눈을 잃은 모습으로 아빠 등에 업혀 있었다. 딸 이름을 '송이'라고 불렀다. 딸 이름이 곱고 예쁘다는 말에는 항상 하늘을 보며 대답했다.

"조구새끼들 울음 울던 '송이도'가 항상 그리워서 그랬제, 뭐."

동네사람들은 양 씨가 바다에 갔다 돌아오는 날 한잔 걸친 목소리로 사랑하는 아내를 부르는 소리를 달콤하게 들었다.

"송이 댁, 송이 댁."

딸 어머니 택호가 송이 댁이었음을 기억했다.

어린 딸을 품고 사라진 부녀를 가슴 아파하던 장모도 송이가 태어난 지 삼년 후에 다섯 번째 딸을 출산했다.

먹고 살 만한 넉넉한 집이라서 그랬을까? 장인의 바람기를 막기 위함이었을까? 아들을 하나 더 얻기 위해 필사적인 노력을 했으나 '오순'이가 마지막이었다.

면사무소 직원이 세련된 필체로 호적에 기록했다.

오순이는 내 여인이 되었다.

그곳 봄은 맛있었다

박덕은 作 [보름녀](2016)

"날만 새면 내 것이다, 쿵, 짱짱짱. 중중 떼까 중, 거짓깔 떼까 중."

동네 개구쟁이들이 송이 아빠가 북을 들쳐 메고 나갈 때면 뒤따르며 응원가를 불러 주었다.

송이는 항상 아빠의 삶을 위한 작업장에서 반쪽 눈으로 서러운 반쪽 시간을 먹으며 키와 머리와 생각을 온전하게 키웠다.

그렇게 자라던 송이는 동네사람들에게 '송이'라는 이름을 뺏기고 '보름녀'라는 이름을 얻게 되었다.

'명랑하고 총명한 송이가 두 눈이 있었으면 훨씬 좋았을 것 인디.'

동네사람들의 안타까운 한숨이었다. 눈이 하나뿐이어서 한 달 동안 뜨는 달을 보름만 볼 수 있어 세상을 반 틈만 볼 수 있다는 의미에서 누군가 그렇게 불렀다고 했다.

보름녀는 어릴 적에는 내 여인의 집에서 허드렛일을 하며 같이 성장했다. 내 여인은 보름녀에게 일을 시키는 엄마가 무척 싫어 울기도 많이 울었다고 했다.

시간만 나면 보름녀의 손을 잡고 산과 들을 누비며 땅벌레 소리를 가슴에 담고 기뻐했다. 저녁에는 반딧불이 꽁무니를 따라다니며 즐거워했고, 숭어 뛰는 은빛 모습에 아름다움을 느끼며 내 여인은 선생님의 꿈을 키우기도 했다.

어느 날 부엌에서 슬피 울먹이는 소리를 들었다. 문틈으로 보니 보름녀가 울고 있었다. 한쪽 눈에서만 눈물이 흐르는 것을 보았다. 그 눈물방울이 왜 그리 큰지 집에서 키운 누렁이 눈물 같아 가슴이 저려 왔었다.

내 여인은 자기가 자꾸 놀자는 것이 귀찮아서 우는 줄로 생각했다. 초등학교까지 보름녀는 내 여인의 집에서 살다시피 했다고 말했다.

보름녀가 태어나 살았던 옛길로 걸음을 옮기면서 아내가 들려준 끈적끈적한 이야기가 등줄기를 타고 내려왔다.

낯익은 골목길을 들어섰다. 폐허가 되어 버린 처갓집이 첫눈에 들어왔다. 가슴이 뻥 뚫린 채 하늘을 보고 있었다. 떠들썩했던 이야기들이 서러움을 폭발시키며 맨발로 뛰어 나올 것 같았다.

뒷담에 걸친 감나무에는 붉게 익은 감들이 무심히 나를 쳐다보는 것 같았다. 가슴이 멍해졌다. 쓰러져 가는 담벼락을 타고 가버린 얼굴들이 몰려올 것 같았다.

근처에 살았던 송이네 집을 찾아갔다. 마당에 풀만 무성했다. 세월의 풀들이 이렇게 무서움으로 덤벼들 줄 몰랐다.

버스 정류장 근처 이발소가 눈에 삭혀진 채로 들어왔다. 문을 열고 들어갔다. 조용했다.

"계신가요, 뭣 좀 물어 봅시다."

"누구요, 콜록 콜록."

눈에 익은 노인이 나왔다. '보름녀' 소식을 물어 보았다. 이야기하는 동안에 나를 알아보았다.

"아……, 김 씨 어르신네 막냇사위구만."

"송이, 보름녀 말이제, 기구한 운명이제, 지금 송이도에 있어. 조구배 갖고 살어. 뭣 땜시 찾는가?"

결혼해서 아내와 딱 한번 만나본 한쪽 눈이 없던 여인이다.

"지기 엄니는 송이 댁, 지 이름은 송이, 그라고 지금은 송이도에서 조구배 갖고 살어."

이발소 노인 양반의 휑한 모습과 콜록거리는 숨 가쁨으로 토해 낸 그녀의 소식이 내 귀를 떠나지 않았다.

언젠가 보았던 송이도의 노을은 슬펐다. 파도에 밀려 모래사장을 서성이는 빈 술병처럼 그녀의 삶의 흔적이 송이도의 노을처럼 슬프게 밀려왔다.

흰 머리가 귀밑에 쫑긋 보이고 있는 나이, 부잣집 꼬두라미 딸 '오순'이가 한쪽 눈이 없는 여인을 찾고 있었다. 나는 '송이' 대신

'보름녀'라는 슬픈 이름으로 평생을 불리며 살아온 '송이'의 소식을 들었다.

'만약에 단 일 분이라도 엄니를 만난다면, 품속에 얼굴을 묻고, 젖을 만지며 살아온 세월 속에서 가장 슬프고 억울했던 일을 엄니와 눈맞춤 하면서 일러바치고 엉엉 소리 내어 울고 싶다.'

보름녀의 마음속으로 들어가 보았다.

해송은 칠산 바다 조기 울음에 마음을 빼앗기고 봉덕산을 넘어온 해는 두우리녀석이 가꾸어 놓은 모래밭을 지나고 있었다.

저녁 북새가 넓게 붉은 치마를 펼치고 있었다. 소식 전해 줄 기쁨에 마음을 빼앗겼나 보다. 맛있는 송어젓과 새우젓 중에 제일 맛있는 자젓을 산다는 것을 깜박했다.

위대한 천재, 직지

보잘 것 없는 잡초 같은 이야기도 친구는 아주 귀중하고 맛있게 받아들였다. 에스프레소향이 의자 깊숙이 시간을 끌어당기자 그는 600여 년을 건너 삼베에 싼 '직지' 이야기를 풀어놓았다.

그의 목소리가 붉어졌다. 아쉬움과 안타까움이 금세 내 마음을 차지해 버렸다. '직지'의 슬픔이 심장의 밑바닥을 치고 올라왔다.

학교 다닐 때 국사선생님은 고려 때 우리 선조들이 세계 최초 금속활자를 발명했다고 미쁘게 말하던 기억이 났다. 독일의 구텐베르크보다 200여 년이나 앞섰다고 힘주어 말했다. 그러나 이때의 인쇄물은 아쉽게 현존하지 않고 그 후에 인쇄된 직지심경만이 전해져 온다고 했다.

금속활자를 세계 최초로 우리의 선조들이 만들었다는 역사성 이외에는 잘 기억나지 않았다. 금속활자의 발명이 왜 그렇게 중요한지, 그 발명이 인류 역사에 어떤 변화를 가져왔는지에 대해서는 생각해 보지 않았다.

독일의 구텐베르크만이 흐르는 인류사에서 그 영광을 배불리 먹었다. 그렇게 엄청난 인류사의 명예가 우리 것인 걸 잊고 지냈다. 그저 먼산바라기이기만 했다.

그가 풀어놓은 직지는 허우룩한 감동을 추스르지 못하고 끊어질 듯 아픈 허리를 잡았다.

이 아린 안타까움은 무엇일까. 왜 이렇게 펑펑 눈물이 날까. 환장하리만치 끓어오르는 미안함과 자긍심이 교차하면서 자리에서 일어나 걷고 또 걸었다.

인류 문화사에 큰 획을 그은 금속활자 '직지'는 인류 최초로 태어났지만 우리의 무지와 무관심으로 산 넘고 물 건너 남의 땅 허름한 골방에서 솔향 그리며 백여 년을 보냈다.

인류사에 환호를 받아야 할 이 거인을 떠올리며 내 영혼은 울 수밖에 없었다. 직지가 겪어야 했던 고난이 나의 부끄러움을 흔들었다. 지켜주지 못한 지지리도 못난 미안함에 또 그 죄스러움에 토방에 올라서지도 못하고 밤새도록 빈 마당만 머리를 조아렸다.

나는 그에게 달려갔다. 그날 밤 마음을 여미고 '직지'를 향해 몸을 옮겼다.

직지, 당신은 무슨 말을 하고 계십니까?

마음을 바르게 볼 때 마음이 곧 부처의 실체임을 깨닫게 된다고 했다. 눈을 밖으로 향하지 않고 자기 마음을 올바르게 소유하고 참선하여 가야 될 길을 안다면, 마음 밖에 부처가 있는 것이 아니고 자기 마음이 바로 부처라고 했다.

인류는 네 번에 걸친 정보 혁명을 통해서 획기적인 문명의 발전을 가져왔다.

의사를 전달할 수 있는 말, 말을 기록할 수 있는 문자, 금속활자를 이용한 대량 인쇄술, 컴퓨터의 발명이 그것이다.

그 중에서도 혁혁한 문명의 발달을 가능케 한 것은 금속활자 인쇄술의 발명이 가장 큰 몫을 차지한다.

금속활자 인쇄술이 없었다면 르네상스, 종교개혁, 시민 혁명과 산업혁명 등은 실패했을 것이다. 부패한 절대 권력이 무너지고 민중들이 승리하여 개인의 가치가 조명되고 민주주의가 싹트는 일도 없었을 것이다.

인류 역사의 가장 충격적인 변화를 이끈 금속활자는 걸어 다니는 두 천재를 탄생시켰다. 그들은 직지 상·하권이다.

인류 문화사의 중심에 우뚝 서 있어야 했으나 직지는 그곳에 없었다. 그들의 탄생이 얼마나 위대한 거인인 줄도 모르고 그 천재를 주막집 안주거리처럼 넘겨 버리고 말았다. 상권은 생사를 모른다.

이름도 생소했을 땅, 프랑스. 그들은 우리가 바라보는 관점과 다르게 세상을 보았다. 우리가 보는 관점과 그 순서가 달랐다.

문화는 세상을 받아들이는 방향과 순서에 따라 이토록 차이가 나나 보다.

박병선, 늦은 나이에 한국인 여성 최초의 프랑스 유학생이다. 그녀의 스승은 그녀에게 부탁했다.

"병인양요 때 프랑스가 약탈해 간 외규장각 의궤를 찾아 봐라."

스승의 부탁은 그녀의 운명이 되어 프랑스 전역의 도서관과 고서점을 돌아다니게 했다. 그리고 그녀를 프랑스 국립 도서관에서 근무하는 길로 인도했다.

장서를 쉼 없이 뒤지던 어느 날 먼지에 뒤덮여 있는 의궤와 또 한 권의 책을 발견하게 된다. 직지와의 첫 만남이다.

상권은 없고 첫 장이 찢긴 하권과의 만남이었다.

위대한 천재는 오랜 세월에 젖은 손으로 얼굴을 감싸며 얼마나 굵은 눈물을 흘렸을까. 그녀 또한 그 운명적인 만남에 얼마나 목

박덕은 作 [박병선](2016)

이 메었을까. 나는 그 위대한 천재와 같은 피가 흐르는 한 여인과
의 뜨거운 만남에 밤새도록 가슴앓이를 했다.

　글을 쓰고 싶었지만 우리 조상들이 탄생시킨 위대한 천재에 대
해서 단 한 줄의 글도 쓰지 못하고 눈물만 흘렸다. 그저 직지를 만
나고 직지를 이야기하고 직지의 마음을 담으며 연꽃차 우린 향을

가랑가랑 채웠다.

한국이 세계 최초로 금속활자를 발명하고 사용했다는 사실을 서구 학자들은 인정하지 않았다. 서양 문물의 우월주의는 동양을 앞지르고 세상을 보는 눈이 하나여야 한다는 독점적이고 권력적인 관점에서의 소실점을 바꾸려 하지 않았다.

소실점을 누가 찍느냐에 따라서 2차원에 투영되는 결과물은 전혀 다르다.

서양인들의 철저하게 의심하지 못하도록 교육 받은 소실점의 위치에 도전한 사람은 박병선 박사이다.

그녀의 끊임없는 열정과 고증으로 위대한 천재 거인 직지는 세상에 나와 드디어 인류 최초 금속활자 결과물인 것을 인정받게 되었다. 그 후 청주시가 각고의 노력과 관심을 모아 직지를 유네스코 세계 기록 유산에 등재하는 데 앞장섰고, 이를 전 세계에 알리는 쾌거를 이뤘다.

청주와 청주 시민, 그리고 청주시의 열정이 고마워 며칠 동안 내내 온 마음으로 머리에 이고 등에 업고 다녔다.

구텐베르크가 온 인류로부터 받았던 영예를 이제는 직지가 받는다. 조상의 놀라운 창의성과 합리성에 대한 자긍심으로 직지를 만나고 울렁이는 감동으로 자랑해야겠다.

박병선 박사는 암 투병 중에 휠체어를 타고 우리에게 메시지를 던졌다.

"도서가 다시 프랑스로 가지 않고 한국에 영원히 남도록 해주세요."

지금은 시간과 공간이 주머니 속에서 현란하게 춤추는 시대에 살고 있다. 컴퓨터와 인터넷의 시대, 지식이 어느 누구에게든지 공유되는 시대다. 손끝의 터치에 집도 절도 모르는 천재가 빛처럼 빠르게 나타나서 충실하게 원하는 지식을 전하고 얼굴 볼 새도 없이 바람처럼 황급히 사라진다.

이렇게 날아다니는 천재를 탄생시킨 씨앗은 사실 직지다. 그에게서부터 새로운 세상이 시작되었다.

태생적으로 우리 민족이 펼친 장마당은 천지를 개벽시키는 천재들의 놀이터이다.

'직지', 그 위대한 천재의 이름은 '아름다움'이다. '걸어 다니는 천재'가 씨 뿌려 키운 '날아다니는 천재'의 순종을 받으면서 직지와의 만남을 쓴다. 한 번도 느껴보지 못한 감동이다.

앞산 너머 풍암골 저수지에 활짝 핀 연꽃이 긴 합장으로 돋을볕을 맞이할 때, 직지가 다가왔다.

'참선하여 사람의 마음을 바르게 볼 때, 그 마음의 본성이 곧 부처다.'

바람피운 감나무 숲속의 텃밭

　9월초, 농장 대문이 활짝 열려 있었다. 누군가 왔다간 모양이다. 농장 전체에 울긋불긋 등불이 켜 있었다. 뜻밖이었다. 어리둥절 바라보았다.

　감나무들이 머리에 붉은 꽃다발을 얹고 있었다. 자세히 보니 빨간 열매들이 핏발선 눈으로 심술맞게 째려보며 푸른 잎 속에 몸을 감추고 있었다. 희멀겋게 찌든 손수건처럼 영양실조에 걸린 감나무잎들이 오기 시작하는 가을을 단장하고 있었다.

　옆집 감밭은 푸름 천지인데 내 텃밭에 있는 감밭은 불꽃으로 덮여 있었다. 어떤 놈들은 그놈의 지랄 맞은 성깔을 참지 못하고 죽사발쳐서 땅에 떨어져 있었다. 단풍빛 오장육부를 보이면서 거세게 분노를 나타내고 있는 듯했다. 봄에 거름을 주지 않았다는 저항인 것 같았다.

　환삼덩굴의 억척스러운 생명력은 십여 미터의 짧은 농장길을 점령해 버렸다. 길을 밟으며 오르는 동안 잡초들의 무시무시한 위용에 압도당했다. 숲속에 꼭 무언가가 숨어 있을 것 같았다.

　물컹물컹 나뒹구는 붉은 감들의 원성을 들으며 내 땀을 먹었던

253

텃밭에 도착했다. 눈을 들어 사방을 둘러보았다. 잡초더미에 점령되어 버린 인적 없는 감나무밭은 온통 풀 귀신들이 술 취해서 여기저기 누워 있는 것 같았다. 뒤늦은 후회가 천추(薦椎)를 타고 내려왔다.

내가 뿌리고 심었던 농작물들이 벌레도 먹고, 잡초도 먹고 나도 먹고 하는 마음으로 함께 성장하여 가을을 추수하고 싶었다. 멍청이 같은 결정이었다. 악마 같은 탐심을 알면서도 게으름을 숨기기 위한 위선이었다.

하늘을 보았다. 분노한 구름이 나를 덮칠 것 같았다.

'네끼놈, 니가 텃밭 주인이냐. 게으른 놈. 니 새끼들이 밤마다 울어싼다.'

때맞추어 투두둑 성질 급한 놈이 감나무에서 떨어졌다. 빨간 마음이 묽게 터지며 꿈틀거렸다.

'휴, 징하다, 그나저나 내가 도둑놈이다.'

올봄에 땅을 파고 씨 뿌리고 어린 종자를 심었던 텃밭을 보고 튀어나온 말이다. 한 달 전까지만 해도 머리카락과 낯바닥을 보였던 내 새끼들이 풀 귀신에게 잡아 먹혀 버렸는지 도통 얼굴을 볼 수가 없었다.

"어허 , 어디서 누구부터 구해야 쓸까잉, 내 새끼들아-. 미안하다."

난감했다. 여기저기를 둘러보아도 나를 업신여긴 풀 귀신들이 촉수를 날름거리고 내 새끼들을 목조이고 있었다.

"밭농사가 꽤 많은 것 같소이다."

장비 구입 시 대장간 아저씨가 했던 말이 엊그제 같다. 그 말에 기죽지 않으려고 삽, 곡괭이를 닦달했고, 땅을 팠고, 뿌리고 심었다. 더운 여름에 김매고, 잡초 뽑고, 거름 주고, 감 익어 가는 동안 그들도 익어 가는 모습을 기대했다.

늙어가는 끝물 여름 때, 첫 수확을 했다. 수박 참외는 없었고 옥수수 다섯 개, 꿈꾸던 토마토는 열 개가량의 수확에 그쳤다.

그래도 즐거웠고 주먹만 한 단호박을 따서 맛있게 삶아도 먹었다. 청양 고추는 반 포대 정도의 선물을 받았다. 선물을 받아들고 숨을 헐떡거리며 집으로 돌아왔다. 그 날은 몹시 더운 여름날이었다.

'내가 지금 뭔 짓을 하고 있다냐? 허, 이것 미친 짓 아녀? 이게 몇 푼 된다고?'

몇 번을 생각해도 아닌 것 같다는 생각이 들었다. 허나 장밋빛 마음은 가을을 기대하며 고개를 털었다.

'아니다, 가을을 생각해 보라, 콩은 익고, 들깨는 털고, 진홍빛 비트는 탐스러울 것이다. 그리고 향내 풍기는 더덕, 잔대, 참당귀의 수확을, 더구나 하수오, 산마의 자라는 모습을 볼 때의 그 흐뭇함과 빨간 고추를 따서 말리는 그 즐거움은 클 것이다. 그리고 땅을 가꾸는 즐거움은 얼마나 더 크겠는가.'

뜨거운 여름날이 가고 새벽을 끌고 와서 추위를 느낀 몸뚱이를 덮는 계절이 도둑같이 찾아 왔다. 계절이 가져온 수확의 즐거움만 생각하며 이 핑계 저 핑계를 대다가 텃밭을 한 달여 만에 왔다. 미안한 마음으로 찾아 왔다.

큰 숨을 들이 마시고 물 한 모금으로 목을 축인 후 환삼덩굴과 메꽃으로 목 졸리고 있는 고추밭으로 들어갔다. 고추의 괴로움과 슬픔의 신음소리가 풀 밟는 내 발자국 안에 모여 드는 듯 했다. 땅바닥에 떨어진 빨간 고추가 나와 눈이 딱 마주쳤다. 가느다란 바람이 북채를 들어 그의 참았던 원망과 슬픔을 내리쳤다.

'아이고, 주인양반. 인자 오요. 우리들이 보고도 안 잡쑤디여.

그런대로 맛있고 매운 고추도 드렸건만 해도 해도 너무 하요. 얼마나 기다렸는디. 그나저나 이년들 멀크댕이 싸움 징그럽소. 얼릉 찢어 말리쇼.'

그리움과 원망의 가락이 게으른 내 가슴에 허리 굽혀 흙집을 지었다.

감나무밭의 감들은 애비 없는 틈을 타서 철 이른 화냥기로 난 봉꾼 벌레들의 속살 애무를 즐기고 있었다. 고추밭의 슬픈 가락에 눈뜬 불그스레한 몇몇의 감들이 화냥년 소리 듣기 싫다고 몸을 던지며 우두둑 떨어졌다. 나는 소리쳤다.

"에잇! 이 썩을 년들, 그만 안 둘래."

고춧대를 잡고 멀크댕이 싸움을 하는 환삼넝쿨과 메꽃의 머리채를 잡아챘다.

'이년, 네 이년.'

고춧대를 감싸고서 서로 제 서방이라고 앙탈을 했다. 간신히 뜯어 말리고 고춧대를 보니 삐쩍 말라 있었다.

여기저기 살펴보았으나 고추는 보이질 않았다. 겨울을 보낸 후 세상에 첫 얼굴을 내민 어린순 같은 고추만 몇 개 보였다. 심어 놓은 이십 주가 모두 빈약했다.

두 년들에게 얼마나 부대꼈을까? 화가 났다. 고추 지지대를 뽑고 낫을 들어 고춧대의 밑둥을 싹둑 잘라 버렸다.

돌보지 않고 자란 자식들한테 용돈 적게 준다고 행패부리는 못난 아버지 같았다. 다시 잘린 고춧대를 펼쳐 보니 환관이나 가지고 있을 법한 생기다만 고추가 몇 개씩 달려 있었다.

감나무에는 어린 나이에 바람난 감들이 볼그족족한 낯바닥을 내놓고 고추나무의 빈약한 몸을 보고 웃는 듯했다.

'아나, 웃어라, 웃어. 이 싹수 없는 것들아.'

그들의 뺨을 때리는 듯 마침 바람이 불어 왔다. 바람기를 붙들

박덕은 作 [텃밭](2016)

고 히히덕거리던 붉게 익어 버린 감들이 떨어져 죽사발이 되면서
도 히죽거렸다.

옆 콩밭을 보니 그런대로 넓적한 귀로 풀 귀신들의 촉수를 때
리며 고군분투하고 있었다. 줄기 곳곳에는 여물지 않는 콩깍지들
이 붙어 있었다.

참으로 이상한 일이다. 제주 아낙네 같이 강한 생명력을 자랑하는 환삼덩굴 같은 넝쿨 식물들은 죄다 콩밭을 외면하고 왜 고추밭을 점령해 버렸을까?

콩밭은 쭉정이 같은 약한 갈대가 키를 자랑하며 건들거리고 있었다. 군집의 힘을 자랑하며 제법 까칠한 모습으로 위용을 자랑하는 듯했다. 콩은 척박한 땅일수록 종족 번식을 많이 한다고 하니까 그런대로 기대를 했다.

발목 근처에 가지 한 그루가 밀림 같은 숲속에서 가냘픈 몸매로 간신히 숨 쉬며 고개를 들고 있었다. 나는 염치없이 그의 몸을 더듬었다. 가지는 없었다. 성추행이라고 고소당하지 않는 것이 천만다행이었다.

초석잠은 숲속 땅바닥에 엎드렸는지 보이질 않았다. 할 수 없었다. 살아서 돌아오라 했다.

언덕 밑 조용한 곳에서 앙칼지나 속삭이는 소리가 들려오는 듯했다. 그곳에는 더덕과 산마, 그리고 하수오를 심어 놓은 자리였다. 급히 가서 보니 여러 종류의 넝쿨 촉수가 꿈틀거리며 손 잡아주기를 기다리고 있는 것 같았다.

더덕의 향기는 은은하게 나의 피부를 뚫고 들어와서 심신을 안정시켰다. 어쩐지 선의 세계로 인도할 것 같은 믿음도 주었다.

고급스런 향을 먹으며 왕성하게 뻗어 가는 더덕의 촉수는 내공과 외공을 겸비한 거칠 것 없는 스님 같았다. 산마의 촉수는 어머니의 마음 같고 하수오의 촉수는 선 굵은 장군의 위엄 같았다. 이 셋이 서로의 마음을 연결하여 텃밭을 지킬 때 그 위용은 대단하리라 믿어졌다.

더덕밭과 산마밭, 그리고 하수오밭에는 긴 지지대를 세워 주었다. 더덕, 산마, 하수오의 촉수들은 공격해 왔던 덩굴들과 뒤엉켜 서로의 몸을 꼬며 짓이기고 있었다.

그곳 봄은 맛있었다

들어가서 넝쿨의 머리채를 잡고 목을 훑어 버리려고 했다. 자세히 더듬어 보았다. 그들은 음침한 그늘숲에서 꼬여 버린 새끼처럼 엉켜져 은밀한 정을 나누고 있는 것 같았다. 그들의 몸뚱이를 어떻게 할 수가 없었다. 쥐었던 낫을 내려놓고 나에게 변명을 하며 좀 더 깊은 가을을 기다리기로 했다.

마음을 털기로 했다. 감나무는 그 사이에 크리스마스트리가 되어 온통 빨간색 금줄로 반짝거리는 것 같았다. 초가을을 겨울이라고 우겨대며 눈이 올 것이라고 웅웅거리는 것 같았다.
"미친 것들이 지랄하고 있네."
나는 감나무에 오줌통을 비웠다. 밑둥 짤린 고춧대에게 미안함과 서운함을 전했다. 짊어지고 간 배낭에는 몸과 마음만 주어 담고 빈손을 탈탈 털었다. 텃밭을 나왔다.
다른 농장을 보니 푸른 감들이 푸른 잎들과 가을을 준비하고 있었다. 빨간 홍시 하나를 살짝 따서 입에 넣었다. 유난히 씨가 많았다. 힘껏 뱉으니 내 마음만 남기고 씨들은 멀리 날아갔다.
분명히 텃밭 농장의 감들은 일찍 바람을 피워 빨간 몸속에 여러 개의 생명의 씨를 잉태하고 있음이 확실했다. 그들의 이유 있는 반항과 바람기를 알기에 나는 하늘에다 웃음을 띄웠다

단상

　뒷산을 넘는 시간은 필연적으로 가건만 우리는 과거라는 옷을 입히고, 앞산 해오름과 같이 필연적으로 온 시간을 새로운 날의 시작이라고 우리는 새 옷을 입는다.

　항상 외씨 버선발로 오시는 엄마의 고운 모습같이 시간은 오고, 느린 걸음 무거운 어깨 뒷짐 짓고 가시는 아버지 모습같이 시간은 간다.

　시간 속에서 우리는 희망을 노래하고 사랑하고 기뻐하며 울고 웃고 각자의 색깔을 꾸민다.

　뒷산을 넘어 영원히 사라진 어제의 시간들은 단절이 아닌 이어진 호흡이건만, 창조된 새로운 시간처럼 마음에 품고 다짐 아닌 다짐을 한다.

　우리의 실체는 그대로 있을 뿐인데…….

　그 다짐 속에는 그렇게 기뻐할 일들도 그렇게나 슬퍼할 일들도 그렇게나 미워할 일도 아닌 것에 나를 던진 부끄러움으로 나를 바라보게 한다.

　가는 시간을 보내고 오는 시간을 맞이할 수 있는 나의 실체에게

그곳 봄은 맛있었다

고개 숙여 감사함을 깊이 전하고 싶다.

지나간 봄에는 무슨 기쁘고 살 만한 일들이 있었을까?

지나간 여름에는 어떤 열정으로 더위를 이기며 삶을 키웠을까?

지나간 가을에는 기쁜 일이든 슬픈 일이든 어떤 소중한 열매의 향기를 맡았을까?

지나간 겨울에는 봄 여름 가을이 준 풍요로움으로 어떤 감사 속에서 다가올 시간을 준비했을까?

나에게 주어진 시간들은 항상 그렇게 가고 왔기에 적어도 나에겐 특별한 실체가 없음은 무디어진 의식 탓일까?

그러나 나에게 주어졌고 가 버린 모든 시간들이 기쁨은 기쁨대로 슬픔은 슬픔대로 나를 최고의 자리로 이끌어 아름다움으로 세상을 보게 하였음을 확신한다.

가야 하기에 간 것인데, 우리는 보내는 마음으로 위로하고, 가는 시간이 올 때 소중히 건네준 선물 꾸러미를, 나는 늘 시간이 가고 난 후 풀어 봤다.

그 선물 꾸러미에는 겸손으로 이끌고, 온유함으로 이끌고, 인내하고 사랑 가운데 용납하는 삶을 살기를 바라는 아름다운 둥지가 항상 있었으나, 날지 못한 새만 발견한다.

후회와 아쉬움뿐이다.

오는 것이기에 필연적으로 맞이한 새로운 시간은 최상의 가치를 우리에게 또 선물했음이 틀림없을 것이다.

어떤 순백의 영혼을 가진 자가 우리를 너무나 깊게 사랑하기에 우리에게 시간을 주었다. 그 순백의 영혼은 우리에게 어떤 삶을 살아 주길 원했을까?

겸손, 온유, 인내, 사랑 가운데 용납, 그런 삶을 원할 것이다. 그것은 그가 준 시간 속의 삶에 있어 최상의 가치이기 때문이다.

올해도 그렇게 순백의 영혼을 가진 자가 선물한 시간은 가 버린 시간처럼 갈 것이다.

순백의 영혼이 내 품에 안겨 준 필연적인 시간의 선물에 겸허히 무릎 꿇고 조금이라도 모든 겸손, 온유, 인내, 사랑 가운데 용납하는 삶을 살기를 다짐해 본다.

다짐 속에 나를 드러내는 열정은 반드시 나를 삼킬 것이며 주어질 고통을 논리로 해결하려는 어리석음을 범하지 않도록 순백의 신사에게 부탁해 본다.

박덕은 作 [뒷산](2016)

개망초 꽃밭 속으로의 귀국

댈러스 행 비행기에 몸을 실었다. 불안함이 엄습했다. 어디까지 버틸 수 있을까. 긴장과 아쉬움과 슬픔이 걱정을 찔렀다.

내가 지켜야 할 값어치들이 파편이 되어 흩어지고 있었다. 흩어진 파편을 모으기 위해서 의자에 몸을 깊숙이 묻었다.

아내의 희끗희끗한 머리카락이 나풀거리며 낯선 친근감으로 팔짱을 낀다. 그 끝에 매달린 젊은 날의 예쁜 미소가 미국 생활로 나를 이끌었다.

여인의 손을 잡고 푸른 숲 우거진 주택가를 산책하는 것으로 하루를 시작했다.

다람쥐와 새들이 조잘거리는 인사는 살가웠다. 탯줄의 그리운 내음이 엄습할 때면 실개천 피라미 떼 노는 모습에 마음을 풀어 놓았다. 도랑을 막아선 돌멩이가 장난을 쳤다. 한 손 떠서 그 장난을 먹으면 실개천은 신이 나서 쫄쫄거렸다.

새로 시작한 미국 생활은 나무 그늘을 찾는 즐거움으로 희망을 향해 뛰고 있었다. 즐겁고 아픈 추억이 흐려지는 두 눈을 위로하며 아내가 부르는 동구 밖으로 걸어가고 있었다.

인기척에 눈을 떴다. 승객들이 내렸다.

빨간 불꽃으로 피어오르는 불안을 꾹꾹 누르며 서울행 비행기로 갈아탔다. 가느다란 떨림이 한동안 계속되었다.

이 아픔을, 이 슬픔을, 이 허무를 절규하며 쉰 목소리 안으로 나를 밀어 넣었다. 평생 만나지 않겠다는 듯 둥지를 미련 없이 떠나고 있었다. 소중한 마음들을 둥지에 담아 으스러져 깨질 듯이 품었다.

'이 새는 어디로 가는 것일까? 그렇지, 거기지 거기. 내 탯줄이 묻힌 곳.'

불안과 초조를 잠재우기 위해서 수면제를 먹고 눈을 감았다. 가물거리는 의식 속에 낚시터에서 보았던 노랑부리 백조가 날갯짓하며 호수 위를 날고 있었다. 그리고 계속되는 고통의 숨소리가 수면제의 약기운을 타고 의식의 뒤편으로 넘어갔다.

음식과 과일을 풀장 테이블에 놓고 수영을 즐겼다. 풀장 테이블에서 밤늦게까지 촛불을 켜놓고 책을 읽었다. 기쁨 중에 최고의 기쁨이었다. 모기들의 텃세는 거칠었다.

수영을 하던 중에 갑자기 평형이 되지 않았다. 내 몸이 물속으로 가라앉았다. 물속에서 두 발을 휘저을 수가 없었다. 점핑이 되지 않았다.

어렴풋한 의심이 점차 구체적으로 그림을 그리기 시작했다.

누에가 뽕잎을 야금야금 먹는 모습으로 시작된 오른쪽 복성 씨의 통증은 신음 속에 불면의 시간을 내게 안기며 괴롭혔다.

2년여 동안 수면제를 복용하면서 긴장했던 마음과 몸은 어느새 그의 추종자가 되어 버렸다. 밤이면 벌벌 떨며 그의 옷자락을 붙

그곳 봄은 맛있었다

들고 매달렸다. 나는 눈앞에 둔 영주권을 포기하기로 결심하며 조용히 귀국을 계획했다. 아내를 설득하여 미국에 남기고 나만 귀국하기로 했다. 혹여 받을 충격과 나의 어눌한 모습을 보일 수 없다는 확고한 의지 때문이었다.

좁은 통로 위로 걸어오는 거친 발자국 소리가 있었다. 터져 버릴 것 같은 내 의식이 머리에 꽃을 꽂고 뛰쳐나와 춤을 출 것 같았다. 죽을 것 같았다. 발버둥을 쳤으나 나를 제외한 모든 것들은 나를 쳐다만 볼 뿐 무심히 지나쳐 버렸다. 그때 매화꽃 향기가 코를 기분 좋게 만졌다. 나는 가쁜 숨을 몰아쉬었다.

"뭘 드시겠습니까?"

이팝나무 하얀 꽃이 아침 고운 눈살에 활짝 웃는 소리였다. 약을 먹은 설잠이 아직 꿈속에 남아 있었다. 목이 탔다.

"오렌지 주스."

타는 갈증이 대답했다.

"여기 있습니다."

고운 님 어깨 위에 꽃잎 떨어지는 소리였다. 실눈을 뜨고 보니 꿈속에서 내 가쁜 숨을 품어 주었던 그 향기가 웃고 있었다. 하얀 쌀국수 같은 손이 조심스럽게 주스잔을 내밀고 있었다. 손가락 끝을 타고 전해 오는 마음이 주스잔에 녹아 싱그러웠다.

통증이 골반을 쪼개면서 다리로 내려오기 시작했다. 터질 것 같은 공포로 숨을 헐떡였다.

'일어나 걸어라. 어서 일어나 걸어라. 사랑한다. 아들아. 걸어라.'

나와 같은 통증을 호소했던 어머니가 가슴 풀어 그리운 젖내음으로 날 꼭 껴안으며 얼굴을 비볐다. 어머니가 날 부르고 있었다.

큰 날개 저으며 나는 백조는 나에게 비렁길을 알려 주었다. 그

길은 숫눈길 같았다. 나는 허리를 펴지도 못하고 고통을 품고 흐르는 땀을 씻으며 비렁길로 들어섰다.

길모퉁이에서 사랑하는 아내가 항상 그 모습으로 웃고 있었다. 아들이 나를 불렀다. 내 공주님이 두 딸을 데리고 사위와 함께 내 안에 감춘 내 미소를 짓고 있었다. 젊은 시절 영혼을 노래하며 시와 신앙을 밤새 격정적으로 토론했던 친구도 거기 있었다. 창조주를 불렀다.

"어디 편찮으신가요? 괜찮으십니까? 도와드릴 일이 없으신가요?"

너울 큰 물결을 가슴에 지그시 누르고 얼개 빗 그림자로 허리를 살짝 맨 새색시 목소리였다. 고개 돌려 뒤를 보니 친절한 매화나무들이 꽃망울 활짝 터뜨리며 내 발자국을 밟고 뒤에 서 있었다. 막 달이 떠오르는 모습이었다. 웅달샘에 잠긴 작은 차돌 같은 하얀 이를 살짝 보였다. 나의 통증은 기가 죽어 버렸는지 순간 잠잠했다.

잠시 평안한 마음으로 나의 아픔과 어려움을 얘기했다. 곧 남자 직원이 한달음에 나타났다. 어두운 세상을 깨뜨리는 새뚝이었다. 세련된 몸짓과 품위 있는 언어로 나를 안내해 그의 자리를 내게 양보해 주었다. 단호하고 깔끔했다.

꽃 숲길을 헤치고 매화나무가 자리 내준 꽃등에 기대어 숨을 가다듬었다. 사랑하는 아내가 보고 싶었다. 앉아 있을 수만은 없었다. 걸어야만 했다. 비행 중에 통로를 걸어 다닌다는 게 안 될 일이었지만 눈치 빠른 승무원의 배려로 절망과 희망 사이에서 나는 좁은 길을 걷고 걸었다.

나를 괴롭히던 통증은 떨림을 동반하면서 골반을 송곳으로 찌르며 나를 다시 놀리기 시작했다. 내 속의 악마가 앉아 있었다. 그는 격렬했고 죽음을 연상시키는 악마였다. 내 영혼을 빼앗을 것 같은 소용돌이로 나의 진을 빨아먹고 있었다. 악마가 죽음의 춤을

박덕은 作 [비행기](2016)

추고 있었다. 태양을 향해 울부짖었다.

'신이여, 도와주소서.'

절대 그런 상황은 아닐 것이라고 굳게 믿고 싶었다. 나는 조용히 기도하며 어머니를 생각했다. 다시 사랑하는 딸이 부르는 비렁길로 나섰다.

실여울의 흐름 같은 다리에 꽃신이 내 앞에 와서 웃고 있었다. 기내의 움직임들은 분주했고 조용했다. 식음료를 공급하고 담요를 챙기고 승객들의 요구를 들어 주었다. 승객들의 한마디까지 살피고 미세한 표정까지 찾아내서 보살피는 배려는 하얀 망초가 활짝 핀 꽃밭이었다.

고요하고 분주한 그들의 모습은 훌륭한 교향곡 같았다. 기다림 속의 긴장을 달래며 나는 전원 교향곡 속으로 들어갔다. 한적한 시골, 버드나무 우거진 강가, 이름 모를 새들과 천둥 번개 소리를 즐겼다. 폭풍우 뒤에 감사함으로 이끄는 평안함이 그들의 고급스런 향기였다.

뒤쪽 빈 공간에서 몸을 움직여 운동할 수 있게 해주고 바쁜 일 뒤로하고 내 불편을 도와주었다. 마스카니의 '오렌지 향기가 바람에 날리고' 합창은 그들의 향기를 싣고 기내의 공간을 넓게 펼치며 명주필처럼 하늘거렸다. 구두쇠 같이 움켜쥐었던 내 마음을 부끄럽게 했다.

다시 사무장이 양보해 준 자리에 앉았다. 포근한 담요로 몸을 감싸 주었다. 잠시 고통을 물리쳤다. 큰 새의 조용한 날갯짓은 직원들의 오케스트라를 들으면서 날고 있었다.

15시간 남짓 비행시간 동안 13~14시간을 나는 비령길을 오가야 했다. 친절한 배려가 없었다면 그 비행시간을 어떻게 견딜 수 있었을까. 고개 숙여 감사함을 전할 때 어둠 속에서 서서히 해가 떠오르고 있었다.

가족을 그리워하며 육신이 고통스러워 슬퍼할 때 세상도 껴안고 자신도 껴안는 무지개 마음을 보았다. 당당하고 친절하고 어려움을 찾아내어 도와주는 섬세한 배려를 보았다.

'모든 인간은 형제다.'라고 외치는 기쁨의 소리가 쾅쾅 울렸다. 가슴 밑바닥까지 찡해 오는 감동은 베토벤의 '환희의 찬가'다. 승무원들의 분주함 속의 격조 높은 친절함은 틈을 보이질 않고 건강했다. 자기 직업에 대한 자긍심과 회사의 지속적인 관심이 창출해 낸 자연스러움이었다.

그들은 베토벤의 '합창'을 만들어 승객들과 노래하며 지휘했다. 나는 승리했음에 감사하며 '환희의 찬가' 속으로 들어가 마음껏 불렀다. 탯줄 묻힌 그리운 곳에 흙냄새 맡으며 서 있을 기쁨에 가슴이 뛰었다.

몹시 추운 겨울, 인천 국제공항에 도착했다. 어느새 휠체어를 대비한 친절이 공항의 활기찬 생동감을 밀며 달려왔다. 마중 나온 친구를 만났다. 깊은 포옹을 했다.

병원 예약은 4개월 뒤로 잡혔다. 나의 불안한 예견대로 확진을 받았다.

"파킨슨병입니다."

지금은 투병 중이다. 나는 다시 큰 백조가 날갯짓을 뽐내며 비행기를 탈 것이다. 그때는 건강한 모습으로 볼 것이다. 흐드러지게 피어 있을 개망초 꽃밭 비렁길에서 웃고 있을 것이다. '환희의 찬가'를 격정적으로 지휘할 멋진 지휘자의 손끝에 믿음을 두고 노래할 것이다.

목사님입니까?

지하철을 탔다. 경로 우대석에 자리를 잡았다. 나는 경로 우대석을 보면 항상 늙은 할미의 잇몸에 간신히 붙어 있는 몇 개의 앞니가 생각난다. 그 이가 주는 느낌은 고맙기도 하고 한편으로는 슬프기도 한 묘한 느낌이다.

그런 마음이 어릴 때부터 내 안에서 숨 쉬고 있었나 보다. 할머니의 입술 사이로 보이는 누런 이가 덩그렇게 웃고 있는 모습은 우습기도 하고 무섭기도 하고 짠하기도 했다.

그러나 나에게 둘둘 말은 쌈지를 풀어서 알사탕을 주던 동네 친척 할머니의 품은 따뜻했다. 그 따뜻함과 친근함이 경로 우대석에 비록 낡아 헤진 모양이나 두툼한 방석을 깔았나 보다. 오늘도 나는 자연스럽게 그곳으로 눈길과 발길을 돌려 빈자리를 독식하고 앉았다.

목적지까지 가는 동안 항상 헐렁한 객실을 보면서 괜한 생각을 하곤 했다. 오늘도 마찬가지다. 많은 자금을 들여서 시민들의 편리를 위해 만든 지하철인데 왜 이렇게 이용객이 적을까? 과연 광주에 지하철이 필요한가? 많은 적자를 내며 운행하고 있는데 어떻게 메울까? 최소한의 적자로 돌아서기 위해 경영진은 연구 노력하고 있을까?

나에게 걸맞지 않는 생각이라며 마음을 접으나 아쉬움은 항상 남아 있다.

승객이 거의 없었다. 옆좌석에 책가방을 놓고 앉았다. 앞 창문에는 달리는 열차의 굉음에 놀랐는지 벽이 미친 듯 휘몰아친 회색 눈발이 되어 광기를 부리며 사라지고 있었다.

열차의 허전한 속을 달래기 위함인지 앞 창문 벽 책꽂이에 몇 권의 책이 눈에 띄었다. 여염집 규수 같은 모습의 '인권'이라고 예쁘게 눈썹 화장을 한 책이 내 눈에 깨소금을 뿌렸다.

책을 펼치니 감추어둔 향기가 순백을 자랑하며 내 손끝을 떠나질 않았다. 꽃잠을 기다리는 오롯한 마음을 보이지 못해 슬픈 마음을 나에게 말하고 있었다.

그 고운 여인이 고발한 내용을 가슴앓이 하면서 읽었다. 숨만 쉬는 치매 할머니가 요양병원에서 가림막 없이 발가벗겨진 상태에서 간병 받고 있는 상황을 쓴 내용이었다.

의식이 없고 말은 없어도 인간은 수치심을 느끼고 있으니 간병 당사자의 의식 전환이 필요함을 강조했다. 그러나 나에게 충격을 준 것은 고발한 내용이 아니었다. 같이 입원한 환자들이 들려준 이야기였다.

"맨당 묵고 싸기만 하니 저것은 사람이 아니어라."

시장 거치대에 진열되어 있는 발가벗겨진 오리가 내 머릿속을 하얗게 점령해 버렸다.

"좀 앉읍시다."

책에서 눈을 뗐다. 소리 난 쪽을 보니 검정뿔테 안경 쓴 노인이 책가방을 치워 주길 바라는 눈길이다. '많은 빈자리를 외면하고 왜 이 자리를 고집할까'라는 짜증이 총알보다 빠르게 내 머리를 뚫고 사라져 버렸다. 그리고 뒤이어서 '꽝!' 대포소리가 대갈통을 후려쳤다.

'음메, 너는, 너는 왜 여기 앉아 있냐?'

글쎄 왜 여기에 앉아 있을까? 넓고 빈 공간에 주인 없는 자리가 많은데…….

젊은 시절 퇴근 후 마음이 컬컬해 선술집에 거의 매일 들렀다. 그때 낯모를 사람들과도 막걸리잔을 돌렸던 편안함이 슬며시 겨드랑이 속살을 만진다.

경로석은 나이 먹어 같이 변한 모습에 위로받고 비슷한 냄새를 느끼며 반기고 보호해 줄 마음이 있는 공간이다. 사회 구성원으로부터 절대적으로 보호받고 침해받지 않는 방음이 잘된 공간이다. 늙은이의 냄새에 서로 반응하는 공간이다. 그렇지. 저 노인도 그런 마음 때문에 당당하게 찾아왔을 것이다.

'인권' 미녀의 마음을 이곳저곳 들여다보다 눈꺼풀이 피로를 하소연했다. 뿔테 안경 쓴 노인과 내가 앉은 사이 빈 좌석에 책을 내려놓고 눈꺼풀의 하소연을 들어 줄까 말까를 생각했다. 결국 우유부단하다고 서로에게 핀잔을 듣고 있었다.

그때 야생 멧돼지 같이 큰 덩치가 책을 획 던지며 큰 엉덩이를 들이밀며 덜썩 주저앉았다. 처음 당한 무게에 경로석 의자는 낑낑거리는 것 같았다. 아무리 보아도 경로석이 반겨줄 나이가 아니었다. 양다리를 쫙 벌리고 도전하는 자세로 큰 덩치와 어깨를 좌우로 비볐다. 나는 졸지에 찌그러진 냄비가 되어 벽면 구석에 낯바닥을 비벼대는 깨고락지 신세가 되어 버렸다.

동물이 자기 영역을 지키는 것처럼 인간도 자신의 사적 공간이 침해 받았을 때는 지극히 동물적 반응을 보인다. '행동 씽크' 즉 가

장 잡스러운 행동을 한다. 부글부글 속이 끓어 올랐다. 나는 그 본
능에 충실하기로 결정했다.

옆노인은 '나무아미타불 관세음보살, 오 주여! 불쌍히 여기소
서, 알라여! 어찌 하오리까? 옴 메니 반 메훔, 세상 말세다 말세여!'
라고 외치는지 눈 한번 흘기질 않는다. 잠을 자고 있는 것인지 눈
을 감고만 있다. 하기야 허벅지로 느껴오는 근육의 완력에 겁이
날 것이라 생각했다.

"어이, 젊은 친구, 왜 그렇게 난폭하게 책을 던져 버린가. 주워
서 책꽂이에 꽂게나."

곱게 화장했던 '인권'의 가냘픈 몸매가 땅에 엎드려 흩어진 옷맵
시도 추스르지 못하고 슬피 울고 있는 것 같았다. 검정테 안경 너
머로 부리부리한 부엉이 눈이 가소롭다는 듯 비웃음을 튕겨냈다.
천장 한번 쳐다보고 마룻바닥 한번 쳐다봤다. 다리를 다시 쫙 벌
렸다. 어깨를 흔들며 한마디 던졌다.

"내릴 때 하면 되지 않소."

기분 나쁜 부엉이 눈이 올빼미 눈이 되어 눈썹 갈기를 치켜세
웠다.

'어쭈, 요놈 봐라.'

무례한 침입자의 폭행을 묵과할 수 없다는 내 안의 내가 인상을
잔뜩 찌푸리고 있었다.

"지금 하소."

단호하게 이야기했다. 또 천정을 쳐다보고 땅을 쳐다본 후 나를
쳐다보았다. 그의 눈과 나의 눈이 샅바를 잡았다.

"빨리 책을 주워 책꽂이에 꽂소."

샅바끈을 힘주어 당기고 목소리도 당겼다. 기름칠 하지 않아 몸
살 내며 쥐어 짠 쇠바퀴 굴러가는 소리를 냈다. 그렇게 살벌한 전
투가 벌어지고 있었다. 보호받아야 할 공간에서의 전투를 어느 누

박덕은 作 [지하철](2016)

구도 눈여겨보지 않았다.

"에이."

무례한 자의 속풀이 한숨일까? 일어서서 책을 주워 책꽂이에 꽂았다. 그가 빈자리를 외면하고 다시 육중한 몸을 나와 노인의 사이에 던져 놓았다. 다리를 쫙 벌려 탈탈 털었다. 어깨는 좌우로 흔들며 또다시 나를 찌그러진 냄비를 만들려고 했다.

"어이, 젊은이. 다리를 좁히고 떨지 말게."

이번에는 좀 더 샅바를 끌어당겨 그를 내 가슴에 붙이고 너 나를 이기겠느냐 능글맞게 물어 보았다. 대답이 없었다. 내 무언의 압박이 그에게 전달되었을까?

"보듬고 있는 백 속에 중요한 것이 있으세요? 선반에 올려놓으세요."

엉뚱한 대답이 '핑'하면서 내 귓전을 때리며 머리끝에 앉았다. 순진하게 떨어진 목소리를 물끄러미 바라보았다.

"중요한 책이 들어 있네. 괜찮네."

삼바끈을 어느새 놓고 냇가를 거닐며 돌팔매질하고 웃는 어른과 아이가 되었다. 사랑이 전해왔다. 오므렸던 손을 펴서 그의 목을 살짝 감싸 안으면서 힘을 주었다. 그도 전해 오는 나의 따뜻함을 느꼈나 보다.

"목사님이세요?"

"아니."

고개를 꺄우뚱거렸다. 내가 내려야 할 목적지에 왔다. 자리에서 일어섰다. 육중한 몸뚱이가 나를 바라보았다.

"형사네."

그의 앉은 다리 위에 조용한 목소리를 내려놓았다. 슬쩍 보니 화들짝 놀라 엉거주춤하는 모습을 보았다. 너무 심했나. 지하도 계단을 올라오면서도 그의 부리부리한 거친 얼굴이 떠올랐다. 의료기상이 전부 문을 닫았다. 며칠째 혈당을 체크 못했다. 주위 가게에 물어보았다.

"오늘 왜 전부 문을 닫았죠?"

"오늘은 일요일이라 문을 닫습니다."

"오늘이 일요일입니까?"

멍해지는 기분이다. 치매인가. 하늘을 봤다. 맑다. 부리부리했던 그 총각의 절망스럽게 고개 숙인 모습이 자꾸 어른거렸다. 너무 심한 뻥을 쳤나 보다.

고개를 숙이고 걷다 보니 설익어 떨어진 은행들이 밟혔다. 여기저기 은행나무 밑에는 꽃무덤 가기를 원망하는 듯 젊은 은행들이 길거리에 떨어져 뒹굴고 있었다.

엄마 품을 그리워하며 조잘거리는 이야기들을 싣고 가을이 벌써 나에게 말을 걸고 있었다.

개코

돈 자랑, 개 자랑이 세상사는 재미 중 제일이라고 강조하는 박 사장과 나는 사업 관계로 자주 만났다. 이번에 박 사장이 독일 명견을 제법 무거운 금액으로 구입하여 대단한 자랑을 한다고 조잘거린 입소문이다.

박 사장이 가까운 몇몇 친구들을 자기 집에 초대하여 나도 함께 저녁 식사를 하기로 했다. 개 자랑하려는 그의 속내가 보여서 나는 내키지 않았으나 승낙에 마음을 얹혔다.

초대받은 지인들은 자기 개인 양 칭찬 일색이다. 박 사장은 신이 나서 발정난 암캐가 담을 넘어 천방지축 동네를 돌며 수캐를 모으듯 개 자랑 냄새를 진하게 풍겼다.

"근디, 꼬랑지가 없소."

일행 중 한 사람이 꼬리 없는 혀 짧은 말을 했다. 개에 대해 모르면 말을 말아야지 하는 태도로 박 사장은 상대방의 말을 받아 꿀꺽 삼켰다.

"이 개는 꼬랑지가 없는 것이 특징이며 매력이요."

튼튼한 줄로 고리 채워진 개는 자기 자랑하는 것을 알았는지 하마가 꼬리 흔들 듯 없는 꼬리를 볼품없이 흔들었다. 풀쩍 풀쩍 뛰는 모습이 외모로 풍기는 차가운 잔인성을 공중으로 튕겨 버리면서 자신을 숨기는 것 같았다.

박 사장 품에 안기며 애교도 부렸다. 박 사장은 구입한 개 이름을 '락'이라고 이름 지었다고 뒷짐 지고 말할 때 영락없이 못생긴 돌하르방이었다.

그때 지금까지 아무렇지도 않던 녀석이 나를 보고 갑자기 날카롭고 누런 이를 자랑하며 콧구멍 벌렁 벌렁 하고 달려들면서 성질 자랑, 힘자랑을 했다.

나는 깜짝 놀라서 당황하여 구두 한 짝 멀리 차고 엎어지며 '아이고!'했다. 구경하던 양반들 이몽룡 출두에 변사또 도망치듯 혼비백산했다. 여하튼 박 사장 집 명견 '락'과의 대면은 나를 수색견에 쫓기는 "쇼생크 탈출"의 주인공으로 만들었다. 찝찝한 첫 대면이었다.

'락'은 각종 도그 쇼에 출전하여 입상을 함으로써 박 사장의 나온 똥배를 더욱 내밀며 민머리에 갓 끈을 매게 만들었다. 그날 이후도 '락'은 무슨 영문인지 나만 보면 미친개가 되어 입에 거품을 물고 달려드니 나 또한 슬슬 오기가 발동하기 시작했다.

박 사장이 집에 없는 틈을 이용해서 '락'을 찾아갔다. 내 손에 들린 고깃덩이를 그에게 내밀며 말했다.

"락, 너랑 친해지고 싶은디, 왜 나만 보면 죽일 듯 뎀비냐? 내가 너한테 뭘 잘못했냐."

고깃덩이에 관심 없이 누런 이에 거품 물며 눈에 쌍불을 켜고 땅을 차고 덤벼들면서, '매논 줄만 없으면 너 넙떡지 폴시케 한입인데, 에이, 이놈의 줄 미치겠네. 정말 미치겠어.'라고 말하는 것 같이 짖고 난리를 쳤다.

나에게 용트림하며 덤벼드는 모습에서 그의 숨겨진 싸늘한 흉

포함이 내 등골을 타고 내려오는 무서움을 느꼈다. 나는 온몸을 몸서리치며 좁쌀 같은 돌기들이 창끝을 세우는 것을 보았다.

나는 개와 같은 모습으로 '락'을 향해 독수리눈으로 부릅뜨고 입으로는 으르렁 독기를 내뱉으며 땅에 두 팔을 짚었다. 등에서는 소름끼치는 두려움이 땀으로 나왔다. 한 치의 물러섬 없이 한참을 머리끝이 솟구치는 치열한 싸움을 했다.

그때 나의 내면 깊은 곳을 찢으면서 분출되는 어떤 따뜻함이 나를 평안함으로 이끌었다. 분출된 따뜻함은 등골 오싹함을 때려 부수고 있었다. 그것은 내 눈앞에서 표독스런 모습으로 나와 싸우고 있는 개의 야수성보다 더 심한 나의 살벌한 잔인성이었다.

그날 개와의 치열한 전투에서 나의 내면에 숨어 있는 이성을 넘어선 야수성과 폭력성이 혀를 날름거리고 있음을 보았다. 그리고 개가 조금 뒷걸음질하고 있는 느낌을 받은 것으로 막을 내렸다.

그날 이후 내가 가지고 있는 폭력성과 야수성은 희열을 동반하고 있음을 확인했다.

나는 '락'과의 전투를 어떻게 하며 어떤 방식으로 굴복시킬 것인가 많은 생각을 했다. 몇 차례 박 사장 집을 찾아가서 '락'의 상태를 관찰했다.

일 차 전투 후 예전과 다르게 '락'이 내적 갈등을 겪고 있음을 분명히 느낄 수 있었다. '락'은 없는 꼬리를 감추며 누런 이를 내놓고 입술을 위 아래로 꼬며 으르렁거릴 뿐이었다.

'어쭈, 저놈 봐라. 너는 이제 나한테 딱 걸렸다. 주인 앞이라고 괜히 공갈치지 말어잉, 개놈의 새끼.'

나는 며칠간 개들의 특성과 결정적인 약점을 공부했다. 개들의 약점을 파악한 후 나의 야수성이 내면에서 뒹굴며 꽹과리 쳤다. 쉬쉬 소리 내고 춤추며 콩 뿌린 무당 같이 묘한 즐거움이 내 속에서 들썩거렸다. 배부른 사자의 여유로운 장난기가 발동하고 있음도 느꼈다. 배시시 뜬 눈과 묘한 웃음이 입술을 덮고 있는 내 얼굴이 거울 속에 있었다.

박 사장이 집들이 하는 날, 모두 모여 걸쭉한 입담들과 웃음으로 방안을 가득 메웠다.

"이번에 또 우리 '락'이 전국 외래견 품평회에서 일등을 했소. 아, 인자 전국 각지에서 씨를 받자고 난리요, 난리."

박 사장은 '락' 자랑을 참질 못하고 몇 잔 술이 들어가니 땅을 날고 하늘을 기어 다닌다고 자랑을 시작했다.

"그라믄 한 번 장가보내는디 얼마씩 한다요?"

일행 중 한 사람이 박 사장의 의중을 알고 뼈 있는 말투로 물어봤다.

"음, 암컷은 족보를 보고 엄선해서 백만 원은 받아야지라. 새끼도 한 마리씩 받고."

박 사장이 나온 배 두드리며 하는 말에 모두들 거나하게 취한 입 다물 새 없어 말이 줄줄 새면서 흥건하게 흘렀다.

"그렇게 비싸요?"

개는 정력이 좋으니 일주일에 한 번씩 장가가면 4백만 원, 그리고 새끼도 한 마리씩 받고. 자신들의 처지와 비교해 보니 소득 면에서 누가 강자고 약자인지 혼란스러움이 술기운을 먹어 버린 듯 한동안 방안 공기가 싸늘함을 나는 느꼈다.

술자리는 깊어지고 머리 떨어져 빙글빙글 도는 이야기가 벽을 기고 천장에서 춤을 추는 시간, 나는 몇 잔의 술을 거푸 들이켰다. 속을 데운 술기운은 주저주저하는 나의 뒷머리를 잡아끌었다. 매우 위험하나 개들의 치명적인 약점을 골라 연습한 대로 오늘밤 공격하기로 결정했다.

나의 심장은 쿵쾅거리는 타악기가 되어갔다. 큰 칼 쥔 망나니 같이 내 마음은 칼에 물 뿌리며 걸음이 개를 향하도록 의식을 조정하고 있었다. 나는 취한 눈을 부릅뜨고 독한 숨을 몰아쉬며 마음속으로 외쳤다.

'너는 개일 뿐이야, 너 오늘 가는 날이야. 나는 사람이여, 이 개놈의 새끼.'

집에서 수십 번 반복한 연습을 취한 머릿속에서 다시 끄집어내어 흔들어 보았다. 재빨리 손을 뻗어 '락'의 턱 밑에 넣어 마사지 공격을 한다. 그때 락은 모든 방어선이 무너지면서 입은 헤 벌리고 눈은 게슴츠레 뜨고 오줌을 찔끔 찔끔 쌀 것이다. 명견의 위용은 처참하게 무너질 것이며 나는 틈을 놓치지 않고 두 손으로 주둥이를 힘껏 감싸 안을 것이다.

물론, 자칭 명견은 아늑한 꿈을 깨면서 깜짝 놀라 필사적으로 저항하겠지. 나는 그때 눈 질끈 감고 턱에 힘껏 힘주어 독기 오른 사람의 이빨로 '락'의 치명적 약점인 곳을 물어 버릴 것이다.

아마 이놈은 이렇게 주인을 부르며 상상할 수 없는 곳을 공격당한 두려움과 아픈 곳을 잡고 뒹굴겠지.

'끼깅, 아이고 나 죽네, 주인 양반 내 자랑 그만하고 나 좀 살려주쇼. 이랄 때 나를 살리는 것 아니요? 원메, 죽겄는거.'

방안의 달짝지근한 냄새와 완전히 분리된 눈 내리는 어둠의 공간에서 거사를 즐기는 긴장의 떨림은 묘한 들뜸을 가져왔다.

나는 취한 술잔에서 마음을 건져내고 개장을 주시했다. 그런데 내가 흔들리는 것인지 개집이 흔들리는 것인지 개장 안에서 두 물체가 시커먼 그림자를 보듬고 씩씩거리면서 뒹굴고 있었다.

어찌된 일인가, 저것들이 무엇을 하는 것인가, 급히 눈발을 헤치고 가는 걸음이 비틀거리니 심술궂은 땅이 나를 내팽개쳐 버렸다. 쌓인 눈 위에 누워 있으니 토할 것 같은 속은 안정을 찾고 예쁜 딸의 얼굴이 되어 내리는 눈꽃은 내 모습이 재미있는지 얼굴을 만지며 흘러 내렸다. 순간이나마 무척 행복한 시간이었다.

술 냄새 풍기는 시커먼 사람이 헉헉거린 숨을 몰아쉬고 내 옆을 지나며 중얼거렸다.

"괜찮소, 어디 다친 데 없소? 개놈의 새끼. 명견 좋아하네. 꼭 지 주인 같이 폴딱 폴딱 뛰고, 나만 보면 짖고 염병 난리여. 앞으로 저것 힘 못 쓸 것이오. 내가 혼내났소."

박 사장의 '락' 자랑으로 깃발 펄럭이던 방안, 이제는 술잔 속에 엎어지고 넘어지고 고꾸라진 웃음들이 서로 비비면서 막판을 향해 머리에 맨 넥타이가 춤추고 있었다.

박 사장은 자기 이야기를 듣고 있는 가난한 똘마니들의 수입과 앞으로 이루어질 '락'의 수입을 비교도 해 보았을 것이다.

명견은 자존심에 치명상을 입고 내리는 눈을 보면서 물려서 아픈 곳을 달래는 듯 조용했다. 어떤 공격을 받더라도 방어했어야 할 곳을 지키지 못한 패배의 치욕을 감추려는 것 같이 없는 꼬리를 더욱 깊이 내려 숨기고 있었다.

개장 안은 자칭 명견의 아픈 자존심을 지켜 주려는 듯 내리는 눈이 쌓이면서 덮고 있었다.

'세상에, 이것이 뭔 일이여. 그 사람이 내 주인을 미워하고 싫어해서 그랬는디, 내가 할 일이 무엇이당가?'

'락'이 외치는 것 같았다. 시상대 위의 자신을 생각하는지 쳐들었던 고개를 떨어뜨렸다.

아침 일찍 전화다. 어제 늦게까지 박 사장 집에서 먹었던 술이 덜 깬 상태다.

"여보세요. 큰일 났소. 우리 개가 깨구락지 되야 부렀소. 아침

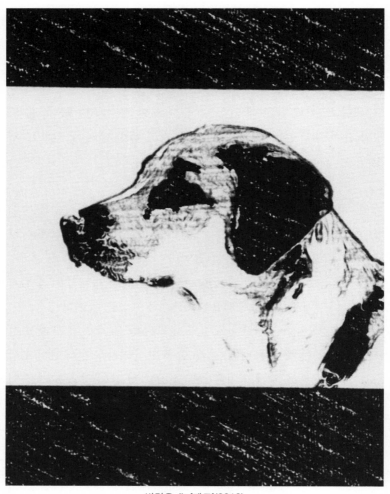

박덕은 作 [개코](2016)

운동시킬라고 갔는디 개가 몰똥몰똥 쳐다봄시롱 엎어져 있길래, 본께, 코에 피가 뭉쳐 있고 살점이 떨어질 것 같이 덜렁 덜렁하요. 세상에, 뭣이 다 개코를 물어 불었을까라? 원매, 나 미쳐 불겠소. 어찌게 할까잉."

　박 사장의 안타까움과 조급한 목소리가 냅다 전화 수화기를 때

그곳 봄은 맛있었다

린다. 머리를 거머쥐고 덜덜 떨고 있는지 박 사장의 울부짖는 소리다. 고장난 경운기가 푸시 푹 소리를 내며 일어선 듯 주저앉은 절망적인 쉰 소리 같다.

"뭣이라! 개가 코를 물려, 코가 덜렁덜렁 한다고라. 큰일 났소. 언능 병원부터 가 보쇼."

나는 지끈거리는 머리를 만지며 전화를 끊었다.

이때 개 짖는 소리가 나의 우중충한 머리를 사정없이 잡아 끌면서 어젯밤의 쌓인 눈 속으로 힘껏 밀쳐 넣었다.

'어젯밤 내가 술을 많이 했고……, 원매, 그랬나 보네.'

한실 문예창작 문우들의 작품집

오늘의 詩選集 Series

오늘의 詩選集 제1권

화장을 지우며
강만순 지음 / 144면

오늘의 詩選集 제2권

또 한 번 스무 살이 되고 싶은 밤
김숙희 지음 / 160면

오늘의 詩選集 제3권

사랑의 빈자리 될까 봐
박완규 지음 / 144면

오늘의 詩選集 제4권

유모차 탄 강아지
김미경 지음 / 112면

오늘의 詩選集 제5권

이 환장할 봄날에
신점식 지음 / 176면

오늘의 詩選集 제6권

작아지고 싶다
주경희 지음 / 176면

오늘의 詩選集 제7권

가을은 어디나 빈자리가 없다
전금희 지음 / 176면

오늘의 詩選集 제8권

쓸쓸함에 대하여
이후남 지음 / 176면

오늘의 詩選集 제9권

바람이 열어 놓은 꽃잎
문재규 지음 / 220면

오늘의 詩選集 제10권

단 한 번 사랑으로도
이호근 지음 / 176면

오늘의 詩選集 제11권

할 말은 가득해도
최승벽 지음 / 176면

오늘의 詩選集 제12권

비밀 일기
박봉은 지음 / 176면

오늘의 詩選集 제13권

꽃만 봐도 서러운 그날
한실 문예창작 동인지 제8집

오늘의 詩選集 제14권

마냥 좋기만 한 그대
최기숙 지음 / 176면

오늘의 詩選集 제15권

풀꽃향 당신
김영순 지음 / 176면

오늘의 詩選集 제16권

유리인형
박봉은 지음 / 176면

오늘의 詩選集 제17권

보고픔이 자라고 자라서
한실 문예창작 동인지 제9집

오늘의 詩選集 제18권

첫사랑
김부배 지음 / 176면

오늘의 詩選集 제19권

나는 매일 밤 바람과 함께 사라진다
박덕은 지음 / 240면

오늘의 詩選集 제20권

오늘도 걷는다
유양업 지음 / 176면

오늘의 詩選集 제21권

내 사람 될 때까지
전춘순 지음 / 176면

오늘의 詩選集 제22권

처음 사랑
한실 문예창작 동인지 제10집

오늘의 詩選集 제23권

당신에게·둘
박봉은 지음 / 176면

오늘의 詩選集 제24권

그 누가 다녀간 것일까
전금희 지음 / 206면

오늘의 詩選集 제25권

한 잔 술에 가둘 수 없어
이후남 지음 / 164면

오늘의 詩選集 제26권

그리움 머문 자리
이인환 지음 / 176면

오늘의 詩選集 제27권

사랑의 콩깍지
김부배 지음 / 176면

오늘의 詩選集 제28권

사랑은 시가 되어
최길숙 지음 / 176면

오늘의 詩選集 제29권

그리움이라서
이수진 지음 / 176면

오늘의 詩選集 제30권

그리움 헤아리다
배종숙 지음 / 176면

오늘의 詩選集 제31권

아직 끝나지 않은 이야기
장헌권 지음 / 176면

오늘의 詩選集 제32권

마냥 좋아서
한실 문예창작 동인지 제10집

한실 문예창작 동인지

한실 문예창작 동인지 제1집
『한꿈』

한실 문예창작 동인지 제2집
『한꿈』

한실 문예창작 동인지 제3집
『당신의 쓸쓸함은 안녕하십니까』

한실 문예창작 동인지 제4집
『목련은 흔들리고 있다』

한실 문예창작 동인지 제5집
『그래도 한쪽 가슴은 행복합니다』

한실 문예창작 동인지 제6집
『좋은 걸 어떡해』

한실 문예창작 동인지 제7집
『아직도 사랑인가 봐』

한실 문예창작 동인지 제8집
『꽃만 봐도 서러운 그날』

한실 문예창작 동인지 제9집
『보고픔이 자라고 자라서』

한실 문예창작 동인지 제10집
『처음 사랑』

한실 문예창작 동인지 제11집
『마냥 좋아서』

개별 작품집

고목나무에 꽃이 핀 사연
김영순 시집

당신만 행복하다면
박봉은 제1시집

시가 영화를 만나다
장현권 시집

아시나요
박봉은 제2시집

하얀 속울음까지 들켜 버렸잖아
김성순 시집

당신에게·하나
박봉은 제3시집

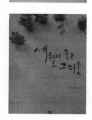

세월이 품은 그리움
김순정 시집

사색은 강물 따라
권자현 시집

한가한 날의 독백
고영숙 시 · 산문집

내가 머무는 곳
신순복 시집

늘 곁에 있는 다른 나처럼
정연숙 시집

당신
박덕은 시집